아르센 뤼팽 전집 **18**

바리바

Arsène Lupin

아르센 뤼팽 전집 **18**

바리바	모리스 르블랑
La Barre-Y-Va	정은주 옮김

황금가지

차례

바리바

서문

 1930년 8월 8일에서 9월 15일까지《르 주르날》지에 연재된 이 소설은 1931년 6월 17일에 단행본으로 출간되었으며 1932년 3월에는 〈물음표〉 시리즈에 재수록되었다.

 루앙(노르망디 지방의 중심 도시로 센 강이 시내를 관통함──옮긴이)과 르아브르(영국 해협에 면한 무역항으로 센 강 어귀의 북안에 위치──옮긴이) 사이의 센 강 유역에 대해 잘 모르는 사람들을 위해 바리바가 코드벡(센 강 하구에서 첫 번째 굽이에 위치한 소도시──옮긴이)과 빌키에(코드벡보다 하구에 가까운 소도시로 센 강의 절벽에 위치──옮긴이) 사이에 위치한 지명임을 미리 밝혀 둔다. 바리바의 명칭은 분점조(分點潮, 달이 적도 부근에 있을 때의 조석(潮汐)으로 봄. 가을의 대조(大潮)에 해당──옮긴이) 때에 「해소(海嘯, 강의 하구에서 밀물 때 바닷물이 강을 거슬러 올라가는 현상──옮긴이)」나 「감조(減潮, 조류에 의해 해수가 역류하는 현상

──옮긴이)」나 「밀물」이란 단어에서 유래했다. 모리스 르블랑은 그의 소설에서 바리바를 원래의 위치보다 더 서쪽인 라디카텔(르 아브르 항구의 해안지구──옮긴이)과 탕카르빌(르아브르에 가까운 센 강 어귀의 옛 어촌──옮긴이) 쪽으로 옮겨 서술했다.

한밤중의 방문

 극장에서 저녁 공연을 본 뒤, 라울 다브나크는 집으로 돌아와 현관 거울 앞에 잠깐 멈춰 섰다. 그는 고급 양복으로 감싼 자신의 늘씬한 허리와 우아한 몸매, 각진 어깨와 와이셔츠에 비친 불룩 나온 가슴 근육을 흐뭇한 마음으로 바라보았다.
 현관의 규모를 좁히고 다시 고친 점으로 보아(프랑스 주택은 보통 현관에 모자, 코트, 우산 등을 보관하는 방을 갖추고 있음——옮긴이), 이 집이 호화로운 가구를 갖춘 편안한 독신용 아파트 중 하나임을 알 수 있었다. 이런 집에는 취향이 고상하고 아무리 값비싼 취미거리도 소화할 만한 재력과 습관을 겸비한 남자밖에 살지 못할 것이다. 매일 저녁 하던 대로, 라울은 자신이 잠을 불러일으키는 묘약이라고 일컫는 휴식을 맛보기 위해 서재에서 담배를 피우고 커다란 가죽 안락의자에 푹 파묻혔다. 라울의 뇌는 모든 거추장스러운 생각에서 벗어나 몽상의 나래로 빠져 들었다.

그의 머릿속에는 지난 낮 동안의 기억들과 다음날의 막연한 계획들이 스쳐 지나갔다.

몽상에서 깰 무렵 라울은 망설였다. 그때서야 불현듯 자신이 현관에 불을 켜지 않았다는 것을 깨달았다. 자신이 도착했을 때 이미 전등 세 개가 훤히 밝혀져 있었던 것이다.

라울은 혼잣말을 했다.

「이상하군. 하인들은 모두 휴가를 갔으니 내가 나간 다음엔 아무도 들어올 수가 없을 텐데……. 아까 나가면서 불을 안 껐나?」

라울 다브나크는 무엇 하나라도 놓치지 않는 사람이었지만 우연히 일어나는 자질구레한 문제들을 푸느라 시간을 낭비하지는 않았다. 그에게 이러한 문제는 지극히 자연스러운 일로 보이기 때문이다.

그가 말했다.

「우린 스스로 수수께끼를 만들고 있어. 인생은 생각만큼 복잡하지 않거든. 우리가 보기엔 굉장히 얽힌 문제가 저절로 풀리기도 하지」

그래서 라울은 거실 문을 열고 들어갔을 때, 한쪽 구석에서 작은 원탁에 기대선 젊은 여인을 발견하고도 별로 놀라지 않았다.

라울이 외쳤다.

「맙소사! 아름다운 환영이 보이는군」

그 아름다운 환영은 어둠이 싫었던지 현관에서처럼 전등을 모두 켜 놓았다. 그래서 라울은 곱슬거리는 금발의 예쁜 얼굴과 유행 지난 드레스를 입고 있는 키 크고 균형 잡힌 날씬한 몸매를 감상할 수 있었다. 여인은 시선이 불안정했고 마음의 동요로 얼굴을 찌푸리고 있었다.

라울 다브나크는 항상 여자들로부터 인기가 높았기 때문에 우쭐한 마음이 생겼다. 그는 자신이 일부러 유혹하지 않고도 여자들을 숱하게 얻을 수 있었기 때문에 이번에도 운이 좋다고 생각하고 이 행운을 받아들이려 했다.

라울이 미소를 지으며 말했다.

「제가 모르는 분 같군요. 혹시 초면입니까?」

여인은 라울의 말에 고개를 끄덕였다. 라울이 말을 이었다.

「그런데 제 아파트 열쇠를 가지고 계시군요. 오호, 대단히 재미있는 일입니다」

라울은 자신도 모르는 사이에 아름다운 방문객을 유혹했고, 그 때문에 그녀가 손에 넣기 쉬운 먹이처럼 몸이 달아 제 발로 이 아파트에 찾아온 것이라고 확신하기에 이르렀다.

그는 이 매혹적인 행운을 절대 놓치지 않으리라 다짐했다. 게다가 자신이 이럴 때 걸맞는 옷을 입고 있다는 사실에 자신감을 갖고 여인에게 다가갔다. 그러나 어떤 식으로 다가서든 여인은 뒷걸음질쳤고 겁에 질린 듯이 굳어 있었다.

「가까이 오지 마세요! 경고하는 거예요……. 당신은 가까이 오면 안 돼요……」

라울은 공포에 사로잡힌 여인의 얼굴을 보며 당황했다. 여인이 몸을 떨면서 흥분한 듯 웃음과 울음을 동시에 터뜨리자 라울은 부드럽게 말을 건넸다.

「제발……, 당신을 해치지 않을 테니 진정하십시오. 도둑질하려고 오신 건 아니죠? 권총으로 위협하시려는 것도 아니고요? 그렇다면 제가 왜 당신을 해치겠습니까? 대답을 해 보세요……. 제게 원하는 게 뭡니까?」

여인은 자제하려고 애쓰며 중얼거렸다.

「도움을 청하려고요」

「사람을 돕는 건 제 일이 아닙니다」

「도와주실 거라 생각해요……. 당신은 시도하는 일마다 무엇이든지 성공하는 분이시잖아요」

「오호! 기분 좋은 말씀이시군요. 그렇다면 제가 당신을 품에 안으려는 일도 성공할까요? 생각해 보십시오, 부인. 새벽 1시에 남자 집에…… 당신과 같이 아름답고 매력적인 여자가……. 미련퉁이가 아닌 바에야 누구라도 저처럼 행동할 겁니다……」

라울은 또다시 여인이 저항할 틈도 없이 가까이 다가가 여인의 손을 잡아 꼭 그러쥐었다. 그리고 여인의 손목과 소매 밖으로 드러난 팔을 어루만졌다. 그는 불현듯 이 여인을 자신 쪽으로 끌어당겨도 여인이 거부하지 않을 것이라고 생각했다. 그만큼 여인은 마음의 동요로 약해져 있었다.

라울은 감정에 취해 여인의 허리를 잡고 살짝 끌어당겼다. 그러나 여인의 얼굴 쪽으로 고개를 돌린 순간, 너무나도 겁에 질린 눈빛과 절망과 애원이 가득 담긴 가엾은 얼굴을 보았다. 그는 움직임을 멈추고 이렇게 말했다.

「실례했습니다, 부인」

여인은 낮은 목소리로 말했다.

「아뇨. 부인이 아니라…… 아가씨예요……」

여인은 계속해서 말했다.

「예, 저도 알아요. 늦은 시각에 이런 식으로 행동을 하니…… 당신이 착각하시는 것도 당연하지요」

라울은 농담조로 말했다.

「오! 진짜로 착각했습니다. 자정이 지나면 저는 여자들에 대한 생각이 완전히 바뀌거든요. 그래서 혼자 터무니없는 상상을 하고는, 이렇게 상대방을 배려하지 않고 처신하는 겁니다……. 다시 한번 용서를 빕니다. 제가 너무 무례했습니다. 괜찮으신 겁니까? 더 이상 절 원망하시지 않습니까?」

「예」

여인이 말했다.

라울은 한숨을 내쉬었다.

「세상에 어쩌면 이렇게도 매력적일까요……. 당신이 찾아온 이유가, 제가 상상하는 그런 이유가 아니라는 사실이 얼마나 유감인지 아십니까! 그러니까 당신은 그토록 많은 사람들이 베이커 가의 셜록 홈즈를 찾아가듯 저를 찾아오신 겁니까? 그렇다면 아가씨, 자초지종을 말씀해 보십시오. 제가 보호해 드리죠. 자, 이야기해 보세요」

라울은 여인을 자리에 앉혔다. 여인은 여전히 창백하게 질린 얼굴 그대로였지만 라울의 호의와 친절에 안심하는 듯했다. 여인의 입술은 우아한 선에 어린아이의 입술처럼 싱싱한 빛깔이었지만 때때로 경련을 일으켰다. 그러나 여인의 눈빛은 라울에 대한 믿음으로 한층 안정되었다.

여인은 잠시 전과 달리 차분한 목소리로 말문을 열었다.

「죄송해요. 제가 좀 도리에 어긋나는 짓을 했죠. 그래도 뭔가가…… 이해할 수 없는 뭔가가 절 두렵게 만들어서요……. 이상한 일들이 계속 일어나 전 무서웠어요……. 예, 이유도 모르는데 무섭기만 한 거예요. 대체 무슨 일이 일어나고 있는 건지……. 정말! 얼마나 끔찍한데요……. 어찌나 괴로웠던지……!」

여인은 자신을 괴롭히는 생각들을 쫓아 버리려는 듯 기운이 빠진 팔을 들고는 손을 이마에 갖다 댔다. 라울은 여인이 혼란스러워하는 모습에 측은한 마음이 들었다. 그래서 여인을 안심시키기 위해 더욱 편안하게 웃으며 말을 걸었다.

「정말 불안해 보이시는군요. 그래선 안 됩니다. 그러면 아무진전이 없죠. 자, 힘을 내세요, 아가씨. 누구든 제게 도움을 요청하는 순간부터 겁낼 일은 모두 사라집니다. 그나저나 지방에서 오신 건가요?」

「예. 오늘 아침에 집에서 나와 해질 무렵에 이곳에 도착했어요. 곧장 차를 잡아타고 여기까지 왔죠. 관리인 아주머니께 호수를 묻고 찾아와 초인종을 눌렀지만 아무도 안 나오더군요」

「하인들은 휴가를 갔고 저는 저녁을 먹으러 레스토랑에 다녀왔죠」

여인이 말했다.

「그래서 이 열쇠를 사용해야 했어요……」

「열쇠는 누구한테서 얻은 겁니까?」

「얻은 게…… 아니에요. 제가 슬쩍한 거죠」

「누구에게서요?」

「설명을 드릴게요」

라울이 말했다.

「너무 오래 끌지 마십시오……. 궁금해서 못 참겠습니다. 아니, 그보다 먼저……, 아가씨는 오늘 아침부터 아무것도 드시지 못했겠군요. 그러다 허기져 죽기라도 하면 어쩌십니까!」

「아뇨. 이 탁자에 초콜릿이 있기에……」

「잘하셨습니다! 초콜릿 말고 다른 것도 있죠. 먹을 걸 좀 갖고 올 테니 이야기는 그 후에 합시다. 괜찮으십니까? 이제 보니 아주 어려 보이는데……, 어쩌면 어린아이 같기도 하군요! 어떻게 제가 당신을 성숙한 부인으로 착각했을까요」

라울은 너스레를 떨며 여인을 웃기려고 애썼다. 그리고 찬장 문을 열어 비스킷과 달콤한 포도주를 꺼냈다.

「당신을 뭐라고 부르면 좋을까요? 제가 알고 싶은 건 바로……」

「잠시 후에……, 전부 말씀드릴게요」

「좋습니다. 음식 대접하는 데 꼭 이름을 알아야 할 필요는 없으니까요. 잼도 드릴까요? 꿀도……? 네. 당신의 어여쁜 입술은 꿀을 좋아할 게 분명합니다. 서재에 최상급 꿀이 있죠. 당장 가져오겠습니다……」

그가 방에서 나가려 할 때 전화벨이 울렸다.

라울이 중얼거렸다.

「이상한 일이군. 이런 시각에……. 아가씨, 잠시 실례하겠습니다」

라울은 수화기를 들고 목소리를 가볍게 바꾸며 말했다.

「여보세요……. 여보세요……」

수화기 저편 멀리서 작은 목소리가 들려왔다.

「자넨가?」

「저입니다만……」

라울이 답했다.

전화기를 건 상대방이 말했다.

「정말 다행일세! 한참이나 전화를 해 댔는데!」

「어이 친구, 미안하게 됐네. 극장에 갔다 왔거든」

「이제 돌아온 건가……?」

「그렇다고 할 수 있지」

「정말 반갑네」

라울이 말했다.

「나도 반갑군! 그런데 친구, 무슨 일인지 어서 말해 보게나」

「자네 좀 서둘러야겠어」

「그런데 자넨 대체 누군가?」

「뭐? 내 목소리를 모르겠나?」

「친구, 실은 지금까지……」

「베슈……, 테오도르 베슈란 말일세」

라울 다브나크는 잠시 생각하는 듯이 뜸을 들이다가 이렇게 대답했다.

「모르는 이름인걸」

전화 목소리가 조금 높아졌다.

「무슨 소리야! 경찰 베슈…… 형사반장 베슈란 말일세」

「오호라! 자네 명성은 익히 들었지만 아직 우리가 만났던 일은 없었던 걸로 아는데……」

「농담하는 건가! 우리 같이 활동도 많이 하지 않았나! 〈바카라 시합〉 사건 생각나나? 〈금니를 한 사나이〉는? 〈아프리카 주식 12주〉는……? 우리 둘이 함께…… 숱한 성공을 거뒀잖은가……」

「잘못 안 거겠지. 대체 자넨 누구와 통화한다고 생각하나?」

「물론 자네지!」

「내가 누군데?」

「라울 다브나크 자작」

「내 이름이 맞군. 하지만 라울 다브나크는 자네를 모른다네」

「그럴지도 모르지. 하지만 라울 다브나크는 다른 이름을 사용

「했을 때 날 알고 있었지」

「그래? 자세히 말해 보게」

「예를 들어 짐 바르네트가 있지. 〈바르네트 탐정 사무소〉의 짐 바르네트. 그리고 장 당느리가 있고. 〈비밀의 저택〉의 당느리 말일세. 또 자네의 진짜 이름을 말해 볼까?」

「해 보게나. 내가 곤란할 일은 없으니까. 오히려 그 반대겠지」

「아르센 뤼팽」

「맞았어! 이제야 자네가 생각나는군. 상황도 명료해지고 말일세. 나는 그 이름으로 가장 유명하거든. 그런데 친구, 무슨 일인가?」

「자네 도움이 당장 필요해」

「내 도움이? 자네도 필요해?」

「무슨 소린가?」

「아무것도 아닐세. 그래, 도와주지. 자넨 어디 있나?」

「르아브르」

「거기에는 뭘 하러 갔는데? 면화(르아브르 항은 면화 수입으로 유명함——옮긴이)에 투자라도 할 생각인가?」

「아니. 자네한테 전화하러 왔네」

「친절도 하군. 내게 전화하러 파리에서 르아브르까지 갔다고?」

라울이 이 지명을 말하자 여인은 당황하는 것 같았다. 여인이 속삭였다.

「르아브르……, 르아브르에서 전화가 온 거예요? 정말 이상하네요. 누가 전화를 했어요? 저도 듣게 해 주세요」

라울이 별로 내켜 하지는 않았지만, 여인은 다른 수화기 하나를 집어 들었다.

「내가 이 지방에 온 건 그 이유 때문이 아닐세. 야간용 공중전화가 없어서 차를 타고 르아브르까지 온 거라네. 이제 집으로 돌아가야지」

「집이라면?」

다브나크가 물었다.

「라디카텔이라고 아나?」

「물론이지! 센 강 한복판에 있는 모래톱이잖나. 하구에서 별로 멀지 않은 곳이지」

「그래. 릴본(르아브르에서 동쪽 내륙으로 35킬로미터 떨어진 도시 ──옮긴이)과 탕카르빌 사이에 있고, 르아브르에서 30킬로미터 떨어져 있지」

「내가 모를 줄 알았나! 센 강 어귀! 바로 코 지방(노르망디 지방에서 센 강 북쪽의 지방──옮긴이)이잖아! 내 인생이 그곳에 고스란히 담겨 있다네. 다시 말해서 프랑스 현대사가 씌어 있는 곳이지. 그럼 자넨 모래톱에서 잘 건가?」

「무슨 소릴 하는 건가?」

「자네가 모래톱에서 묵을 거냐고!」

「모래톱 앞에 아담한 작은 마을이 있다네. 마을 이름이 라디카텔이지. 휴양 차 몇 달 전부터 초가지붕의 별장을 하나 빌렸네……」

「애인과 같이 갔나?」

「아니. 대신 자네 몫으로 방 하나를 마련해 두겠네」

「웬일로 그렇게 세심한 배려까지 하나?」

「이곳에 복잡하고 이상한 사건이 일어났는데 자네와 함께 수사하고 싶다네……」

「자네 혼자선 해결할 수 없으니까 그렇지. 안 그런가?」

20

라울은 점점 불안에 빠져 괴로워하는 여인을 바라보았다. 라울은 여인의 손에서 수화기를 뺏으려고 애를 썼다. 그러나 여인은 수화기에 매달렸고 베슈의 목소리는 계속해서 들려왔다.

「급한 일이라네. 몇 가지 사건들이 벌어진 도중에 오늘 한 처녀가 사라졌어……」

「그건 흔한 일이잖아. 놀랄 일도 아니군」

「그렇기는 하지만 몇 가지 점들 때문에 걱정스럽네. 그리고……」

「그리고 뭐?」

초조해진 라울이 외쳤다.

「오늘 오후 2시에 살인 사건이 일어났어. 실종된 처녀의 형부가 공원에서 강가를 걸어 다니며 처제를 찾아다니다 총에 맞아 죽었네. 아침 8시에 특급 열차가 있으니까 자네가……」

살인 사건이란 말에 여인은 벌떡 일어났다. 수화기가 손에서 떨어졌다. 여인은 말을 하려고 했지만 한숨을 내쉬고 소파 팔걸이에 푹 쓰러졌다.

갑자기 화가 난 라울 다브나크는 베슈에게 고함을 질러 댔다.

「이런 머저리! 보고를 그런 식으로 하나! 대체 뭐야! 얼간이라도 된 건가?」

라울은 얼른 수화기를 내려놓고 여인을 소파에 눕힌 뒤 각성제를 맡게 했다.

「아가씨, 무슨 일입니까? 베슈 반장의 말뜻은 당신이 사라졌다는 거니까 하나도 중요하지 않아요! 당신도 반장을 알 테죠. 반장이 그리 뛰어난 두뇌의 소유자가 아니란 걸 알 겁니다. 제발 정신을 차리고 함께 상황을 정리해 봅시다」

그러나 이 순간 라울은 어떤 노력으로도 상황을 파악할 수 없음을 알아차렸다. 라울이 이해하지 못하는 사건들 때문에 충격이 컸던 여인은 어설프게 전해 들은 뜻밖의 살인 사건 소식에 더욱 놀라서 좀처럼 안정을 되찾지 못할 것이다. 그는 여인이 몸을 추스를 때까지 기다려야 했다.

라울은 잠시 생각한 뒤 단호히 결정을 내렸다. 몇 가지 분장 제품을 사용해서 표정을 새롭게 바꾸면서 거울 앞에서 머리를 매만진 뒤, 옆방으로 건너가 옷을 갈아입었다. 그리고 벽장 속에 늘 준비되어 있는 여행 가방을 꺼내 들고 차고까지 달려갔다.

라울은 곧바로 자동차를 몰고 돌아와 집으로 다시 올라갔다. 여인은 깨어나긴 했지만 아직도 기진맥진해서 움직이지 못했다. 여인은 아무런 저항도 없이 자동차까지 안겨 갔다. 라울은 여인을 되도록 편한 자세로 눕혔다.

라울은 여인의 귓전에 대고 속삭였다.

「베슈 반장과 통화한 내용으로 보건대 당신도 라디카텔에 머물고 있죠?」

「예」

「그곳으로 갑시다」

여인은 겁에 질렸다. 라울은 여인이 머리끝에서 발끝까지 떨고 있음을 느꼈다. 그러나 라울은 나지막이 안심시키려는 말만 했다. 라울의 목소리는 여인을 진정시켰다. 여인은 반박할 생각도 못하고 눈물만 흘렸다…….

수도 파리에서 노르망디 지방에 있는 라디카텔 마을까지 약 180킬로미터를 달리는 데 라울은 세 시간이면 충분했다. 두 사람은 아무런 대화도 나누지 않았다. 여인은 결국 잠이 들었다. 라울은 여인의 머리가 자신의 어깨 위로 쓰러지면 살짝 일으켜 주었

22

다. 여인의 얼굴은 뜨거웠다. 그녀가 몇 마디 웅얼거렸지만 라울은 전혀 알아듣지 못했다.

그가 울창해진 신록 속에 나지막이 웅크린 작은 교회 앞에 자동차를 세웠을 때 동이 트기 시작했다. 교회 위쪽으로 우뚝 선 좁은 계곡이 코 지방의 절벽으로 이어지고 구불구불한 작은 강줄기가 센 강으로 흘러 들었다. 그 뒤로 널따란 초원 너머 키유뵈프 마을을 돌아 흐르는 큰 강 위쪽으로 얇고 긴 구름이 서서히 붉은 빛으로 물들며 일출을 예고하고 있었다.

마을 전체가 아직도 잠들어 있는지 거리는 조용했다.

「아가씨 집은 여기서 멉니까?」

라울이 물었다.

「아주 가까워요……. 저기…… 바로 앞이에요……」

오래된 참나무들이 네 줄로 늘어선 근사한 가로수길이 강과 나란히 뻗다가 철책 창살 너머로 보이는 작은 저택으로 이어졌다. 강은 그 지역을 비스듬히 흘러 둑 밑을 통과한 뒤, 한 번 더 돌다가 높은 석벽이 둘러싸고 있는 영지로 스며들었다.

이때 여인이 새로운 발작을 일으켰다. 여인은 고통스러운 기억이 있는 지역으로 돌아오기보다는 차라리 도망가기를 바랐으나 애써 참고 있는 듯했다.

여인이 말했다.

「제가 돌아온 걸 사람들이 알면 안 돼요. 바로 저기에 쪽문이 있으니 그리로 가요. 제가 그 열쇠를 갖고 있는 사실은 아무도 모르니까요」

「걸을 수 있겠습니까?」

라울이 여인에게 말했다.

「예……, 조금은요……」

「아침 기온이 벌써 포근하군요. 춥지는 않죠?」

「예」

오솔길은 둑 오른쪽으로 이어져서 도랑 끄트머리에 닿았다가 담과 과수원 사이로 뻗어 있었다. 라울은 여인의 팔을 부축했다. 여인은 지친 듯했다.

라울은 문 앞에서 여인에게 말했다.

「괜한 질문으로 지금 당신을 피곤하게 만들 필요는 없죠. 사건에 대해서는 베슈가 말해 줄 테고 우리도 곧 다시 만날 테니까요. 하지만 한마디만 물어보겠습니다. 제 아파트 열쇠는 그 친구한테서 얻은 겁니까?」

「그렇기도 하고, 아니기도 해요. 그분이 당신 얘기를 자주 해 주셨죠. 그리고 전 당신 아파트 열쇠가 그분 방 벽시계 밑에 있다는 걸 알고 있었어요. 그래서 며칠 전, 그분 모르게 꺼내 온 거예요」

「그 열쇠를 제게 주시겠습니까? 제자리에 갖다 놓겠습니다. 그 친구는 전혀 눈치 채지 못 했을 겁니다. 그리고 아가씨가 파리에 왔고 제가 다시 이리로 모셔 왔다는 사실을, 그 친구는 물론 다른 사람들도 알아선 안 됩니다. 또 우리가 서로 안다는 사실도요」

「아무도 모를 거예요」

「한마디 더 하겠습니다. 뜻밖의 사건 덕에 인연이 닿았으나, 우리는 아직 서로에 대해 잘 모르지요. 그러니 제 충고를 꼭 따르시고, 저 모르게 따로 일을 벌이지는 마세요. 그렇게 하시겠습니까?」

「예」

「그렇다면 여기에 서명하십시오」

라울은 지갑에서 백지를 꺼내 만년필로 다음과 같이 썼다.

　본인은 진실을 추구하며 본인의 이익에 적합한 결정을 내리도록 모든 권한을 라울 다브나크 씨에게 위임한다.

여인이 서명했다.

「됐습니다. 아가씨는 이제 살았습니다」

라울은 서명을 보았다.

「카트린……, 아가씨 이름이 카트린이군요. 마음에 들어요. 제가 좋아하는 이름입니다. 그럼, 나중에 다시 만납시다. 오늘은 푹 쉬세요」

여인이 안으로 들어갔다.

라울은 담 너머에서 카트린이 발소리를 죽이고 걷는 소리를 들었다. 잠시 후, 발소리는 더 이상 들리지 않았다. 해가 뜨고 있었다. 카트린은 안으로 들어가기 전에 베슈 반장이 묵고 있는 별장 지붕을 가리켜 주었다. 라울은 자동차로 돌아와 차를 몰고 다시 큰길을 따라 마을을 벗어나 한 헛간에 주차했다. 헛간 가까이, 산사나무 울타리가 둘러쳐지고 과실수가 있는 작은 안뜰에 낡은 벽돌 건물이 있었다. 건물 앞에 깔려 있는 포석 위에 닳아서 반질거리는 벤치가 놓여 있었다.

짚으로 이은 처마 아래 반쯤 열린 창문이 보였다. 라울은 건물 정면으로 기어 올라가, 침대에 자고 있는 사람을 깨우지 않으면서 벽시계 밑에 열쇠를 슬쩍 밀어 넣은 다음 방을 둘러보고 벽장을 뒤졌다. 자신을 위협하는 함정이 없음을 확인하고 별일 없을 것으로 짐작한 라울은 아래층으로 내려왔다.

별장의 문은 닫혀 있지 않았다. 1층에는 주방과 거실 겸용인 커다란 방이 있었고, 가장 안쪽에는 알코브(벽면을 움푹하게 만들어 침대를 들여놓은 곳——옮긴이)가 있었다.

라울은 여행 가방을 풀고 벗은 옷을 의자 위에 개켜 놓고 나서는 종이에 〈깨우지 마시오〉라고 쓴 다음 핀으로 꽂아 놓았다. 그리고 고급 잠옷으로 갈아입었다. 커다란 괘종시계가 5시를 알렸다.

라울은 혼잣말을 중얼거렸다.

「3분 후면 잠이 들겠군. 이번 수사에 착수하기에 앞서 휴식을 취하기 딱 좋은 시간이야. 운명은 어떤 새롭고 신나는 모험으로 날 이끌까?」

꿈에서 운명은 정열적인 눈빛과 앳된 입술의 금발 여인이 되어 라울의 눈앞에 나타났다.

테오도르 베슈의 설명

라울 다브나크는 침대에서 펄쩍 뛰어내려 베슈의 목을 조르며 소리쳤다.

「날 가만 내버려두라고 했지. 그런데 감히 날 깨우다니!」

베슈가 반박했다.

「아니야, 정말 아니야……. 그냥 자는 걸 보기만 했네. 자넬 몰라보겠더군. 피부가 더 그을었어……. 적갈색 피부가 됐군……. 프랑스 남부 출신같이 보이는데」

「실은 며칠 됐네. 페리고르(프랑스 남서부 지방의 옛 명칭 ── 옮긴이)의 오래된 귀족 행세를 하려면 붉은 피부는 기본이지」

다시 만난 그들은 기뻐하며 악수를 했다. 그들이 함께 얼마나 많은 쾌거를 올렸던가! 얼마나 멋진 모험이었던가!

라울 다브나크가 말했다.

「내가 짐 바르네트로 불렸을 때가 생각나나? 그땐 사설탐정 사

27

무소를 운영했지! 내가 자네 주식 뭉치를 되찾아 준 날도 생각나 겠지⋯⋯? 내가 자네 전처랑 밀월여행을 떠났던 것도 기억 날 거 야! 말이 났으니 말인데, 자네 전처는 어떻게 지내나? 자네와 아 직도 재결합하지 않았어?」

「그렇다네」

「아! 참 좋은 시절이었어!」

베슈가 감동한 목소리로 긍정했다.

「좋은 시절이었고말고! 〈비밀의 저택〉 사건(모리스 르블랑의 뤼 팽 시리즈 중「비밀의 저택」에 대한 이야기—옮긴이)은 기억하겠 지?」

「물론 기억하지. 내가 자네 코앞에서 다이아몬드를 접수했던 얘기 말이지⋯⋯!」

베슈가 울먹거리는 투로 말을 받았다.

「그래, 2년도 채 안 됐지」

「그런데 자넨 날 어떻게 찾았나? 어떻게 내가 라울 다브나크인 줄 알았어?」

베슈가 말했다.

「우연이었네⋯⋯. 자네 공범들 중 한 명이 보낸 밀고장이 경찰 청에 도착했는데 자네 이야기가 써 있었어. 그래서 내가 먼저 가 로챘다네」

다브나크는 벌떡 일어나 베슈를 얼싸안았다.

「자넨 내 형제야, 테오도르 베슈! 자네도 날 라울이라고 부르 게⋯⋯. 암, 우린 형제이고말고. 내 이 은혜는 꼭 갚겠네. 자네 지갑 속에 있던 3000프랑도 당장 돌려주지」

이번엔 베슈가 친구의 목을 조를 차례였다. 베슈는 불같이 화를 냈다.

「이 도둑놈! 사기꾼! 간밤에 내 방에 올라왔지! 내 지갑을 탈탈 털어 갔어! 도대체 자넨 교화가 불가능한 사람인가?」

라울은 배를 잡고 미친 듯이 웃었다.

「아니, 이 친구야, 어쩌라고? 그러게 창문을 열어 놓고 자면 안 되지……. 난 단지 자네한테 위험이 뭔지 보여 주고 싶었던 것뿐이야. 뭐, 베개 밑에서 지갑만 꺼내 왔을 뿐이라고……. 정말 재미있지 않나!」

베슈는 갑자기 라울로부터 유쾌해지는 바이러스라도 옮았는지 라울의 말에 고개를 끄덕였다. 라울의 어처구니없는 변명에 그는 점점 화가 풀어져서 나중에는 라울처럼 마음껏 웃어 댔다.

「하, 정말 대단한 뤼팽이야! 자넨 평생 이렇게 살 거야. 어떻게 진지함이라곤 요만큼도 없나? 그 나이에 창피하지도 않은가?」

「왜, 도둑질했다고 고발이라도 하지그래」

베슈가 미소 지으며 대답했다.

「뤼팽을 고발하는 건 불가능하지. 또 도망칠 게 뻔하잖나. 아무도 자넬 못 당해 낼 거야……. 그리고 나로서도 달갑지 않은 일이고. 자네가 나를 얼마나 많이 도와줬는데 말인가」

「그렇다면 이번에도 도와주지. 어떤가, 자네의 전화 한 통에 이렇게 달려와서 자네 침대에서 자고 아침까지 빼앗아 먹고 있는 날 보게」

베슈의 집을 청소해 주는 이웃 여자가 커피와 빵, 그리고 잼과 버터를 갖다 주었다. 라울은 편안하게 앉아 빵에 잼을 발라 먹고 커피 잔을 비웠다. 그런 다음 찬물 양동이를 가지고 나가 밖에서 면도를 하고 몸을 씻었다. 배를 채우고 원기를 회복한 라울은 베슈의 배에 강력한 주먹을 날렸다.

「테오도르, 어서 이야기를 시작해 보게. 간단하되 상세하게, 걸쭉한 입담으로 간단명료하게, 장황하면서도 논리정연하게 하란 말일세. 사소한 내용 하나라도 잊어 먹지 말고 너무 과장하지도 말게……. 그나저나 먼저 자네 얼굴 좀 볼까……!」

라울은 친구의 어깨를 붙잡고 찬찬히 뜯어보았다.

「그대로군……. 자넨 하나도 안 변했어……. 유난히 긴 팔에……. 사람 좋아 보이면서도 고집 센 그 얼굴에, 건방지고 까다로운 태도하며……, 카페 종업원 수준의 품위에……. 그래, 자넨 의젓해 보이는군. 이제 지껄여도 돼. 절대로 말을 막지 않겠네」

베슈는 잠시 생각에 잠겼다가 입을 열었다.

「이웃집 말일세……」

라울이 말했다.

「한마디만 하지. 자넨 이번 사건에 무슨 자격으로 참여한 겐가? 형사반장, 즉 경찰로서?」

「아니야. 두 달 전부터 그 집안에 들락날락하던 손님 자격이지. 실은 내가 양측성 폐렴(양측 폐에 모두 감염된 폐렴 — 옮긴이) 때문에 요양하러 라디카텔에 온 게 지난 4월이었거든……」

「재미없는 얘기군. 뭐, 계속해 보게. 가로막지는 않겠네」

「내가 바리바 영지에 대해 말했던가……」

다브나크가 외쳤다.

「거, 이름 참 이상하군! 코드벡 근처 언덕에 있는 작은 예배당 이름과 똑같은걸. 그곳은 해소(海嘯. 강의 하구에서 밀물 때 바닷물이 역류하는 현상 — 옮긴이)가 도달하는 곳이라네. 하루에 두 번, 특히 분점조 때 센 강이 역류하는 파도, 감조(減潮. 조류에 의해 해수가 역류하는 현상으로 센 강은 대표적인 감조 하천임 — 옮긴이)를 말하지. 〈밀물이 들어온다(지명 바리바(barre-y-va)를 직역한 말 — 옮긴이)〉기보다 밀물이 지형적으로 아주 높은 곳까지 밀려 올라가는 거라네. 내 말이 맞지?」

「그래. 하지만 이곳에서 말하는 강은 마을까지 거슬러 올라오는 센 강이 아닐세. 자네가 언급한 강은 센 강으로 흘러 드는 지류인 오렐 강이야. 그 강은 흘러가다가 역류해서 만조 때 세차게 범람한다네」

「아니 뭘 얘기하려고 그렇게 군더더기가 긴가!」

라울이 하품하며 말했다.

「그러니까 어제 낮 12시 정각에 저택에서 날 부르더군……」

「어느 저택 말야?」

「바리바에 있는 저택」

「아! 거기에 저택이 있나?」

「물론이지. 작은 성이 하나 있는데 두 자매(자매(soeur)란 단어에는 수녀란 뜻도 있음 — 옮긴이)가 살고 있어」

「어느 수도회 출신인데?」

「뭐?」

「자네가 지금 수녀들 얘길 하고 있잖나. 빈민구제부인회(1842년 창설된 단체 — 옮긴이)야? 아니면 성모방문회(성모 마리아의 성 엘리자베스 방문을 기념하는 수도회 — 옮긴이)야? 말해 봐」

「나 참! 도무지 얘기를 못해 먹겠군……」

「그렇다면 자네가 하고 싶은 얘기를 내가 대신 해 볼까? 틀리다 싶은 부분이 나오면 내 말을 중단시켜도 좋아. 하지만 절대 틀리지 않을 거야. 그게 내 철칙이거든. 잘 듣게. 바리바 저택은 옛날에 드 바스메스란 영주의 소유였지만 19세기 중반에 르아브르의 한 선주(船主)에게 팔렸네. 그리고 그곳에서 자란 선주의 아들 미셀 몽테시외는 결혼한 뒤에도 여전히 그곳에서 살다가 아내와 딸을 먼저 저승으로 보냈다네. 이후로는 자신의 두 손녀인 베르트랑드와 카트린과 함께 살았고. 그의 두 손녀가 바로 자네가 말하는 〈두 자매〉야. 몽테시외는 그가 선주로 있던 배가 난파하여 파리에 정착했지만, 1년에 두 번씩 부활절 즈음해서 한 달, 사냥철에 한 달 동안 이곳에 머무르곤 했다네. 또한 몽테시외의 손녀들 중 첫째인 베르트랑드는 일찍이 파리에서 미국을 상대로 큰 무역을 하는 사업가 게르셍 씨와 결혼했어. 여기까지, 내 말이 맞나?」

「모두 맞군」

「그렇게 되자 동생 카트린은 할아버지 미셀 몽테시외와 그보다는 젊은 하인인 아르놀드와 함께 살았어. 아르놀드는 주인에게 아주 충실한 하인이었으며, 사람들은 그를 〈아르놀드 씨〉라고 불렀다네. 카트린은 성장하며 그럭저럭 교양을 쌓아 갔어. 구속당하는 걸 싫어하고, 다소 변덕스러운 성격에, 발랄하기도 하고 몽상적이기도 하고……. 하여튼 그녀는 운동과 독서에 푹 빠져 있었다네. 그리고 어찌나 바리바에서의 생활을 즐겼는지 얼음같이 차가운 오렐 강에 뛰어들어 수영을 한 뒤, 오래된 사과나무에 기대어 다리를 쭉 편 채로 수풀 속에서 몸을 말리는 것을 즐길 정도였다네. 할아버지께도 무척 사랑받았다고 하지. 할아버지인 몽테시외 씨는 엉뚱하고 과묵한 성격이라 신비술과 화학과 연금술에만 전념했다고들 하더군. 내 말 듣고 있나?」

「물론이지!」

「그런데 1년 8개월 전인 9월 말, 그들이 여느 때처럼 바리바에 머물다가 파리로 돌아간 날 저녁, 몽테시외 씨가 파리에 있는 자신의 아파트에서 급사했어. 첫째 손녀인 베르트랑드는 남편과 함께 보르도에 있었지. 베르트랑드는 서둘러 파리로 돌아왔고 그 후로 자매가 함께 지냈네. 할아버지는 생각보다 적은 유산을 남겼는데, 유언장은 어디에도 없었어. 저택의 철책과 현관은 열쇠로 잠겼고. 더 이상 아무도 드나들 수 없게 되었지」

「맞아」

베슈가 말했다.

「올해가 되어서야 두 자매는 여름을 이곳에서 보내기로 결심했지. 베르트랑드의 남편인 게르생 씨는 해외 출장에서 돌아왔다가 또 출장을 갔다 와서 그들과 합류했지. 그들은 아르놀드와 가정부 겸 요리사로 여자 하나를 데려왔어. 그녀는 몇 년 전부터 베르트랑드의 시중을 들고 있었네. 그들은 마을의 젊은 아낙 둘을 더 고용해서 함께 저택을 정비하고 정원을 청소하기 위해 열심히 일을 했지. 저택은 진짜 파라두(직조공들이 사용했던 물레방아에서 유래한 말로 이 책에서는 파라다이스 대신 쓰임 —옮긴이)가 된 거지. 친구, 이제껏 내가 말한 게 모두 맞나?」

베슈는 넋 나간 듯이 라울의 이야기를 듣고 있었다. 그러다가 문득 라울이 한 이야기가 모두 자신이 직접 조사한 뒤 수첩에 적어 둔 정보와 일치한다는 사실을 깨달았다. 베슈는 그 수첩을 자신의 방 벽장 속에 있는 오래된 서류 뭉치 사이에 끼워 두었다. 그렇다면 라울 다브나크가 한밤중에 들어와서 그 수첩을 발견하고 읽어 볼 시간이 있었다는 말인가?

베슈는 항의할 기운도 없이 중얼거렸다.

「모두 맞네」

라울이 말했다.

「이번엔 자네가 마무리하게. 자네의 비밀 수첩에는 어제 일에 대한 언급이 전혀 없더군……. 카트린 몽테시외의 실종에다…… 그 누구의 살인 사건 말일세. 친구, 어서 마무리를 해 주게」

베슈는 말을 이어 가는 데 곤란을 겪는 듯 이렇게 말했다.

「그게 말이지. 그게……. 이 모든 비극은 어제 몇 시간 동안에 일어났네……. 먼저 자네가 알아 두어야 할 사실은 베르트랑드의 남편인 게르셍 씨가 전날 돌아와 있었다는 거지. 사업가인 게르셍은 균형 잡힌 몸매에 훤칠하고 건강이 넘치는 아주 낙천적인 인물일세……. 저녁 모임에는 나도 참석했는데 아주 유쾌했지. 카트린까지도 말일세. 카트린은 원래 우울한 성격에다가 얼마 전부터 몇 가지 크고 작은 사건으로 충격을 받았는데도 진심으로 웃고 즐겼다네. 나는 10시 반쯤 돌아와 잠자리에 들었네. 간밤엔 아무 일도 없었지. 수상한 소리도 전혀 안 들렸어. 다음날에서야 정오 종소리가 들릴 때 베르트랑드 게르셍의 가정부인 샤를로트가 내게 달려와서 〈아가씨가 사라졌어요……. 강물에 빠진 게 틀림없어요…….〉라고 외쳤다네.」

라울 다브나크는 베슈의 말허리를 잘랐다.

「테오도르, 별로 사실 같지 않은걸. 아까는 끝내 주는 수영 선수라고 했잖아」

「혹 누가 아나……? 체력이 떨어졌거나, 뭔가와 부딪혔다면……. 어쨌든 내가 저택으로 가 보니까 카트린의 언니는 거의 미칠 지경이었고 형부와 하인 아르놀드는 몹시 불안해했네. 정원 끄트머리에 있는, 카트린이 물속으로 뛰어들곤 했던 바위들 틈에서 그녀의 수영복을 발견했다면서 보여 주더군」

「그게 살해 증거는 못 되는데……」

「어쨌든 뭔가는 입증이 되지. 내가 말했지, 카트린은 몇 주 전부터 뭔가에 골몰해서 불안한 기색이었다네……. 그러니 우리도 그런 생각이 들 수밖에……」

「카트린이 자살했을 거라고 생각해 봤나?」

라울이 태평스럽게 물었다.

「가엾은 카트린의 언니가 걱정하는 게 그 점이라네」

「그럼 자살 동기는 있었을까?」

「있었을지도 모르네. 카트린은 약혼했는데 곧 결혼……」

라울은 흥분해서 외쳤다.

「어! 뭐, 약혼했다고…… 상대가 누군데?」

「음, 파리에서 이번 겨울에 만난 청년이야. 두 자매가 저택에 살러 온 것도 그것 때문이라네. 피에르 드 바스메스 백작은 모친과 함께 바스메스 성에 살고 있어. 옛날에는 바리바 저택이 성의 부속물이었지. 성은 언덕 위에 있다네……. 참, 이곳에서도 성이 보여」

「결혼에 무슨 장애라도 있나?」

「모친은 아들이 재산도 작위도 없는 아가씨와 결혼하는 걸 원치 않아. 어제 아침 카트린이 피에르 드 바스메스의 편지를 받았네. 우리도 그 편지를 읽었는데, 피에르가 당장 떠난다고 통보해 왔더군. 모친이 6개월 동안 여행을 떠나라고 시켰대……. 피에르는 절망해서 떠나는 거라면서, 카트린에게 자기를 잊지 말고 기다려 달라고 애원했다네. 한 시간 후, 그러니까 10시에 카트린이 집을 나갔고 그 후론 안 돌아왔다네」

「어쩌면 아무도 모르게 외출했던 걸지도 모르지」

「말도 안 돼」

「자넨 자살이라고 생각하나?」

베슈는 단호하게 대답했다.

「내 생각엔 아닐세. 살인이 아닐까 싶어」

「원, 세상에! 왜?」

「우리가 샅샅이 수색하다가 확실한 물증을 얻었거든. 공원에서, 그러니까 담으로 둘러싸인 안뜰에서 어떤 강도가 배회하다가 살인했다고 봐」

「다들 그자를 봤나?」

「아니. 하지만 두 번째는 성공했잖은가」

「살인을 했나?」

「음, 살인을 했어. 어제 전화로 얘기한 것처럼 살인을 했다니까. 어제 3시 정각에 내 눈앞에서 게르셍 씨가 강을 따라 걷다가 오래된 썩은 나무다리를 건너서……」

「그만!」

「그만이라니? 이제 시작하는 참인데」

「그만하게」

「말도 안 돼! 이제야말로 진짜 확실한 살인 사건 이야기를 하려던 참인데. 그 사실을 알기 싫다면 어쩌려는 건가……?」

「알기 싫다는 게 아니라 두 번이나 듣는 건 싫다는 걸세. 잠시 후면 검찰에서 사람들이 올 테고 자네가 보고를 할 테니, 그 자리에서 논평까지 곁들여 할 말을 내게 미리 하느라 지칠 필요까진 없다는 말이네」

「하지만……」

「아냐, 친구. 자네가 이야기를 할 때는 무지무지 지루하거든.

날 좀 쉽게 내버려둬」

「어떻게?」

「내게 공원을 구경시켜 주게. 둘러보는 동안 한마디도 하지 마. 베슈, 자넨 큰 단점이 있네. 수다가 너무 심하지. 자네의 오랜 친구 뤼팽을 예로 들어 볼게. 말을 할 땐 항상 신중하고 조심성 있고, 함부로 입을 수다쟁이처럼 놀리지 않아. 언제 입을 다물어야 할지 언제 명상에 잠겨야 할지 잘 알고 있지. 염주를 세듯 미주알고주알 말을 늘어놓는 경솔한 사람의 쓸데없는 생각에 방해받지 않는단 말일세」

베슈는 이 말이 자신에 관한 것인지, 그리고 자신이 과연 수다쟁이이며 떠버리였는지 곰곰이 생각했다. 그러나 두 사람은 강한 우정과 자연스러운 존경으로 뭉친 옛 친구로서 어깨동무를 하면서 밖으로 나갔고, 그때 베슈는 마지막으로 질문을 하나 했다.

「말해 보게」

「진지하게 답해 줄 거지?」

「그래」

「한마디로 말해서, 이 이중 미스터리에 대한 자네 생각은 뭔가?」

「이중 미스터리는 아니지」

「이중 미스터리지! 사건은 둘이거든. 먼저 카트린이 실종됐고 뒤이어 게르셍 씨가 살해됐지」

「그러니까 살해된 사람이 게르셍 씨인가?」

「그래」

「그것은 미스터리군. 다른 하나는?」

「말했잖는가. 카트린의 실종이라고」

「카트린은 실종되지 않았네」

「어디에 있는데?」

「자기 방에서 한참 자고 있지」

베슈는 친구를 곁눈으로 보다가 한숨을 쉬며 생각했다.

〈이 친구, 끝까지 농담하는군.〉

그들이 철책에 다가갔을 때, 그들은 키 큰 갈색 머리 여자가 철책 가까이 보초를 서고 있는 헌병(프랑스에서는 헌병이 소도시의 치안을 맡는다——옮긴이)때문에 영지에서 나오지 못하고 그들에게 서두르라고 손짓하는 모습을 보았다.

베슈는 곧 걱정하기 시작했다.

베슈가 중얼거렸다.

「베르트랑드 게르셍의 가정부라네. 어제도 지금처럼 달려 나와서 카트린의 실종을 알려 줬어. 무슨 일이라도 일어난 걸까?」

그가 달려갔고, 라울이 그의 뒤를 따랐다.

베슈는 그녀를 한쪽으로 데려가며 말했다.

「샤를로트, 무슨 일이야? 뭐 새로운 소식은 없어?」

가정부가 우물거렸다.

「카트린 양 소식이에요. 부인께서 당신께 알려 드리라고 하셨어요」

「어서 말해 봐! 나쁜 일이야?」

「그 반대예요. 아가씨가 간밤에 돌아오셨어요」

「간밤에 돌아오다니!」

「네. 부인께서 돌아가신 사장님 머리맡에서 기도하고 계시는데, 아가씨가 울면서 다가오더래요. 기운이 하나도 없었어요. 아가씨를 침대에 눕히고 돌봐야 했어요」

「지금은?」

「아가씨는 자기 방에서 잠자고 있어요」

베슈는 라울을 다시 보면서 말했다.

「나 참! 말도 안 돼……! 젠장……! 자기 방에서 잠을 자고 있다니! 젠장!」

라울 다브나크는 다음과 같은 의미의 몸짓을 했다.

〈내가 뭐라고 그랬어? 도대체 언제쯤 내 말이 항상 옳다고 인정할 텐가?〉

「젠장!」

베슈는 달리 자신의 놀라움과 감탄을 표현할 말을 찾지 못하고 이 말만 반복했다.

살인

  바리바 영지는 약 15000평에 달하는 길쭉한 장방형 형태로, 오렐 강이 영지를 불규칙적으로 가르고 있었다. 오렐 강은 영지의 담장 밖에서 시작해서 정원을 길게 가로질러 흘렀다.

  영지 오른쪽에 있는 대지는 아주 평평했다. 먼저 여러 가지 색깔의 다년생 식물들이 무성하게 자란 신부의 작은 정원이 있었다. 그리고 저택과 아름다운 영국식 잔디밭이 펼쳐졌다. 왼쪽 울퉁불퉁한 땅에는 버려둔 사냥용 별채가 서 있는데, 버려진 채 점점 황량해진 입구 주변은 바위투성이였고 그 둘레에는 전나무들이 빽빽하게 들어섰다. 소유지 주변에는 담장이 둘러졌으나 누구라도 이웃 언덕들 중에서 가장 높은 곳에 올라서면 감히 소유지를 엿볼 수 있었다.

  강 한복판에 아치형 나무 다리로 양쪽 강과 연결된 섬이 하나 있었다. 그 다리는 널판들이 거의 썩어서 건너기에 위험해 보였다. 이 섬 안에 있는 망루 형태의 옛날 비둘기집(비둘기를 키우기 위해 사용했던 2층 높이의 건물──옮긴이)은 폐허에 가까웠다.

라울은 사방을 떠돌아다녔다. 라울은 코를 킁킁거리며 바람의 방향을 찾는 사냥개를 닮은 탐정이 아니라, 풍경을 음미하면서 경치와 동화되고 도로와 오솔길들을 눈에 익히려고 산책 나온 사람 같았다.

「자네 생각은 어때?」

마침내 베슈가 말했다.

「그래. 아주 경치 좋고 내 마음에 쏙 드는 아름다운 영지군」

「내 말은 그게 아니야」

「그럼 뭔가?」

「게르셍 씨 살인 사건 말일세」

「참 귀찮게 구네! 때가 되면 말할 텐데, 뭐」

「때가 됐네」

「그럼, 저택으로 들어가지」

이 저택은 규모가 크지 않고 양쪽에 익면(중심 건물에서 옆으로 뻗은 부분──옮긴이)이 있는 단순하고 나지막한 집으로, 벽에는 회칠이 되어 있고 지붕은 아주 작았다.

헌병 두 명이 문과 창문 사이에서 보초를 섰다.

커다란 현관에서 철제 난간 계단이 시작되었고, 현관을 중심으로 한쪽에는 식당, 다른 한쪽에는 거실 두 곳과 당구장이 있었다. 살인 사건이 있은 직후 희생자를 그중 한 거실로 옮겨 놓았다. 동네 여자 두 사람이 수의를 입힌 시신 주위에 큰 양초를 밝힌 채 지키고 있었다. 베르트랑드 게르셍은 상복 차림으로 무릎을 꿇고 기도하고 있었다.

베슈가 베르트랑드의 귓전에 몇 마디 속삭였다. 베르트랑드가 다른 거실로 자리를 옮기자, 베슈는 라울 다브나크를 그녀에게 소개했다.

「제 친구입니다……. 아주 친한 친구지요……. 제가 자주 말씀 드렸지요……. 우리를 도와줄 겁니다」

베르트랑드는 카트린과 닮았지만 동생보다 더 아름다웠다. 그러나 얼굴은 이미 고통으로 얼룩져 있었고 눈빛 속에 어딘가 비극적인 눈빛을 띠고 있어 살인 사건에 대한 공포를 엿볼 수 있었다.

라울이 고개를 숙였다.

「부인의 슬픔이 누그러질 수만 있다면……. 무엇보다도 반드시 범인을 밝혀 내고 처벌할 거란 확신을 가지십시오」

베르트랑드가 낮은 목소리로 말했다.

「그것이 제 소원이에요. 그러기 위해 필요한 일은 뭐든지 할 거예요. 제 곁에 있는 사람들도 말이죠. 안 그래, 샤를로트?」

베르트랑드는 가정부를 향해 말을 덧붙였다.

「저도 부인 말씀을 따를 거예요」

가정부는 선서하듯이 팔을 올리며 엄숙하게 말했다.

자동차의 엔진 소리가 들렸다. 철책이 열리고 자동차 두 대가 나타났다.

집사인 아르놀드가 서둘러 들어왔다. 아르놀드는 50세가량에 호리호리하고 피부가 거무스름하며 하인이라기보다는 오히려 경비원 같은 옷을 입은 남자였다.

아르놀드가 베슈에게 말했다.

「사법관들께서 오셨습니다. 의사 두 분도 오셨는데, 어제 릴본에서 오셨던 분과 법의학자께서 함께 오셨습니다. 부인, 이 방에서 기다리시겠습니까?」

이 물음에 주저하지 않고 단호한 목소리로 대답한 사람은 라울이었다.

「잠깐만. 두 가지 질문이 있습니다. 게르셍 씨 살인 사건이 먼저입니다. 그 점에 대해서는 경찰에 모두 맡깁시다. 수사는 예상대로 진행되겠지요. 하지만 부인, 동생에 관해서는 필요한 모든 예방 조치를 취하시지요. 헌병들이 어제 동생의 실종을 통보받았습니까?」

베슈가 말했다.

「어쩔 수 없었네. 카트린의 실종이 살인 사건의 결과로 보였기 때문에 말일세. 우리의 수색도 그녀와 게르셍 씨의 살인범을 찾는 거였거든」

「하지만 카트린 양이 오늘 아침에 들어왔을 때 헌병들에게 붙들리지 않았습니까?」

베르트랑드가 말했다.

「아니에요. 카트린이 하는 말이, 자기한테 정원에 있는 쪽문 열쇠가 있어서 그 문을 통해서 들어왔대요. 그리고 아무한테도 들키지 않고 1층 창문을 통해 들어올 수 있었대요」

「그 후로 그녀의 귀가가 문제되지 않았습니까?」

하인 아르놀드가 말했다.

「문제가 됐지요. 제가 좀 전에 헌병 반장에게 우리가 괜한 걱정을 했다고 말했습니다. 그리고 아가씨는 몸이 좀 불편하셔서 어제 외딴 방에서 잠이 드셨다고 했습니다. 옛날에 이불을 넣어 두던 방을 엊저녁에 급히 비워 드렸다고요」

라울이 말했다.

「좋아요. 그럴듯한 이야기군요. 그렇게 계속 밀고 나가야 합니다. 부인, 부인께선 동생과 말을 맞춰 주십시오. 동생이 낮에 무얼 했는지, 어땠는지는 경찰과 상관이 없어요. 사건이라곤 살인 사건 하나뿐이니까, 수사는 우리가 제공하는 범위를 벗어나지 못할 겁니다. 베슈 반장, 자네의 의견도 그렇지?」

「자네도 나처럼 상황을 정확히 보는군」

베슈는 거드름을 피우면서 말했다.

의사 두 명이 시신을 살피는 동안, 식당에서는 사법관들이 저택의 거주자들을 첫 번째로 신문했다. 헌병이 보고서를 읽었다. 베르티예 예심판사와 검사 대리는 몇 가지 질문을 던졌다. 그러나 모든 수사의 초점은 베슈 반장의 증언에 쏠려 있었다. 베슈는 사법관들을 잘 알고 있었고, 경찰로서가 아니라 자신이 목격한 사건들의 증인으로서 진술했다.

베슈는 라울 다브나크를 우연히 자신의 집에 머물고 있던 친구로 소개했다. 베슈는 신중히 말을 고르면서 가끔 본론에서 벗어나 여담까지 곁들였다.

「우리는 어제 저택에 함께 있었습니다. 제가 우리라고 말씀드리는 이유는, 이 부인들이 두 달 전부터 절 가족의 구성원처럼 여기고 있기 때문입니다. 우리는 아무런 이유도 없이 무척 불안한 상태였습니다. 지금에서야 그 동기라는 것을 역설해 봤자 소용없지만, 우리는 몽테시외 양이 무슨 사고를 당했다고 추측했습니다. 제 경험상 경계를 충분히해야 했는데, 판단 미숙으로 사실이 입증되지도 않은 걱정거리에 매달렸던 겁니다. 왜냐하면 카트린 몽테시외는 강가에서 수영을 한 다음 피로를 느끼고 몸도 불편해져서, 이 저택 사람들과 마주치지 않고 돌아와서 쉬었던 거

44

니까요. 참고로 저는 그때 그곳에 없었습니다. 몽테시외 양이 수영복을 그 자리에 놓고 오는 바람에 저희가 그런 상상을 하게 되었는데……」

베슈는 말을 끝맺지 않고 얼버무렸다. 그러고는 〈이제 카트린이 사건에서 제외됐지…….〉라는 듯 라울에게 눈짓을 하고 이야기를 이어 나갔다.

「시각은 3시였습니다. 저는 저택에서 부름을 받고 급히 달려와 무익한 수색 작업에 동참했습니다. 제가 말씀드린 대로 우리는 무척 불안한 가운데 일말의 희망을 가지면서 함께 식사했습니다. 제가 말했지요. 〈증거를 아무것도 찾지 못했으니까 걱정할 일은 없을 겁니다.〉 게르셍 부인은 어느 정도 안정을 되찾아 방으로 올라갔습니다. 아르놀드와 샤를로트는 주방에서 점심 식사를 했습니다. 보셔서 아시겠지만, 이 주방은 저택 끝 오른편에 있고 정면 현관의 옆쪽으로 통합니다. 게르셍 씨와 저는 카트린 문제에 대해 이야기하며 이 문제를 현실적으로 분석해 보려고 애쓰고 있었지요. 그때 게르셍 씨가 제게 말했습니다.

〈저 섬만 안 가 봤군요.〉

〈거기 가서 뭐 합니까?〉

제가 물었습니다.

예심판사님, 게르셍 씨는 전전날에 도착한 데다 그간 몇 년 동안 바리바 영지에 들어온 적이 없었다는 점을 말씀드립니다. 그 결과, 게르셍 씨는 우리 모두가 아는 것들을 모르고 있었습니다. 우리는 두 달이 넘게 그곳에 있었거든요.

제가 말했습니다.

〈뭐 하러 갑니까? 다리는 절반이 무너진 상태고 급할 때만 건

너는데요.〉

게르셍 씨가 말을 이었습니다.

〈그럼, 강 반대편으로는 어떻게 갑니까?〉

제가 답했습니다.

〈거의 가지 않죠. 카트린 양이 수영을 한 뒤 섬 안이나 반대편 강가를 산책할 이유가 전혀 없습니다.〉

〈그렇군요…… 그래요……. 하지만 그쪽으로 한 바퀴 돌고 오겠습니다.〉

게르셍 씨는 그렇게 중얼거렸습니다」

베슈는 잠시 말을 끊고 문지방까지 나갔다. 베슈는 베르티예 판사와 검사 대리에게 1층 현관 양 옆으로 길게 난 좁은 테라스까지 나올 것을 요청했다.

「예심판사님, 우리는 이곳에서 대화를 나누었습니다. 저는 이 철제 의자에서 꼼짝 않고 있었고, 게르셍 씨는 저쪽으로 걸어갔습니다. 이제 사건 장소에서 이곳까지의 거리를 아시겠지요? 저는 이 테라스에서 다리 입구까지 직선 거리가 기껏해야 80미터일 거라고 봅니다. 이 테라스에 서 있는 사람이라면, 다리의 첫 번째 아치 위에서 벌어지는 일뿐만 아니라 강의 반대편 지류에 걸친 두 번째 아치 위에서 일어나는 일도 깨끗하게 볼 수 있다는 사실을 말씀드리는 겁니다. 직접 확인해 보십시오. 그리고 작은 섬에서 일어나는 일도 똑똑하게 볼 수 있습니다. 나무는 물론이고 작은 관목들도 없습니다. 눈에 보이는 장애물이라고는 오래된 비둘기집의 망루뿐입니다. 그런데 비극이 벌어진 쪽, 다시 말해서 이 망루 앞에는 눈에 띌 만한 경치가 전혀 없습니다. 아무도 그곳에 숨을 수 없습니다……. 아무도 말입니다. 저는 그 점을 강조하는 바입니다」

「망루의 내부를 제외하면 말이죠」

베르티예 판사가 지적했다.

베슈가 시인했다.

「망루의 내부만 제외하면 그렇습니다. 하지만 그 문제는 나중에 이야기하겠습니다. 우선, 게르셍 씨는 잔디밭을 우회하는 왼편 가로수 길을 따라가다가 손질이 잘되어 있지 않은 이 오솔길로 접어들었습니다. 이 오솔길은 다리로 이어지기 때문에 거의 사용하지 않고 있었지요. 그는 다리의 첫 번째 널판에 발을 디뎠습니다. 그리고 한 손으로 흔들리는 난간을 붙들고 발을 살금살금 디뎠습니다. 발을 디디는 걸음이 점차 빨라지더니 어느덧 게르셍 씨는 섬으로 들어갔습니다. 그때서야 저는 이 탐험의 목적을 알게 되었습니다. 게르셍 씨는 비둘기집 문으로 직행하더군요」

「우리도 그쪽으로 갈 수 있습니까?」

베르티예 판사가 주의를 환기시켰다.

베슈가 서둘러 외쳤다.

「안 됩니다. 그 비극은 이곳에서 보셔야 합니다. 예심판사님, 판사님께서는 제가 목격한 광경을 똑같은 장소에서, 똑같은 시각으로 머릿속에 그려 보셔야 합니다」

베슈는 자신이 생각해 낸 표현에 뿌듯함을 느낀 나머지 되풀이해서 말했다.

「똑같은 시각에서 말입니다. 그리고 제가 그 비극을 지켜본 유일한 목격자가 아님을 말씀드려야겠군요. 점심 식사를 끝낸 아르놀드 씨가 지금 우리가 서 있는 곳과 같은 테라스, 주방 바로 앞에서 담배를 피우고 있었습니다. 확인해 보면 아시겠지만 주방은 우리가 서 있는 곳에서 20미터 우측에 있습니다. 그 사람도 게르셍 씨를 눈으로 좇고 있었습니다. 예심판사님, 상황이 머릿속에서 명백하게 그려지시죠?」

「베슈 반장, 계속하십시오」

베슈는 말을 계속했다.

「섬 전체가 그렇듯이 땅에는 가시덤불과 쐐기풀, 보행을 방해하는 온갖 덩굴 식물들이 뒤얽혀 있었습니다. 저는 게르셍 씨가 비둘기집을 향해 가고 있는 이유가 궁금했습니다. 카트린 양이 비둘기집으로 몸을 피했다는 근거는 전혀 없었지요. 그렇다면? 호기심으로? 뭔가 알고 싶은 욕심으로? 어쨌든 게르셍 씨가 문까지 네 걸음, 세 걸음 앞으로 다가서고 있음은 확실했습니다. 여러분도 저 문이 똑똑히 보이지 않습니까? 우리 쪽으로 문이 나 있는데, 둥근 담이 기대고 있는 커다란 돌 받침 위에 아치형으로 된 키 작은 문입니다. 맹꽁이자물쇠로 잠가 놓고 큰 빗장을 두 개나 질러 놓았더군요. 게르셍 씨가 허리를 숙이고 맹꽁이자물쇠를 조작하니까 바로 풀렸습니다. 여러분도 곧 확인하시겠지만 돌 속에 깊이 꽂아 놓았던 등산용 쇠못 중 하나를 빼니까 간단히 풀린 겁니다. 이제 빗장 두 개만 남았지요. 게르셍 씨는 위에 있는 빗장을 만진 다음 아래의 빗장을 움직였습니다. 걸쇠를 잡고 문짝을 자기 쪽으로 잡아당겼어요. 그러자 돌연 끔찍한 일이 벌어졌습니다! 총성이 울린 겁니다. 게르셍 씨가 팔을 움직이거나 뒤로 물러서서 자신을 보호할 사이도 없었습니다. 갑작스런 공격이, 총격이 있을 거라고 짐작할 시간도 없었던 겁니다. 게르셍 씨는 쓰러졌습니다」

베슈는 입을 다물었다. 베슈의 이야기는 쉴 새 없이 흘러나와 그가 전날 느꼈던 공포를 그대로 드러냈고 숨 가쁜 확신과 더불어 큰 효과를 자아냈다. 게르셍 부인이 눈물을 흘렸다. 당황한 사법관들은 설명을 기다렸다. 라울 다브나크는 자신의 느낌을 드러내지 않고 듣고만 있었다. 다른 이들이 모두 침묵하는 가운데 베슈는 청중들을 휘어잡으며 말을 마쳤다.

「예심판사님, 총이 건물 내부에서 발사되었다는 점에는 의문의 여지가 없습니다. 그 사실에 대해선 증거가 스무 가지도 넘습니다. 그중 두 가지를 지적해 보죠. 먼저 그곳 말고는 몸을 숨길 곳이 없습니다. 그리고 연기는 전부 안쪽에서 새어 나와 벽을 따라 벌어진 틈으로 올라갔습니다. 물론 저는 이 확신을 얻기 위해 단 1초도 허비하지 않았죠. 하지만 단번에 확신을 얻었습니다. 저는 앞으로 달려갔고 아르놀드 씨도 가정부와 함께 저를 따라와 제 양 옆에서 함께 달렸습니다. 전 생각했죠. 〈살인은 저기, 문 뒤에서 벌어졌어…… 범인은 무장했으니까 우리에게 총격을 가하겠지…….〉 문짝 때문에 안쪽에서 무슨 일이 일어나는지 눈으로 볼 수는 없었지만, 제 절대적인 확신을 꺾을 만한 의혹은 전혀 없었습니다. 그런데 아르놀드 씨와 제가 다리를 건넜을 때 말입니다. 예심판사님, 저희 둘은 조심도 하지 않고 다리를 마구 건넜다는 것을 맹세합니다. 저희가 벌어진 문 앞에 도착했을 땐 아무도…… 총을 들고 있는 사람은 아무도 없었어요!」

베르티예 판사가 서둘러 말했다.

「누가 망루 안에 숨어 있는 게 분명하군요!」

베슈가 말했다.

「저도 그 점을 의심하지 않았죠. 혹시 창문이나 다른 출구가 있을 것에 대비해 아르놀드 씨와 샤를로트에게 뒤를 지키라고 명령한 다음, 전 게르셍 씨에게 다가가 무릎을 꿇었습니다. 게르셍 씨는 횡설수설하면서 괴로워하고 있었습니다. 그의 넥타이와 깃을 풀고 셔츠를 젖혀 보니 온통 피투성이였습니다. 그때 게르셍 부인이 총성을 듣고 제 쪽으로 달려왔습니다. 게르셍 씨는 부인의 팔에 안겨 죽었습니다」

침묵이 흘렀다. 두 사법관은 낮은 소리로 몇 마디를 나눴다. 라울 다브나크는 생각에 잠겼다.

베슈가 말했다.

「예심판사님, 절 따라오시면 현장에서 보충 설명을 해 드리겠습니다」

베르티예 판사는 승낙했다. 점점 더 자신만만해지고 우쭐해진 베슈는 진지하고 엄숙한 태도로 길을 가리켰고 모두들 다리까지 걸어갔다. 신속하게 조사한 결과, 다리는 생각한 것보다 훨씬 튼튼했다. 실제로 널판을 몇 개 흔들어도 가로놓인 들보들의 상태가 아주 양호해서 아무 위험 없이 건널 수 있었다.

옛 비둘기집의 망루는 굵직하니 키가 낮았다. 검고 흰 자갈들이 바둑판 모양으로 놓이고 아주 붉은 작은 벽돌들이 줄을 맞춰 쌓여 있었다. 옛날에는 비둘기 둥지로 쓰였던 구멍들은 시멘트로 막혔다. 지붕은 일부가 떨어져 나갔고, 벽들을 이은 용마루는 부서졌다.

그들은 안으로 들어갔다. 천정의 대들보 틈으로 빛줄기가 새어 들어왔다. 대들보 위에는 기와가 거의 남아 있지 않았다. 바닥은 진흙투성이에 온갖 부스러기가 널려 있고 검은 물웅덩이도 있었다.

「베슈 반장, 이곳을 수색했습니까?」

베르티예 판사가 물었다.

형사반장은 현장 조사와 수색만큼은 자신을 따라올 자가 없다는 투로 대꾸했다.

「예, 예심판사님. 첫눈에도 살인은 우리 앞의 가시 범위에서 벌어진 게 아님을 쉽게 알 수 있었습니다. 하지만 게르셍 부인에게 물어보니까, 어릴 때 할아버지와 함께 사다리로 내려갔던 지하에 방이 있었던 것을 기억해 내시더군요. 중요한 증거들을 하나도 손대지 못하게 하고서 즉각 아르놀드 씨에게 자전거로 릴본에 가서 의사와 헌병에게 연락하라고 지시했습니다. 그리고 게르셍 부인이 남편 곁에 있겠다고 애원하셔서 샤를로트가 밑에 깔 담요와 시신을 덮을 시트를 찾으러 가자마자 전 수사를 시작했습니다」

「혼자서?」

「혼자서」

이 말이 베슈 반장의 입에서 얼마나 당당하게 나왔던지 마치 그가 모든 경찰력과 사법권을 대변하는 것처럼 들렸다.

「수사는 오래 걸렸습니까?」

「금방이었습니다, 예심판사님. 제일 먼저 바닥과 물웅덩이 속에서 범죄에 사용된 무기가 있는지 뒤졌습니다. 7연발 브라우닝 권총이 있었습니다. 바로 그 자리에 놓인 게 보이실 겁니다. 그런 다음, 이 돌무더기 밑에서 뚜껑 문을 발견해서 들어 올리니까 나무로 된 두 단짜리 작은 계단이 매달려 있었습니다. 그 계단이 저절로 풀리면서 게르셍 부인이 기억하던 아래층으로 내려가더군요. 그곳은 비어 있었습니다. 예심판사님, 수고스러우시겠지만 저를 따라와 보시겠습니까?」

베슈는 휴대용 손전등을 켜고 사법관들을 안내했다. 라울도 그

뒤를 따랐다.

그곳은 망루의 원주(圓柱)에 내접(內接)한 정사각형 방이었다. 대략 가로 5미터 세로 5미터로, 키 작은 천장은 궁륭(穹窿)형태였다. 2층에서 궁륭의 균열을 통해 물이 새어 나왔고, 15센티미터 가량의 웅덩이를 이루고 있었다. 베슈가 지적한 것처럼 이 동굴 같은 방에서 예전에 전등을 사용했는지, 전선과 전기 시설이 눈에 띄었다. 그리고 습하고 썩은 냄새가 코를 찔렀다.

「여기에 숨어 있던 사람은 없었습니까?」

베르티예가 질문했다.

「아무도 없었습니다」

「비밀 장소도?」

「두 번째는 헌병과 함께 방문했는데, 아무것도 없다는 확신을 얻었습니다. 더구나 이런 지하 골방에서 어떻게 숨을 쉴 수가 있겠습니까? 그 자체가 이미 이 동굴에 대해 풀기 힘든 문제였습니다」

「하지만 당신이 문제를 풀었죠……?」

「예. 궁륭과 망루의 토대를 가로지르는 공기 파이프가 있었습니다. 그 파이프는 강물이 만조일 때에도 물높이 위에서 열립니다. 제가 밖에 나가 비둘기집 뒤편에서 그것을 보여 드리겠습니다. 그 파이프는 절반이 막혀 있더군요」

「그렇다면 베슈 반장, 결론이 뭡니까?」

「결론은 없습니다, 예심판사님. 솔직히 제가 내린 결론이 없음을 고백합니다. 망루 안에 있던 누군가 게르셍 씨를 살해한 것은 알지만, 그게 누구인지는 모릅니다. 그리고 범인은 왜 게르셍 씨를 죽였을까요? 범인이 게르셍 씨를 노리고 있다가 게르셍 씨한테 발각되었던 걸까요? 이 사건은 복수극일까요, 탐욕에 의한 것일까요, 아니면 우발적인 살인일까요? 저는 모르겠습니다. 다시 말씀드리지만 이 망루에 있던 누군가 문 뒤에서 권총을 쏘았던 겁니다……. 현재로서 말씀드릴 수 있는 내용은 이상입니다, 예심판사님. 저희 수사가 끝난 뒤 있었던 헌병의 후속 수사에서도 별다른 사실이 밝혀지지 않았습니다」

베슈의 진술이 너무 단정적인 나머지 모두들 결코 풀 수 없는 미스터리와 마주친 느낌이 들었다. 베르티예 판사가 다소 빈정거리며 그 사실을 지적했다.

「그래도 살인은 어딘가에서 벌어졌을 겁니다. 당신 말마따나 땅으로 꺼지거나 하늘로 솟지 않은 이상, 범인이 사라졌다는 것은 말이 안 됩니다」

「그럼 직접 수사를 해 보십시오, 예심판사님」

베슈가 자존심이 상한 듯 말했다.

「물론 우리가 수사할 겁니다, 형사반장. 우리의 공조가 좋은 결과를 맺으리라 확신합니다. 범죄학에 있어서 기적이란 없습니다. 어느 정도 숙련된 수법과 트릭이 있을 뿐이죠. 그것을 밝혀낼 겁니다」

베슈는 더 이상 자신이 필요하지 않다는 걸 깨달았다. 이제 자신의 역할은 끝났다. 베슈는 라울 다브나크의 팔을 붙들고 한쪽으로 이끌었다.

「자넨 할 말이 없나?」

「나? 없는데」

「생각은 있을 거 아닌가?」

「무슨 생각?」

「살인에 대해서……. 범인이 도망간 수법에 대해서……?」

「생각이야 많지」

「그동안 자넬 지켜봤네. 뭔가 골치 아픈 딴생각에 빠져 있는 눈치던데」

「골치 아픈 건 자네의 이야기였어, 베슈. 어찌나 길고 군소리가 많던지!」

베슈는 그래도 버텼다.

「내 이야기는 간결하고 명쾌한 진술의 표본이었네. 난 꼭 할 말만 했지 군소리는 하지 않았어. 꼭 할 일만 했던 것처럼 말일세」

「자넨 끝까지 못 갔으니 해야 할 일을 모두 한 게 아니지」

「그러는 자넨? 나보다도 더 진전이 없다는 걸 시인하지그래」

「자네보다 훨씬 앞섰는걸」

「뭔데? 아까 아무것도 모른다고 자네 입으로 말했잖아」

「아무것도 모르지. 하지만 모든 것을 알기도 해」

「설명해 보게」

「일이 어떻게 벌어졌는지 알겠네」

「뭐?」

「일이 어떻게 벌어졌는지 안다는 것 자체가 대단하잖나」

「대단…… 대단하지……. 내게 설명 좀 해 주겠나……?」

베슈는 갑자기 좌절감에 빠져 동그란 눈으로 라울을 바라보며 우물거렸다.

「아! 그건 안 되지!」

「무슨 이유인데……?」

「말해 봤자 자넨 이해하지 못할 테니까」

습격

베슈는 라울의 말에 대해 전혀 반박하지 못했고, 괘씸하다는 생각조차 하지 못했다. 다른 사건들도 마찬가지였지만 이런 경우에 라울은 항상 아무도 생각지 못하는 사실들을 밝혀 내곤 했다. 그러니 라울이 예심판사나 검사 대리에게 갖는 존경심으로 자신을 대하지 않는다 해도, 베슈가 어떻게 화를 내겠는가?

베슈는 친구의 팔을 꼭 붙들고 공원을 가로질러 데려갔다. 베슈는 마치 자문하듯 신중하게 던진 질문의 답을 얻고 싶은 마음에 그 상황에 대해 장광설을 늘어놓았다.

「정말 수수께끼야! 밝혀야 할 게 얼마나 많은지! 자네한테 일일이 나열할 필요도 없지, 안 그런가? 자넨 망루에 숨었던 자가 살인을 한 후 그 자리에 남아 있었다고 볼 수 없다는 걸 나만큼 잘 알잖아. 거기에서 못 찾았으니까. 그리고 도망가는 걸 보지 못했으니 도망갔을 리도 없고……. 그렇다면? 범죄 동기는? 나 참!

게르셍 씨는 전날에나 왔단 말일세. 그를 제거하려던 작자는 게르셍 씨가 다리를 건너서 비둘기집 문을 열 줄 어떻게 알았겠어? 귀신이 곡할 사건이라네!」

베슈는 말을 멈추고 친구의 얼굴을 살폈다. 라울은 잠자코 있었다. 베슈는 말을 이었다.

「나도 아네……. 자넨 이 사건이 우연의 결과라고 반박하겠지. 게르셍 씨가 도적의 소굴에 침입했기 때문에 살해된 거라고 말이야. 말도 안 되는 가설이지」

베슈는 마치 라울이 그런 가설을 생각해 냈으니 라울을 경멸한다는 듯이 거만하게 그 말을 반복했다.

「그래, 말도 안 돼. 왜냐하면 게르셍 씨가 맹꽁이자물쇠를 비틀어 여는 데 이삼 분밖에 안 걸렸어. 그리고 범인은 아래층으로 몸을 숨기는 데 스무 배는 더 걸렸을걸. 내 추리가 옳다고 시인하게. 안 그러면 다른 추리를 내세워야 할걸」

라울은 한마디 대꾸도 하지 않았다. 그는 침묵했다.

그러자 베슈는 방법을 바꾸어 다른 주제를 공격했다.

「카트린 몽테시외의 경우도 마찬가지야. 그 문제 역시 베일에 싸여 있어. 카트린이 어제 온종일 무엇을 했을까? 어디를 통해 사라졌던 걸까? 언제, 어떻게 돌아왔을까? 미스터리야. 나만큼이나 자네에게도 불가사의라네. 자넨 그 아가씨의 과거에 대해서도 모르고, 까닭 있는 불안이나 변덕스런 성격, 아무것도 모르잖는가」

「아무것도 모르지」

「나도 마찬가지야. 어쨌든 내가 자네한테 알려 줄 수 있는 몇 가지 기본 사항은 있네」

「지금으로선 관심 없어」

베슈는 화를 냈다.

「아니, 이 친구 봐라. 아무것도 관심 없다고? 자넨 무슨 생각을 하는 건가?」

「자네 생각」

「내 생각?」

「그래」

「어떤 쪽으로?」

「평소 자네에 대해 생각하는 대로지」

「바보로 본다는 소리군」

「천만에, 분별 있게 행동하는 아주 논리적인 사람으로 생각하지」

「그래서?」

「나는 오늘 아침부터 자네가 왜 라디카텔에 왔는지 궁금해하고 있지」

「내가 말했잖아. 폐렴의 후유증으로 요양하러 왔지」

「요양하려는 생각은 잘했어. 하지만 팡탱이나 샤랑통(모두 파리 근교임 ─ 옮긴이) 같은 다른 곳에서 할 수도 있지. 왜 이 시골을 고른 건가? 자네 고향이라도 되나?」

난처해진 베슈가 말했다.

「아닐세. 하지만 친구 하나가 이 별장을 갖고 있어서……」

「거짓말하는군」

「거짓말이라니……!」

「베슈, 자네 시계 좀 보여 줘」

형사반장은 조끼 호주머니에서 낡은 은시계를 꺼내 라울에게 보여 주었다.

라울이 말했다.

「그런데……, 이 시계 뚜껑 밑에 뭐가 들었는지 내가 말해도 되겠나?」

「거긴 아무것도 없네」

갈수록 마음이 불편해지는 베슈가 말했다.

「있지. 작은 사진이 하나 있는데, 바로 자네 애인이지」

「내 애인?」

「그래, 요리사 말일세」

「무슨 헛소리를 하는 건가?」

「자넨 요리사 샤를로트의 애인이잖아」

「샤를로트는 단순한 요리사가 아닐세. 부인의 말벗이라고 할 수 있지」

「요리도 하고, 자네 애인도 되는 말벗이로군」

「말도 안 되네」

「어쨌든 자넨 그녀를 사랑하지」

「사랑하지 않네」

「그렇다면 왜 그 사진을 품에 지니고 있지?」

「어떻게 알았나?」

「간밤에 자네 베개 밑에 있던 시계를 열어 봤지」

베슈가 중얼거렸다.

「이 악당……!」

베슈는 새삼 속은 게 분했고, 자신이 또다시 라울의 놀림거리가 된 사실에 더욱 화가 났다. 요리사의 애인이라니!

베슈는 딱딱한 어조로 말했다.

「다시 한번 말하는데, 샤를로트는 요리사가 아니라 부인의 말벗이자 책 읽어 주는 사람이야. 게르셍 부인의 친구나 다를 바 없네. 부인이 샤를로트의 지성과 심성을 높이 평가하고 있거든. 난 파리에서 샤를로트와 알게 되었는데, 내가 회복기에 들어갔을 때 이 임대 별장과 라디카텔의 맑은 공기에 대해 말해 준 사람이 샤를로트였다네. 내가 이곳에 오자마자 샤를로트는 안주인들에게 소개시켜 주었고, 나는 당장에 가족의 일원으로 대접을 받았지. 내 이야기는 그게 다일세. 샤를로트는 믿을 수 있는 정숙한 여인이고, 난 샤를로트를 너무나 존경하는 나머지, 애인이 되어 달라고 청하지도 못해」

「그럼 결혼은?」

「생각이야 있지」

「암 그렇지. 하지만 어떻게 그런 심성이 좋고 똑똑한 부인의 말벗이 하인들 사회에서 생활하려고 했을까?」

「아르놀드 씨는 하인이 아닐세. 그 사람은 우리 모두 존경하는 관리인인데 자기 일을 묵묵히 잘하고 있지」

라울이 기분 좋게 외쳤다.

「베슈, 자넨 슬기로운 행운아야. 장차 베슈의 마누라께서 맛있는 음식을 실컷 해 줄 테니 나는 자네 집에서 하숙을 해야겠군. 더구나 자네 애인 참 훌륭한 것 같아……. 외모도 괜찮고…… 매력도 있고……, 몸매도 통통하고 예쁘지……. 그래, 내가 그런 걸 알아보는 덴 도사거든. 자넨……」

베슈는 입술을 꽉 다물었다. 그는 이런 장난이 싫었다. 종종 라울은 우월감을 갖고 자신을 놀리면서 신경을 거스르곤 했다.

베슈는 대화를 끝내 버렸다.

「그만하게. 몽테시외 양이 저기 있군. 이런 질문은 그녀와 아무런 상관도 없어」

그들은 저택으로 돌아왔다. 게르생 부인이 한 시간 전에 머물렀던 방에 카트린이 창백한 얼굴로 머뭇거리며 나타났다. 베슈가 라울을 소개하려고 하자, 라울은 허리를 굽히고 카트린의 손에 키스를 하며 다정하게 말했다.

「안녕하세요, 카트린. 몸은 어때요?」

베슈는 어리둥절해서 물었다.

「뭐야? 말도 안 돼! 자넨 아가씨와 아는 사인가?」

「아니. 그러나 자네가 이 아가씨에 대해 얼마나 많은 얘기를 했던지 꼭 아는 사람 같구먼!」

베슈는 두 사람을 지켜보며 생각에 잠겼다. 이 말이 무슨 뜻일까? 라울이 이곳에 오기 전에 몽테시외 양과 접촉할 기회라도 있었을까? 그녀와 함께 자신을 놀리면서, 벌써부터 그녀를 위해서 이번 일에 개입했던 것은 아닐까?

그러나 이번 사건은 워낙 복잡해서 이미 베슈가 이해할 만한 수준을 벗어났다. 진실을 짜 맞추기에 너무나 많은 것들이 빠져 있었다. 격분한 그는 라울에게 등을 돌리고 화난 몸짓으로 나가 버렸다.

곧 라울 다브나크는 고개 숙여 사과했다.

「제가 너무 친숙하게 군 점을 용서하십시오, 카트린 양. 솔직히 말씀드리면, 베슈 반장을 조종하기 위해 늘 돌발 상황을 만들며 그 친구의 마음을 조마조마하게 만들고 있답니다. 경우에 따라선 유치한 일도 그 친구에겐 기적같이 보이고, 그래서 제가 마법사나 악마처럼 전지전능한 모습으로 비춰지는 거죠. 그 친구가 화나서 가 버리니까 이제 좀 조용하군요. 제가 이 사건을 해결하려면 좀 냉정해질 필요가 있습니다」

라울은 무슨 일이건 카트린의 동의를 구했고 앞으로도 그러할 것 같았다. 처음 만난 순간부터 카트린은 사랑의 포로가 되어 그의 온화한 권위에 굴복했다.

　카트린은 라울에게 손을 내밀었다.

「선생님 마음대로 하세요」

　카트린이 너무 약해 보이자, 라울은 그녀를 격리시켜서 가능한 한 예심판사의 신문을 피하게 하리라 결심했다.

「방에서 꼼짝하지 말아요, 카트린 양. 제가 상황을 더 명확히 판단할 때까지, 우리는 앞으로 닥칠 그 어떤 공격으로부터 미리 대비해야 합니다」

「걱정되세요, 선생님?」

　카트린이 망설이며 말했다.

「걱정하지는 않지만, 뭔가 모호하고 눈에 보이지 않는 것은 늘 경계하죠」

　라울은 카트린과 게르셍 부인에게 저택을 샅샅이 둘러볼 수 있도록 허락을 구했다. 아르놀드가 라울의 안내를 맡았다. 라울은 지하실과 1층을 둘러본 뒤 2층으로 올라갔다. 2층의 방들은 모두 긴 복도로 연결돼 있었다. 방들은 작고 천장이 낮았으며, 하나같이 알코브와 화장실 등 구석진 곳들이 많아 복잡했다. 방마다 18세기식으로 벽을 장식했고 창 사이에는 거울을 짜 놓았으며, 색바랜 수공 태피스트리를 덮은 의자와 소파들이 딸려 있었다. 베르트랑드와 카트린의 방 사이에는 계단이 있었다.

　이 계단은 3층으로 통했는데, 3층에는 사용하지 않는 공구들을 쌓아 놓은 커다란 광이 있었다. 그 양 옆으로 가구도 없고 사용하지 않는 하인용 다락방들이 있었다. 샤를로트가 카트린의 침실

바로 위인 오른쪽 방에서 잠을 잤고 아르놀드가 베르트랑드의 침실 위에 있는 왼쪽 방을 사용했다. 두 층에 있는 창문들은 모두 정원 쪽으로 나 있었다.

라울은 조사를 끝내고 밖으로 나왔다. 사법관들은 베슈와 함께 계속 수사하고 있었다. 그들이 돌아오는 모습을 본 라울은 카트린이 아침에 영지로 들어오기 위해 사용한 쪽문이 있는 담장 쪽으로 들어갔다. 소관목 덤불과 송악(두릅나뭇과의 상록 활엽 덩굴나무——옮긴이)이 점령한 무너진 온실의 잔해가 정원의 이쪽 일부를 어지럽히고 있었다. 그는 열쇠를 갖고 있던 터라 아무도 모르게 빠져나올 수 있었다.

영지 밖에서 오솔길은 담장을 따라 이어졌고 언덕의 첫 번째 비탈까지 오르막길이었다. 라울이 걷다 보면 바리바와 멀어졌다가 곧 그 앞으로 나오게 되었다. 과수원과 숲 경계선 사이를 지나면, 바스메스 성이 우뚝 서 있고 스무 채 남짓한 초가집과 가옥들이 모여 있는 첫 번째 고원에 이르렀다.

망루 네 개가 둘러싸고 있는 성의 본채는 모양이 바리바 저택과 비슷했다. 아마도 성채를 본떠서 저택을 지은 듯했다. 그곳에는 자기 아들 피에르와 카트린의 결혼을 반대하고 두 약혼자를 떼어 놓은 바스메스 백작 부인이 살고 있었다. 라울은 한 바퀴 둘러본 다음, 마을의 주막에서 식사를 하고 농부들과 잡담을 나눴다. 그 마을 사람들은 시련을 겪고 있는 젊은이들의 사랑에 대해 잘 알고 있었다. 인근 숲에서 서로 깍지 끼고 앉아 있는 그들을 놀라게 했던 적이 더러 있었다. 하지만 며칠 전부터는 연인들의 모습을 볼 수가 없었다.

라울은 생각했다.

〈모든 것이 명백하군. 백작 부인이 아들을 여행 보내면서 두 사람의 만남이 중단된 거야. 어제 아침에 그 청년이 떠난다는 편지를 카트린에게 보냈겠지. 카트린은 미칠 지경이 되어 바리바를 떠나 자신들이 평소 만나던 장소로 달려왔겠지. 피에르 드 바스메스 백작은 그곳에 없었던 거야.〉

라울 다브나크는 비탈길을 올라가면서 따라 걸었던 작은 숲으로 다시 내려왔다. 그는 나뭇잎이 무성한 길로 들어가 잡목림을 헤치며 나아갔다. 라울은 곧 숲 속의 빈터에 들어섰는데, 나무들이 병풍처럼 둘러선 곳에 투박한 벤치가 놓여 있었다. 그곳이야말로 두 연인이 만나곤 했던 장소였으리라. 라울은 벤치에 앉았다. 몇 분 후, 그는 나무줄기들 사이로 이어지는 통로 저 끝으로 10미터나 15미터가량 떨어진 곳에서 무엇인가 움직이는 것을 발견하고는 화들짝 놀랐다. 그것은 한 장소에 수북이 쌓아 놓은 낙엽 더미였는데, 그곳에서 이상한 움직임이 일었다.

라울은 그곳까지 미끄러져 내려갔다. 낙엽 더미는 더 심하게 움직였으며 그곳에서 신음까지 들려왔다. 낙엽 더미에 다다랐을 때 한 노파의 얼굴이 불쑥 나타났다. 그리고 잔가지와 이끼로 엮은 듯이 헝클어진 머리털과 누더기를 걸친 바싹 마른 몸이 수의처럼 덮여 있던 낙엽 이불에서 빠져나오고 있었다.

노파는 험상궂은 모습이었으며 동시에 두려움에 새파랗게 질려 있기도 했다. 그녀는 기운 없는 듯 다시 쓰러지더니 마치 누군가에게 얻어맞았던 듯 신음하고 머리를 감싸면서 고통스러워했다.

라울은 노파에게 질문했다. 그러나 앞뒤가 맞지 않는 푸념밖에 들을 수 없었다. 이 노파를 어떻게 다루어야 할지 몰랐기 때문에 그는 바스메스 마을로 돌아가서 주막 주인을 데려왔다. 주막 주인은 노파를 보더니 그녀에 대해 설명했다.

「아, 보셸 할멈이군요. 약간 노망난 늙은이입니다. 아들이 죽고 나서 살 힘을 잃어버렸죠. 아들은 나무꾼이었는데 벌목하던 참나무가 비스듬히 쓰러지면서 깔려 버린 겁니다. 할멈은 자주 저택에 가서 일을 했는데, 몽테시외 씨가 살아 계실 때 가로수 길의 잡초를 뽑곤 했죠」

주막 주인은 보셸 할멈을 확실히 알아봤다. 라울과 주막 주인은 노파를 숲에서 멀지 않은 곳에 있는 그녀의 누추한 오두막으로 데려다 요 위에 눕혔다. 노파는 혀 짧은 소리를 계속했는데, 라울은 그 가운데서 반복되는 몇 마디만을 주워 담을 수 있었다.

「벌들나무 셋(버드나무를 틀리게 발음함―옮긴이)……. 내 말 했잖혀, 우리 이뿐 아씨……, 벌들나무 셋……. 그 사람이…… 아씨를…… 우리 이뿐 아씨를 죽인당께……. 조심해야 혀……」

「할멈이 착각하는 겁니다」

주막 주인이 차갑게 웃으며 떠나갔다.

「보셸 할멈, 잘 있어요. 잠이나 좀 자요」

노파는 떨리는 두 손으로 줄곧 머리를 감싼 채 고통스러운 표정으로 흐느꼈다. 노파에게 몸을 기울이다가 라울은 희끗한 머리채 사이에 피가 약간 굳어 있는 부분을 발견했다. 라울은 손수건을 물 항아리에 적셔서 머리의 핏자국을 닦아 주었다. 노파가 안정이 되고 조용해졌을 때 그는 숲 속의 빈터로 돌아갔다. 허리를 굽히자 낙엽 더미 근처에서 갓 잘라 내어 몽둥이처럼 다듬은 굵은 나무뿌리를 찾을 수 있었다.

라울은 혼잣말했다.

「이제 알겠어. 보셸 할멈은 몽둥이로 맞고 이곳까지 끌려와서 낙엽에 파묻힌 채 방치되었던 거야. 그런데 누가 때렸을까……?
왜 그랬을까? 음모를 꾸민 자는 한 사람이라고 봐야 할까?」

그리고 라울의 걱정은 보셀 할멈이 말했던 몇 마디……, 〈우리
이쁜 아씨〉라는 말에 집중되었다. 이것은 카트린 몽테시외와 관
련된 일이 아니겠는가? 24시간 전에 약혼자를 찾아 이 숲을 헤매
다가 미치광이 노파와 마주친 카트린. 〈그 사람이 우리 이쁜 아씨
를 죽인당께…… 아씨를 죽인당께…….〉라는 소름 끼치는 예언에
겁을 먹고 파리로 도망을 친 카트린이 라울 다브나크에게 도움을
요청하려던 것이 아니었겠는가?

그 점에 대해서는 모든 사실이 분명해지는 듯했다. 그는 수수
께끼의 나머지 부분, 노파가 되풀이한 〈벌들나무〉 셋이라는 이
알아듣지 못할 말에는 연연하고 싶지 않았다. 평소 습관대로 그
는 이런 수수께끼는 때가 되면 저절로 풀릴 것이라고 생각했다.

라울은 어둠이 내린 뒤에야 저택으로 돌아왔다. 사법관들과 의
사들이 떠난 지 오래였다. 헌병 한 명만이 철책 근처에서 보초를
서고 있었다.

라울은 베슈에게 말했다.

「헌병 한 명으론 충분하지 않은데」

베슈가 얼른 답했다.

「왜? 새로운 소식이라도 있나? 무슨 걱정을 하는데?」

「베슈, 자넨 걱정거리가 없나?」

라울이 말했다.

「왜 걱정을 하는데? 사건을 해결하기만 하면 됐지 일어나지도
않은 일을 예방할 필요는 없잖나」

「바보 같은 소리! 이 불쌍한 친구야!」

「무슨 일인데?」

「카트린 몽테시외가 심각하게 협박당하고 있네」

「나 참, 이젠 그녀를 책임지시려고?」

「마음대로 생각하게. 좋을 대로 하라고. 어서 저녁이나 먹고 담배를 피우고 대궐 같은 자네 집에 가서 잠이나 자게. 나는 이곳에서 꼼짝 않고 있을 테니까」

「저택에서 함께 자자고?」

형사반장은 어깨를 으쓱이며 외쳤다.

「그래. 이 거실에 있는 아주 편안한 소파에서 각자 자면 되지. 자네가 추우면 보온용 물통을 만들어 주고, 배고프면 야참을 갖다 줄게. 자네가 코를 골면 내 발 냄새를 맡게 해 주고, 자네가……」

「그만! 난 한쪽 눈만 뜨고 잘 거야」

베슈가 웃으면서 말했다.

「난 반대편 눈만 뜨고 자겠네. 그럼 공평하겠군」

그들은 저택에서 저녁 식사를 대접받았다. 그리고 담배를 피우며 공통된 추억을 회상하고 정답게 이런저런 이야기를 나누었다. 그들은 두 차례 저택 주변을 순찰하고, 위험을 무릅쓰고 비둘기 집의 망루까지 갔다가 돌아와 철책 경계에서 졸고 있는 헌병을 깨웠다.

자정이 되자 그들은 자리를 잡았다.

「어느 쪽 눈을 감을 건가, 베슈?」

「오른쪽 눈」

「난 왼쪽 눈. 하지만 두 귀는 열어 놓을 걸세」

거실 안과 집 주위로 정적이 쌓여 갔다. 위험을 별로 실감하지 못한 베슈는 두 번이나 코를 골 정도로 깊이 잠들어 라울이 좋아리를 걷어찼다. 그러나 정작 라울은 한 시간 동안 깊은 잠에 빠져 있다가 벌떡 일어났다. 어디선가 비명소리가 들렸던 것이다.

베슈가 웅얼거렸다.

「그건 비명이 아니야. 올빼미가 우는 소리겠지」

갑자기 다른 비명소리가 들렸다.

라울이 계단을 향해 달려가며 말했다.

「위층이야. 동생 방……. 아! 젠장, 그녀를 건드리다니……!」

「난 밖으로 나가지. 창으로 도망치면 체포해야 하니」

베슈가 말했다.

「그런데 이 와중에 범인이 카트린을 죽이면 어쩌지?」

베슈는 가던 길을 돌아왔다. 계단을 거의 다 올라간 라울은 습격을 저지하고 하인들에게 경보를 울리기 위해 권총 한 발을 쏘았다. 그가 주먹으로 방문을 치자 문짝의 판자만 떨어져 나갔다. 베슈가 자물쇠를 붙들고 열쇠를 넣어 돌렸다. 그들은 안으로 들어갔다.

방에는 작은 전등이 희미하게 켜져 있었고 창문이 열려 있었다. 침대에 누워 있는 카트린 외에는 아무도 없었다. 신음을 하고 있는 그녀는 죽어 가는 사람처럼 호흡이 곤란해 보였다.

라울이 명령했다.

「베슈, 자네 차례야. 정원으로 뛰어내려. 난 카트린을 돌볼 테니」

그때 라울은 베르트랑드 게르셍과 마주쳤다. 두 사람은 카트린을 내려다보고 심각한 상태가 아님을 알았다. 카트린은 한숨을 쉬었다. 그녀는 계속 숨을 헐떡거리면서 중얼거렸다.

「그 사람이 내 목을 조르다가……. 죽일 만큼 시간이 없었어요」

깜짝 놀란 라울이 반복해서 말했다.

「그자가 당신 목을 졸랐다고요. 그 작자가 어디로 들어왔던가요?」

「모르겠어요……. 제 생각에……, 창문인 것 같아요……」

「창문이 닫혀 있었습니까?」

「아뇨……. 닫을 수가 없게 되어 있어요……」

「누구였습니까?」

「그림자밖에 못 봤어요」

카트린은 더 이상 말하지 않았다. 극도의 공포와 고통으로 지쳐 버린 것이다. 그녀는 실신했다.

〈벌들나무〉 셋

베르트랑드가 동생을 간호하는 동안, 라울은 창문 쪽으로 달려
가 베슈를 발견했다. 베슈는 코니스(벽면에 수평의 띠 모양으로 돌
출한 부분——옮긴이)에 매달려서 발코니의 철제 기둥을 붙들고 있
었다.

라울이 말했다.

「뭐 하는 거야! 뛰어내려, 이 친구야」

「그 다음엔? 칠흑같이 어두워. 밑에 내려가서 어떻게 하지?」

「이쪽은?」

「이쪽에서는 조금 보이는 것 같아……」

베슈는 휴대용 손전등을 꺼내 정원 쪽을 비췄다. 라울도 똑같
이했다. 손전등 두 개가 합쳐져 가로수 길과 화단에 강력한 불빛
을 내쏘았다.

라울이 말했다.

「저길 봐……. 그림자야……」

「음, 무너진 온실 쪽이군……」

그림자는 미친 짐승이 날뛰는 것보다 더 정신없이 도약하며 뛰어올랐다. 정체를 들키지 않으려는 속셈이 분명했다.

라울이 명령했다.

「놓치지 마. 난 위쪽으로 달려갈게」

그러나 라울이 발코니를 뛰어넘기 전에, 위층에서 하인 아르놀드가 쏜 것이 분명한 총성이 한 발 울렸다. 그리고 정원 쪽에서 비명이 들렸다. 그림자는 빙그르르 돌며 고꾸라졌고 다시 일어났다가 쓰러지더니 몸을 웅크린 채 꼼짝 않고 있었다.

이번에는 라울이 승리의 함성을 지르며 허공으로 달려갔다.

「우리가 잡았어! 아르놀드 만세! 베슈, 손전등으로 저 야수를 계속 비추게. 목표물로 인도해 줘」

불행하게도 베슈에게는 전의를 북돋울 기운이 다 빠지고 없었다. 베슈도 뛰어내렸다. 그들이 손전등을 다시 켜고 온실과 가까이 라울의 표현대로 야수가 잠들어 있는(묘비명처럼 표현한 말—옮긴이) 바로 그 장소에 도착했을 때는, 짓이겨지고 뭉개진 잔디만 있을 뿐 시체가 없었다.

라울이 아우성쳤다.

「이 바보! 멍청이! 다 자네 탓이야. 자네가 손전등을 끄고 있는 동안에 그놈이 도망갔잖아」

「분명히 죽었는데」

베슈가 가련한 목소리로 한탄했다.

「됐어. 수풀 속에 흔적이 있는지 따라가 보지」

그들은 뒤따라온 헌병의 도움을 받아 몇 분간 허리를 숙인 채

70

잔디밭을 헤맸다. 그러나 범인의 발자국은 몇 미터 거리에서 자갈이 깔린 가로수 길로 이어진 뒤 끊어졌다. 라울은 더 이상 지체하지 않고 저택으로 돌아왔다. 아르놀드가 소총을 들고 계단을 내려왔다.

아르놀드는 라울의 권총 소리에 잠이 깬 모양이었다. 그는 먼저 헌병과 게르셍의 살인범 사이에 싸움이 있으리라 예상하고 자기 방의 창문을 열었다. 그리고 창 밖으로 고개를 내밀어 카트린 몽테시외의 방에서 누군가가 뛰어내리는 모습을 얼핏 보았다. 그래서 그는 잠복해 있다가 손전등 불빛을 도망자 쪽으로 비추자마자 총을 쏘았다고 했다.

아르놀드가 말했다.

「손전등이 꺼져서 유감입니다. 그렇지 않았으면 잡았을 텐데 말이죠. 그렇지만 승부는 가려졌습니다. 놈의 팔에 총알이 박혀 있으니, 악취 나는 동물처럼 어디 수풀 속에 뒈져서 우리가 찾을 수 있을 겁니다」

그들은 아무것도 찾지 못했다. 라울은 카트린이 언니 베르트랑드와 샤를로트가 지켜보는 가운데 편안하게 잠들었다는 얘기를 들었다. 라울은 베슈와 함께 짧은 휴식을 취하고 새벽에 추적을 시작했을 때 수색의 성과가 전날보다 못하리란 점을 인정했다.

마침내 베슈가 말했다.

「완전 실패야! 게르셍 씨를 죽이고 카트린 몽테시외를 죽이려 했던 놈은 울타리 담장 사이에다 접근이 불가능한 은신처를 만들고는 우릴 비웃는 게 분명해. 그놈은 기회가 닿는 대로 또 시작할 거야. 다치기라도 했다면, 그 상처가 낫자마자 다시 말이지」

「우리가 어젯밤보다 더 머리를 쓰지 않으면, 그놈이 카트린 몽테시외를 놓치지 않을 거야. 베슈, 우리 함께 그녀를 지키자. 카트린이 희생되고 말거야!」

보셀 할멈의 말을 잊지 않고 있던 라울 다브나크가 말했다.

다음날 라디카텔에 있는 교회에서 장례식을 마친 뒤, 베르트랑드는 남편의 유해가 묻힐 파리까지 동행했다. 베르트랑드가 없는 동안 카트린은 고열에 시달리며 쇠약해져 침대를 떠나지 못했다. 샤를로트는 카트린 곁에서 잠을 잤다. 라울과 베슈는 그녀 방과 이웃한 두 방에 자리 잡았다. 그들은 한 사람씩 번갈아 보초를 섰다.

예심은 계속되었으나 게르셍의 살인 사건에 국한되었다. 라울이 검찰이나 헌병 측에서 카트린 몽테시외가 겪은 살인 미수를 눈치 채지 못하도록 조치했기 때문이다. 그들은 단지 야간 경보가 울렸고 사람의 형체와 비슷한 것이 나타나자 저택 사람들이 총을 발사한 것으로 믿었다. 그래서 카트린은 수사와 무관하게 지낼 수 있었다. 사람들은 몸이 아픈 카트린에게 안부 인사만 했다. 그녀는 사건에 대해서는 전혀 모른다는 태도로 일관했다.

베슈는 악착같이 매달렸다. 라울이 사건이나 수사에 무관심한 태도를 보였기 때문에, 베슈는 파리에서 자기처럼 휴가 중인 동료 두 명을 불러왔다. 그리고 라울이 완벽한 형사의 수사 방식이라고 이름 붙인 방법으로 동료들과 수사를 시작했다. 베슈와 동료들은 공원에 푯말을 세워 구역을 나누었고, 각자 소구역을 맡았다. 한 사람씩 순서대로 소구역 순찰을 돌고 나면 세 사람이 함께 흙덩어리와 자갈과 풀잎을 살피면서 다음 구역으로 이동했다. 아무 소용이 없었다. 그들은 동굴이나 터널, 하다못해 수상한 구멍도 찾지 못했다.

라울은 웃음을 참지 못하고 농담을 던졌다.

「쥐구멍도 없었나 봐. 베슈, 나무들은 어떻게 생각해? 누가 알아? 어쩌면 살인을 일삼는 유인원이 나무에 숨어 사는지?(뤼팽 시리즈 중「암염소 가죽을 쓴 사나이」에 대한 비유──옮긴이)」

화가 난 베슈가 대꾸했다.

「자넨 매사를 그런 식으로 대하나?」

「매사가 그렇지……. 내가 보살피고 있는 가녀린 카트린만 빼고 말이야」

「카트린의 예쁜 눈에 반하라고 파리에 있던 자넬 부른 게 아닐세. 강에서 낚시나 하라고 부른 건 더 더욱 아니지. 자넨 물위에 뜬 찌를 보느라 시간만 낭비하고 있잖아. 수수께끼가 그 속에 있다고 생각하는 거야?」

라울이 빈정거렸다.

「물론이지, 내 낚싯줄 끝에 있는걸. 저기, 저 소용돌이 속에 있는 것을 봐……. 그리고 더 멀리 물속에 뿌리를 뻗고 있는 저 나무 발치를 봐. 그게 안 보여?」

테오도르 베슈의 얼굴이 환히 빛났다.

「자네 알아? 그놈이 저 물속에 숨어 있는 걸?」

「말 잘했네! 그놈은 강에다 잠자리를 만들고 그곳에서 먹고 마시지. 그리고 테오도르, 자넬 비웃고 있는걸」

베슈는 항복했다는 듯이 두 손을 높이 쳐들었다. 라울은 곧 베슈가 주방 주위를 맴돌다가 샤를로트 옆으로 슬쩍 다가서는 모습을 보았다. 베슈는 샤를로트에게 자신의 활동 계획을 설명하고 있었다.

일주일이 다 가자, 카트린은 상태가 호전되었고 긴 의자에 누운 채 라울을 만날 수 있었다. 그때부터 라울은 매일 오후에 찾아왔다. 라울은 자신의 유쾌함과 재치로 카트린을 즐겁게 해 주곤 했다.

라울이 우스꽝스러우면서도 진지한 어조로 외쳤다.

「이젠 겁이 안 납니까? 이것 봐요. 당신에게 일어난 일은 지극히 정상이에요. 당신이 당한 것과 비슷한 살인 미수 사건은 언제든지 일어난답니다. 별로 대단한 일도 아니죠. 요점은 그런 일이 다시는 당신에게 일어나지 않으리라는 겁니다. 제가 있으니까요. 저는 우리의 적이 능히 무슨 짓을 할지 알고 있으니 모두 상대할 수 있습니다」

카트린은 오랫동안 조심스러운 태도로 앉아 있었다. 카트린은 라울의 농담과 무관심한 태도 덕분에 마음이 다소 안정되어 미소를 지을 수 있었다. 그러나 라울이 몇 가지 사실에 대해 질문했을 때는 대답하지 않았다. 마침내 라울은 상당한 기술과 인내력을 발휘해서야 카트린이 자신을 신뢰할 수 있게 만들었다. 어느 날 카트린의 표정이 더욱 밝아진 느낌이 들자 라울이 외쳤다.

「자, 이제 말해 봐요, 카트린」

그들은 아주 자연스레 서로의 이름을 부를 정도가 되었다.

「당신이 파리에 내 도움을 얻으러 왔을 때 했던 이야기를 이제 털어놔 봐요. 난 당신이 한 말을 똑똑히 기억하고 있습니다. 〈이해할 수 없는 뭔가가 절 두렵게 만들어서요……. 이상한 일들이 계속 일어나 전 무서웠어요…….〉 그러니까 앞서 당신을 불안하게 만든 일들이 벌어졌는데, 말로 표현할 수 없다는 거죠. 또 다른 위협을 당하고 싶지 않다면 내게 말을 해요」

카트린은 또 망설였다. 라울이 카트린의 손을 잡고 다정한 눈

길로 바라보자 그녀는 거북한 마음을 숨기기 위해 곧바로 말을
꺼냈다.

「저도 당신과 같은 생각이에요. 그렇지만 전 어린 시절부터 외
롭다 보니 속마음을 감추기보다 조심성 있게 행동하고 침묵하는
습관이 몸에 뱄지요. 저는 혼자 있을 때 제 마음속에서만 무척 쾌
활했답니다. 할아버지께서 돌아가셨을 때 전 마음의 문을 닫아
버렸어요. 언니를 무척 좋아했지만, 언니는 결혼하고 나서 여행
만 다녔어요. 언니가 돌아오면 너무 좋았죠. 저는 언니랑 이곳에
살러 온다는 생각에 무척 기뻤어요. 그렇지만 우리 사이가 아무
리 좋아도 함께 있으면 마음이 편하다거나 행복하다고 느낄 만큼
서로 속내를 보이지 못했고 지금도 마찬가지예요. 그건 제 탓이
었어요. 당신은 제가 약혼한 사실을 아시죠. 제가 피에르 드 바스
메스를 진심으로 사랑하고 그 사람도 저를 깊이 사랑한다는 사실
도요. 하지만 저와 그 사람 사이에는 아직도 벽이 있어요. 그것도
제 성격 탓이죠. 속내를 열어 보이지 않는 데다 감정의 기복이 너
무 심하고 무의식적으로 사람을 경계하거든요」

카트린은 잠깐 쉬었다가 말을 이었다.

「제가 조심성이 지나치다 보니 제 여성스러운 감정이나 비밀은
남들 눈에 그럴듯해 보여요. 하지만 일상생활이나 이례적이고 비
정상적인 일에 부딪히면 정도를 벗어난답니다. 어쨌든 제가 바리
바에 온 후로 일어난 일들이 그랬어요. 제가 충격받았던 몇 가지
이상한 사건들에 대해 사람들에게 진실을 말했어야 했는지도 몰
라요. 그러는 대신 전 입을 다물었고, 사람들은 절 변덕쟁이에
정신 이상으로 취급했어요. 제 자신을 위해서 비밀에 붙인 사실
때문에 저는 극심한 공포에 떨어야 했거든요. 그렇게 해서 전 불

안하고 신경질적이 되었고 고통과 공포를 견딜 수가 없어 매우 난폭해져 버렸어요. 저는 그 공포와 고통의 짐을 제 주위 사람들과 공유하고 싶지 않았거든요」

카트린은 오랫동안 말없이 있었다. 라울이 나섰다.

「아직도 결정을 내리지 못하고 있군요!」

「아니에요」

「누구에게도 털어놓지 않았던 이야기를 내게 하고 싶은 거죠?」

「예」

「이유는?」

「모르겠어요」

카트린은 진지하게 그 말을 되풀이했다.

「모르겠어요. 하지만 달리 어떻게 할 수가 없어요. 당신의 말을 따라야 하고 또 그러는 게 도리인 것은 안답니다. 어쩌면 제 이야기가 당신에겐 무엇보다도 유치하게 들리고 제 두려움이 별 것 아닌 일로 보일지도 몰라요. 하지만 이해하시겠지요. 절 이해하실 거라고 믿어요」

카트린은 더 이상 저항하지 않고 곧바로 이야기를 시작했다.

「언니와 저는 지난 4월 25일 저녁에 바리바에 도착했어요. 저택은 할아버지께서 돌아가신 후부터, 그러니까 정확히 18개월 전부터 방치되어 있어서 냉기가 돌았어요. 저희는 그럭저럭 밤을 보냈지요. 다음날 아침 창문을 열고 어렸을 때의 정원을 봤을 때는 제 인생에 그렇게 기뻤던 적이 없었답니다. 수풀이 많이 자라고 가로수길이 잡초로 무성하고 잔디밭에 썩은 가지들이 흩어져 있는 등 정원이 아무리 상했어도 말이죠. 그것이 있어서 너무나 행복했던 제게 소중한 정원이었거든요. 예전에 저와 정을 나눈

76

모든 것들이 아직도 살아 있는 걸 발견했어요. 아무도 들어올 수 없었던 이 담장 안의 폐쇄된 공간 속에서 모든 것이 예전과 똑같은 거예요. 제겐 한 가지 생각뿐이었답니다. 그 추억들을 되찾고 죽었다고 생각했던 것들을 소생시키는 거죠.

옷을 갈아입자마자 전 옛날에 신던 나막신(나무를 깎아 만든 노르망디 지방의 토산품인 신발——옮긴이)을 맨발에 꿰어 신고 감동으로 전율하면서 제 친구들과 다시 인사를 나누러 달려갔어요. 오랜 친구인 나무들과 소꿉동무인 강과, 할아버지께서 덤불숲에 가득 채워 놓길 좋아하셨던 오래된 돌들과 조각상 잔해들과 말이죠. 제 작은 세상이 그곳에 있었어요. 제 작은 세상은 제가 만나러 걸어가면서 느꼈던 것과 똑같은 감동으로 절 기다리고 제 귀향을 반기는 것 같았답니다. 그리고 제 기억 속에 신성하게 남아 있던 장소가 있었어요. 그것은 파리에서 어느 날 문득 떠오른 추억이 아니에요. 그 장소는 제 고독했던 유년기와 낭만적인 소녀 시절에 품었던 모든 꿈들을 상징했기 때문이에요. 다른 모든 곳에서는 부산한 제 성격 탓에 놀면서 즐겼어요. 이곳에서는 아무것도 안 했지요. 그저 공상에 빠져 있다가 이유 없이 울음을 터뜨리곤 했답니다. 개미가 기어가고 파리가 나는 모습도, 그냥 보는 게 아니라 세심하게 관찰했어요. 숨 쉬는 즐거움을 느끼기 위해 숨을 쉬었고요. 만약 행복을 거창하지 않고 소박한 기쁨과 편안한 마음이라고 표현할 수 있다면, 전 멀리 떨어져 있는 버드나무 세 그루 사이에서 그야말로 행복했답니다. 나뭇가지에 엎드리거나 두 나무 사이에 매달아 놓은 해먹 위에서 몸을 흔들면서 말이에요.

전 순례를 떠나듯이 열심히, 그리고 천천히 버드나무를 만나러 갔어요. 제 마음은 차분했지만 살짝 열이 올라서 관자놀이의 맥박이 빠르게 뛰고 있었죠. 저는 오래된 다리로 접근하지 못하게 막는 가시덤불과 쐐기풀 사이를 헤치고 나갔어요. 예전에는 다들 위험하다며 저더러 다리를 못 건너가게 했기 때문에, 전 그 낡은 다리 위에서 반항하는 뜻으로 춤을 추곤 했지요. 전 다리를 건넜어요. 섬을 가로지르고 강을 따라 걷다가, 강을 굽어보며 정원에서 바위가 많은 지역으로 이어지는 오솔길로 올라섰죠. 제가 떠난 후로 자란 소관목들이 제가 가려고 하는 작은 언덕을 가려 버렸어요. 전 빽빽한 덤불숲으로 미끄러져 들어갔어요. 나뭇가지를 제치면서 가다가 드디어 넓은 곳으로 나왔고, 곧바로 너무 놀라 소리를 지르고 말았답니다. 버드나무 세 그루는 그곳에 없었어요. 버드나무들이 그곳에 없었다고요. 전 겁에 질린 눈초리로 주위를 둘러보았어요. 제게 너무나 소중한 사람이 약속 장소에 오지 않은 것처럼 저는 갑자기 절망감에 휩싸였어요. 100미터도 더 멀리서부터, 바위 반대편에서 강이 굽이돌아 흐르는 곳을 지나기만 하면 지금은 없어진 제 버드나무 세 그루를 단번에 알아볼 수 있었거든요……. 정말로 세 그루가 똑같이, 부채꼴로 서 있는 데다 저택 쪽을 향하고 있어서 제가 얼마나 자주 바라보곤 했는데요」

카트린은 말을 멈추고 다소 불안한 표정으로 라울을 바라보았다. 라울은 웃지 않았다. 라울의 얼굴에는 조롱기가 없었다. 그와 반대로 카트린이 자신의 발견에 부여한 극적인 의미가 그에게는 지극히 당연한 것처럼 보였다.

「할아버지께서 돌아가신 이후로 바리바 영지에 아무도 안 들어온 게 확실합니까?」

「담을 넘었을 수는 있죠. 어쨌거나 우리는 열쇠란 열쇠를 모두 파리로 가져갔고, 이곳에 돌아왔을 때 부서진 자물쇠는 전혀 없었어요」

「그렇다면 한 가지 설명이 머릿속에 떠오르는군요. 당신이 착각을 한 거고 세 나무는 여전히 당신이 찾아가던 그곳에 있었던 거죠」

카트린은 몸을 부르르 떨더니 아주 과격한 어조로 반박했다.

「그런 말하지 마세요! 그런 추측은 말라고요! 전 착각하지 않았어요! 착각할 수가 없어요!」

카트린은 라울을 밖으로 데리고 나갔다. 그들은 카트린이 알려준 길을 함께 따라갔다. 그들은 강의 흐름을 거슬러 올라갔다. 강은 저택의 왼쪽 모서리에 직각으로 곧게 흘렀다. 그들은 카트린이 덤불을 헤치며 지나갔던 수풀을 가로질러 작은 언덕으로 이어지는 야트막한 비탈을 따라갔다. 언덕에는 나무를 잡아 뽑거나 옮긴 흔적이 전혀 없었다.

「이곳에서 공원 쪽으로 제가 봤던 것처럼 각도를 맞춰 보세요. 공원이 12~15미터가량 내려다보여요, 그렇죠? 온 전체가, 저택과 교회 종탑까지 보이죠. 당신 눈으로 비교를 해 보세요」

오솔길은 가팔라지면서 바위들 위쪽으로 이어졌다. 바위 중간에는 전나무들이 뿌리를 내렸고 바늘처럼 생긴 전나무 잎들이 떨어져 화강암 위에 겹겹이 쌓여 있었다. 그곳에서 강이 갑자기 소용돌이치며 협곡에 있는 빈 동굴로 흘러 들었고, 송악이 빽빽이 덮고 있는 석총 형태가 눈앞에 우뚝 섰다. 그곳 이름이 뷔토로맹 (로마 인들의 언덕이란 뜻―옮긴이)이었다.

그들은 협곡이 시작하는 벼랑까지 다시 내려갔다. 카트린은 오른쪽 나무와 왼쪽 나무가 가운데 나무와 똑같은 간격으로 부채꼴로 서 있던 버드나무들의 위치를 손가락으로 가리켰다.

「여기 세 나무가 있었어요. 제가 어떻게 착각할 수 있겠어요? 이곳은 아래쪽이에요. 눈에 띌 만한 풍경이라곤 거의 없답니다. 바위들이나 뷔토로맹으로 눈길이 쏠리죠. 잘하면 언덕 쪽에 있는 작은 빈터가 간신히 보일까요. 나무 세 그루는 바로 이곳, 제 손바닥만큼 잘 아는 장소에 있었는데도, 어떻게 당신은 제가 수영하러 왔을 때 나무들이 없었던 다른 장소를 기억하는 거라고 말씀하실 수 있어요?」

라울은 직접적인 대답을 하지 않고 물었다.

「왜 그 질문을 나한테 합니까? 불안한가 보군요?」

「아뇨, 그렇지 않아요」

그녀는 극구 부인했다.

「내가 보기엔 불안해하는걸요. 그래서 뭔가 알아냈습니까? 다른 사람들에게 물어봤어요?」

「아니오. 걱정을 끼칠까 봐 내색을 안 했어요. 먼저 언니한테 물었죠. 하지만 언니는 저보다 훨씬 오래전부터 바리바를 떠나 있어서 기억을 못하더군요. 그렇지만……」

「그렇지만?」

「그 나무들이 지금의 장소에 있었다고 기억하는 것 같았어요」

「아르놀드의 의견은?」

「아르놀드는 다른 대답을 했어요. 지금의 장소가 진짜 같아 보이진 않다고 했지만 그렇다고 해서 아무런 확답도 안 했어요」

「다른 사람의 증언은 없습니까?」

카트린은 망설인 끝에 말했다.

「있어요. 제가 어릴 때 정원에서 일했던 노파의 증언이요」

「보셀 할멈이지요?」

라울이 말했다.

카트린은 갑자기 흥분하며 외쳤다.

「그 사람을 아세요?」

「우연히 만났습니다. 이제야 그 할멈이 말한 〈벌들나무 셋〉이 무슨 뜻인지 알겠습니다. 발음이 좀 특이했어요」

카트린은 점점 감동하며 말했다.

「네! 버드나무 세 그루에 관한 거였어요. 정신이 온전하지 않았던 불쌍한 할멈은 그 나무들 때문에 완전히 미쳐 버렸지요」

보셸 할멈

라울은 카트린이 지나치게 흥분하는 모습을 보자 그녀를 저택
으로 데려왔다. 병상에서 나온 카트린이 모처럼 한 첫 외출인데
기운을 다 뺄 필요는 없었다.

이틀 동안 라울은 카트린에 대한 자신의 영향력을 이용해서 그
녀의 마음을 가라앉히고 사건을 비극적인 면이 덜한 쪽으로 보여
주었다. 라울이 보기에 카트린은 차분해졌다. 그녀는 마음이 아
주 편하고 느긋해졌고 라울의 친절하고 애정 어린 명령을 거역하
지도 않았다. 그래서 라울이 이야기를 계속해 달라고 조르자, 카
트린은 더 차분한 말투로 이야기하기 시작했다.

「물론 처음에는 모든 일이 그렇게 심각해 보이지 않았어요. 하
지만 제가 실수를 했다고는 생각할 수 없었고 언니나 아르놀드가
꼭 반대 의견을 보인 것도 아니니, 이 나무가 옮겨진 일에 대해
뭐라고 생각하겠어요? 어떤 방법으로, 무슨 의도로 그런 짓을 한

걸까요? 그러던 어느 날 고민에 빠져 있던 제게 일이 생기고야 말았어요. 그토록 즐거웠던 추억을 되살리려는 기대 반 호기심 반으로 저택을 구석구석 뒤지다가, 할아버지께서 책상이며 석유난로, 증류기 등으로 작은 연구실을 꾸며 놓으셨던 지붕 밑 다락방 한구석에서 스케치와 설계도가 든 종이 상자를 발견했어요. 그 상자 속에 어지럽게 널려 있는 종이들 가운데 정원의 지형도가 있었죠.

전 갑자기 생각이 났어요. 그 지도는 할아버지께서 사오 년 전에 저와 함께 만드신 거였답니다. 할아버지와 제가 함께 거리를 재고 해발 고도를 측정했어요. 전 제게 주어진 임무를 자랑스러워하면서 측량쇠줄 끝이나 측정기 삼각대, 아니면 필요한 기구 중 하나를 붙들고 서 있었지요. 우리 공동 작업의 결과가 바로 이 지도였어요. 그때 전 할아버지께서 지도를 그리시고 서명을 하시는 걸 봤죠. 그리고 지도에 파란색으로 그려진 강과 붉은 점으로 된 비둘기집을 보면서 제가 얼마나 즐거워했는데요. 이걸 보세요」

카트린은 탁자 위에 종이를 펼치고 핀 네 개로 고정시켰다. 라울은 몸을 숙였다.

파란색으로 칠한 뱀처럼 긴 강은 입구의 전망대 밑을 지나 다시 위로 올라가 저택의 모서리와 거의 맞닿은 뒤 섬이 있는 쪽에서 약간 넓어지다가, 갑자기 바위들과 뷔토로맹 사이로 방향을 틀었다. 잔디와 저택, 사냥용 별채의 윤곽도 그려져 있었다. 버팀벽으로 된 담장이 바리바 영지를 경계 지었다. 비둘기집은 붉은 점으로 표시되어 있었다. 어떤 나무들의 위치에는 십자 표시와 함께 이름이 적혀 있었다. 물가의 참나무, 붉은 너도밤나무, 으리으리한 느릅나무……

카트린의 손가락이 왼편, 파란색으로 칠한 강과 가까운 공원의 맨 끝을 가리켰다. 카트린은 자신이 잉크로 직접 쓴 〈버드나무 세 그루〉라는 글씨와 함께 십자 표시 세 개를 가리켰다.

카트린이 담담하게 말했다.

「버드나무 세 그루예요. 예, 바위들을 지나고 뷔토로맹을 지나면 거기 있다고요……. 지금 있어야 할 자리에 말예요……」

또다시 신경이 날카로워진 카트린은 흥분한 듯 빠른 어조로 말을 계속했다.

「그런데 제가 미쳤다고요? 항상 언덕 위에 있는 걸로 알고 있었고 2년 전에도 봤던 이 나무들이 이제는 그 자리에 없다는 말이에요? 할아버지와 제가 만든 지도가 5년이 훨씬 넘었다고 해서요? 제가 착각에 사로잡혀 있었다고 할 수 있겠네요? 전 명백한 사실에 대항해 싸웠어요. 제가 알지 못하는 이유로 나무들을 옮겨 심은 거라고 생각하는 편이 나았을지도 몰라요. 하지만 지도는 제 눈으로 본 것과도 달랐고, 가끔 실수를 인정하기도 하는 제 기억 속의 확신과도 전혀 달랐어요. 전 너무 겁에 질려 기절해 버렸어요. 제 인생이 환각처럼 느껴졌고 제 과거는 거짓 환영과 허상만 마주했던 악몽처럼 보였어요」

라울은 갈수록 흥미를 느끼며 카트린의 이야기를 듣고 있었다. 카트린이 몸부림친 어둠 속에서 라울은 목표에 도달할 수 있다는 확신을 갖긴 했지만, 아직도 막연하고 이해되지 않는 것들이 있었다.

라울이 카트린에게 말했다.

「이 모든 사실을 언니에게 말하지 않았습니까?」

「언니나 그 누구한테도 말 안 했어요」

「베슈 반장에게는?」

「더 더욱 안 했지요. 그분이 왜 라디카텔에 머무는지 그 이유를 도무지 알 수가 없었어요. 반장님의 이야기는 당신과 함께했던 활약상을 들려주실 때만 듣곤 했어요. 더구나 제 마음이 침울하고 걱정이 많아진 터라 다들 제 난폭한 성격과 불안정한 모습을 보고 놀랐기 때문에……」

「당신은 약혼한 상태였죠?」

그녀는 얼굴을 붉혔다.

「약혼했죠. 제가 약혼했다는 사실은 새로운 고통의 씨앗이 되었어요. 왜냐하면 바스메스 백작 부인께선 저와 아드님의 결혼을 원치 않으셨거든요」

「그를 사랑합니까?」

카트린이 낮은 목소리로 말했다.

「사랑하는 것 같았어요. 하지만 약혼자에게도 제 속을 털어놓지 못했어요. 아무도 믿지 못했고, 저를 억누르던 이 답답한 분위기를 쫓아내 보려고 저 혼자 무진 애를 썼어요. 그러다가 옛날에 정원을 청소하곤 했던 그 농부 할멈에게 물어볼 생각을 한 거예요. 공원 위쪽에 있는 모리요 숲에 산다고 알고 있었거든요」

「당신이 자주 가곤 하던 작은 숲을 말하는 거지요?」

카트린은 또다시 얼굴을 붉혔다.

「네. 피에르 드 바스메스는 바리바에 오고 싶어도 올 수 없으니까 제가 모리요 숲으로 그를 만나러 가곤 했어요. 어느 날, 피에르와 헤어진 뒤에 보셸 할멈의 집에 갔답니다. 그때는 할멈의 아들도 살아 있었고 탕카르빌의 숲에서 나무꾼으로 일하고 있던 때였죠. 할멈 역시 미치지는 않았어요. 그렇다고 정신이 아주 온

전하지도 않았지만요. 그래도 할멈에게 묻기 위해 무슨 말을 하거나 제 이름을 상기시킬 필요도 없었어요. 절 보자마자 할멈이 속삭였어요.

〈카트린 아씨……, 저택에 사는 아씨…….〉

할멈은 생각을 정리하려고 애쓰면서 말없이 한참 동안 있었어요. 그러더니 앉아서 강낭콩을 까고 있던 자리에서 일어나 제게 몸을 기울이곤 낮은 소리로 말했어요.

〈벌들나무 셋……, 벌들나무 셋……. 조심해야 혀, 우리 이뿐 아씨…….〉

전 혼란스러웠어요. 제게 그토록 수수께끼였던 그 버드나무 세 그루에 대해, 할멈이 저를 보자마자 말을 꺼낸 거예요. 늘 오락가락하던 할멈의 머릿속이 그 문제에 대해선 어찌나 분명했던지 〈조심해야 혀〉란 말까지 덧붙였답니다. 할멈의 머릿속에서 세 나무의 환영이 제가 위험에 빠진다는 생각과 맞물린 게 아니라면, 그 말은 무슨 뜻이었을까요? 전 다그쳐 물었어요. 할멈은 대답을 하고 싶었는지도 몰라요. 열심히 노력하던걸요. 그렇지만 입속에서 말이 우물거리면서 엉성하게 흘러나올 뿐이었어요. 어찌되었든 자기 아들 이름을 발음하는 건 알아들을 수 있었어요.

〈도미니크……, 도미니크…….〉

전 곧바로 할멈에게 말했죠.

〈네……. 도미니크……, 할멈의 아들요……. 그 사람이 이 세 나무에 대해 뭔가 알고 있지요, 그렇죠? 그 사람을 만나야 하나요……? 그런 말을 하려는 거예요? 내일 만나 볼게요……. 내일 이리로 올게요……. 도미니크가 일터에서 돌아올 시간쯤, 해 질 녘에……. 오늘처럼 내일 저녁 7시에 봐요. 내일이요…….〉

전 이 말에 힘을 주었어요. 할멈은 그 뜻을 알아차린 것 같거든요. 전 다소 희망을 갖고 헤어졌지요. 그때는 거의 한밤중이었지만, 이 말씀은 드려야겠어요. 저는 캄캄한 가운데서도 오두막집 뒤로 사람 모습이 언뜻 지나가는 걸 봤어요. 그 어렴풋한 인상을 확인하지 않은 게 큰 잘못이었어요. 그렇지만 제가 얼마나 자제력이 부족한지 잘 아시잖아요. 별 이유 없이도 금세 겁을 집어먹곤 하니까요. 전 두려워서 서둘러 오솔길을 내려왔어요.

다음날 저는 환할 때 집에 돌아오기 위해서 약속 시간보다 일찍 올라갔어요. 도미니크는 아직 일터에서 돌아오지 않았더군요. 전 보셀 할멈 곁에서 한참 기다렸어요. 할멈은 더욱 말이 없었고 왠지 불안한 눈치였어요.

그런데 갑자기 어떤 농부가 들이닥쳤죠. 그는 동료 두 사람이 도미니크를 데려오는 중이라고 알렸어요. 벌목하던 참나무에 깔려 부상당한 도미니크를 발견했다고요. 그 심부름꾼이 당혹스러워하는 태도에서 전 비극이 일어났다는 것을 눈치 챘어요. 실제로 보셀 할멈의 오두막 앞에 운반되어 온 것은 도미니크의 시신이었답니다. 가엾은 할멈은 완전히 실성해 버렸지요」

카트린은 마치 지나간 상황이 눈앞에서 재연되는 것처럼 갈수록 마음이 혼란스러웠다. 라울은 아무리 카트린을 진정시켜도 소용없을 것이라고 생각하고는 서둘러 이야기를 끝맺게 했다.

카트린이 말했다.

「네. 그게 낫겠어요. 하지만 저로서는 그의 죽음이 얼마나 미심쩍었는지 당신은 아실 거예요. 도미니크 보셀은 제게 수수께끼를 풀어 주려던 찰나에 죽은 거예요. 도미니크가 살해된 거라고 보면 어떨까요? 단지 도미니크가 제게 설명해 줄 수 없도록 그가 살해된 거라고? 제겐 그 살인에 대한 물증이 없었어요. 릴본에서 온 의사는 도미니크의 죽음이 나무가 쓰러지면서 생긴 사고사였다고 단정했지만, 사망자의 머리에 난 상처와 같이 비정상적인 몇 가지 사항들을 보고는 놀라더군요. 그래도 그는 그 점에 대해 별로 주의를 기울이지 않고 사망 진단서에 서명을 했어요. 그리고 전 사고 장소에 갔다가 그리 멀지 않은 곳에서 곤봉을 발견했죠」

라울이 말을 가로막았다.

「누구 소행이라고 보는 겁니까? 물론 당신이 보셀 할멈네 오두막 뒤에서 봤다는 사람이겠고, 다음날 버드나무 세 그루의 미스터리에 대해 당신이 물어볼 것을 예상하고 있던 그 사람이겠죠?」

카트린이 말했다.

「제 추측이 바로 그래요. 가엾은 할멈은 자신도 모르게 제 추측을 예상하고 그것을 강하게 불러일으킨 겁니다. 전 약혼자를 만나러 올라갈 때마다 할멈과 마주칠 거란 사실을 알았어요. 할멈이 절 찾지 않아도 얼마나 끈질긴 우연인지 할멈은 늘 제가 가는 길에 있었죠. 그러면 할멈은 잠깐 멈춰서 사라진 기억을 더듬다가 고개를 설레설레 흔들며 뚜렷이 말하는 거예요. 〈벌들나무 셋……. 조심해야 혀, 우리 이뿐 아씨. 벌들나무 셋.〉

그때부터 전 너무나 괴로웠답니다. 저도 미친 건 아닐까 싶고, 저와 바리바 영지에 살고 있는 사람들을 대상으로 한 끔찍한 위협이 도사리고 있다고 믿기까지 했어요. 그러나 차마 내색을 못했어요. 그런데 어떻게 다들 제 공포나 변덕이라는 것에 대해 못 알아챌 수가 있죠? 불쌍한 언니는 갈수록 걱정이 된 나머지 제가 약해진 이유는 알지도 못하고 그저 라디카텔을 떠나라고 애원했어요. 언니는 몇 번이나 함께 떠날 준비도 했어요. 하지만 제가 원치 않았지요. 제가 약혼을 안 했더라도, 아무리 제 기분에 따라 피에르 드 바스메스와의 관계가 변한다 해도 그를 사랑하는 제 마음은 변함없었거든요. 고백하지만 제게는 정말이지 절 안내해 줄 길잡이가, 상담자가 필요했어요. 혼자 싸우기에 지친 거죠. 하지만 피에르 드 바스메스에게 털어놓았다면 좋았을까요? 또는 베슈 반장님께? 아니면 언니에게? 유치한 이유긴 했지만 그들에게 제 속을 털어놓을 순 없었다고 말씀드렸죠. 그때 당신이 생각난 거예요. 베슈 반장님이 당신 아파트의 열쇠를 갖고 있고, 그 열쇠를 벽시계 밑에 보관한다는 사실을 알던 저는, 어느 날 그분이 없을 때 열쇠를 가지러 갔어요」

라울이 외쳤다.

「그렇다면 바로 찾아왔어야죠. 그저 편지만 써도 됐을 텐데」

「형부가 오는 바람에 당신을 찾아가려던 제 계획이 늦어졌어요. 전 형부랑 항상 좋은 관계를 유지해 왔죠. 형부는 싹싹하고 남의 일을 돕기 좋아하는 성격이에요. 저를 늘 아껴 줬고 어쩌면 제 비밀을 털어놓아도 좋았을 사람이죠. 하지만 불행히도 형부에게 무슨 일이 닥쳤는지 아시죠. 다음다음날 피에르 드 바스메스의 편지를 받고 모친의 엄한 명령과 그의 출발에 대한 소식을 접하고서, 전 마지막으로 피에르를 만나려고 정원을 나섰답니다. 우리가 만나곤 하던 약속 장소에서 피에르를 기다렸죠. 그러나 피에르는 오지 않았답니다. 제가 당신 아파트로 몰래 찾아 들어간 게 바로 그날 저녁이었죠」

라울이 말했다.

「당신의 방문을 결정지을 만한 더 특별한 사건이 있었을 텐데요?」

카트린이 말했다.

「네. 숲에서 피에르를 기다리는데 보셸 할멈이 다가왔어요. 평소보다 더 불안해하면서, 제가 앉아 있는 곳에서도 또렷이 들릴 정도로 험악한 말을 퍼부어 댔어요. 할멈은 제 팔을 잡더니 절 흔들면서 말했어요. 할멈에게 그런 난폭한 면이 있는 줄 정말 몰랐어요. 할멈은 마치 아들의 죽음에 대해서 제게 복수하려는 것처럼 말했어요.

〈벌들나무 셋, 우리 이뿐 아씨……. 그 사람이 찾는 건 아씨야……. 그 사람이 아씨를 죽인당께……. 조심해야 혀, 아씨를 죽인당께…… 죽인당께…….〉

할멈은 히죽거리면서 도망갔어요. 전 그때 이성을 잃었죠. 들판을 방황하다 보니 어느덧 저녁 5시경엔 릴본에 가 있더라고요. 기차가 출발하고 있었죠. 전 얼른 뛰어 올랐어요」

라울이 물었다.

「그럼, 기차를 탔을 땐 게르셍 씨가 살해된 사실을 몰랐습니까?」

「그 사실은 당신 집에서 베슈 반장님의 통화 내용을 듣고서야 알았어요. 제가 얼마나 놀랐는지 기억하시죠?」

라울은 생각에 잠겼다가 말했다.

「카트린, 마지막으로 질문하겠습니다. 간밤에 당신을 습격한 침입자와 보셸 할멈네 오두막 뒤에서 얼핏 봤다는 사람을 동일인으로 볼 만한 증거가 있습니까?」

「전혀 없어요. 전 창문을 열어 놓고 자고 있었는데, 아무런 인기척도 들리지 않았어요. 목이 졸리는 느낌이 들어 몸부림을 치다가 비명을 질렀죠. 누군가 황급히 도망가는데 캄캄한 와중이라 그림자조차 볼 수가 없었고요. 하지만 어떻게 같은 사람이 아니겠어요? 똑같은 사람이 도미니크 보셸과 형부를 죽이고 보셸 할멈의 예언대로 저까지 죽이려 했던 거겠죠!」

카트린의 음성이 거칠어졌다. 라울은 그녀를 다정하게 바라보았다.

「웃는 건가요? 왜…… 그러세요?」

깜짝 놀란 카트린이 말했다.

「당신에게 믿음을 불어넣어 주려고요. 보다시피 당신은 안정이 되었고, 긴장도 풀렸습니다. 나의 미소만으로도 이 모든 일이 당신에게 덜 끔찍하게 느껴질 겁니다」

「여전히 끔찍한 이야기예요」

카트린은 단호하게 말했다.

「당신이 생각하는 것만큼은 아닙니다」

「살인 사건이 둘이나……」

「도미니크 보셸이 살해됐다고 확신합니까?」

「그 곤봉은……? 머리에 난 상처가……」

「그래서요? 당신의 걱정을 가중시킬 우려는 있지만 이 말은 해야겠습니다. 보셸 할멈도 도미니크와 똑같은 습격을 받았습니다. 내가 도착한 다음날, 할멈을 낙엽 더미 속에서 발견했죠. 아마도 곤봉으로 맞았는지 할멈도 머리에 상처를 입고 있었습니다. 그래도 나는 그것이 범죄였다고 생각하지 않습니다」

카트린이 외쳤다.

「그럼, 우리 형부는요……? 그 사건도 부인하는 건 아니겠죠……」

「아무것도 부인하지 않고, 시인하지 않습니다. 의심할 뿐이죠. 어쨌든 내가 아는 것은, 카트린 당신이 행복해야 한다는 사실입니다. 당신은 행복할 자격이 있고, 당신의 기억이 틀리지도 않았어요. 버드나무 세 그루는 몇 년 전 당신이 나뭇가지 위에서 그네를 탈 때 있었던 그 장소에 있어야 합니다. 위치가 바뀐 버드나무 세 그루 때문에 문제가 발생한 겁니다. 그 문제가 일단 해결되면, 나머지는 저절로 밝혀질 겁니다. 지금으로선 카트린……」

「지금으로선?」

「미소를 지어요」

카트린은 미소를 지었다.

카트린의 미소는 사랑스러웠다. 라울은 마음속에서 우러나오는 열정 때문에 이렇게 말하지 않고는 못 배겼다.

「하느님 맙소사! 어쩌면 이렇게 예쁠까……! 얼마나 매력적인지! 사랑하는 친구여, 내가 당신에게 헌신할 수 있어서 얼마나 행복한지 모릅니다. 당신의 눈길만이 내겐 그 보상이 되고……」

라울은 말을 끝맺지 못했다. 그의 말이 너무 대담했던지 카트린에게 모욕적으로 들린 듯했다.

사법관이 진행하던 수사는 거의 진척이 없었다. 며칠 동안 조사와 신문을 한 뒤 예심판사는 다시 오지 않았고 되는 대로 수사를 헌병과 베슈에게 일임해 버렸다. 3주가 지나고 두 동료를 돌려보낸 베슈는 더 이상 실망감을 숨기지 않고 라울에게 책임을 전가했다.

「자넨 어디에 쓸모가 있는 건가? 대체 뭘 하는 거야?」

「지금 담배를 피우고 있지」

라울이 답했다.

「자넨 목적이 뭔가?」

「자네 목적과 똑같지」

「계획은?」

「자네 계획과는 달라. 자넨 구역과 소구역을 나누며 허튼 수작하느라 힘든 길을 갔지. 나는 골똘히 생각하면서 직관에 따르는 쾌적한 길을 갔네」

「그동안 사냥감은 떠나 버렸지」

「그동안 난 사건의 중심에서 어려운 고비를 넘겼네, 베슈」

「뭐라고?」

「에드거 앨런 포의 소설, 『황금충』 기억하나?」

「기억하지」

「소설 주인공이 나무에 올라가 죽은 사람의 두개골을 발견하지. 주인공은 그 두개골의 오른쪽 눈에 실에 펜 황금충을 수직으로 내려뜨리잖아」

「두말하면 잔소리지. 그 얘기를 왜 하는 거야?」

「버드나무 세 그루가 있는 곳까지 날 따라와」

그들이 도착했을 때, 라울은 가운데 있는 나무에 기어 올라가 나뭇가지 위에 자리를 잡았다.

「테오도르?」

「왜?」

「강 위쪽에 있는 숲 속의 길을 눈으로 좇아가 봐. 바위들 반대편 비탈에 작은 언덕이 있는 걸 볼 수 있을 거야……. 약 100보 거리에……」

「알겠어」

「어서 가」

베슈는 라울이 강압적인 말투에 복종하면서 바위들을 지나 언덕으로 다시 내려갔다. 그는 그곳에서 다시 라울을 발견할 수 있었다. 라울은 굵은 나뭇가지에 배를 깔고 엎드려서 여러 방향들을 살피고 있었다.

라울이 외쳤다.

「일어서서 가능하면 덩치가 커 보이게 만들어 보게」

베슈는 동상처럼 우뚝 섰다.

라울이 명령했다.

「팔을 올리게. 팔을 올리고 손가락을 하늘로 뻗쳐. 별을 가리키는 것처럼 말일세. 좋아. 움직이지 마. 실험이 아주 재미있어. 내 추측과 맞아떨어지는군」

라울은 나무에서 뛰어내려 담배에 불을 붙였다. 그리고 산보 나온 사람처럼 한가로이 베슈에게 다가갔다. 베슈는 꼼짝하지 않고 손가락으로 보이지 않는 별을 찌르고 있었다.

라울이 놀란 표정으로 물었다.

「지금 뭐 하고 있나? 포즈 한번 멋지군!」

베슈가 투덜댔다.

「자네 지시를 따르고 있잖아」

「내 지시?」

「그래. 황금충 실험……」

「정신 나갔군」

라울은 베슈에게 다가서서 귓전에 대고 말했다.

「그녀가 보고 있는데」

「누가?」

「요리사 말일세. 저길 봐. 방 안에 있잖아. 저런! 그녀가 자네를 벨베데르(궁전 위층이나 정원 높은 곳에 전망용으로 만든 옥상 노대 —— 옮긴이)에 있는 아폴론 신처럼 멋있게 봤을 거야! 늘씬한 몸매에다……, 근육질까지……」

베슈의 얼굴이 분노로 벌게지자 라울은 웃음을 터뜨리며 도망쳤다. 저만치 더 가서는 되돌아서며 유쾌하게 말했다.

「걱정 마……. 잘될 테니……. 황금충 실험은 성공했네……. 내가 실의 끝을 잡고 있거든……」

베슈의 도움을 빌어 시도한 실험은 과연 라울에게 실마리를 제공했을까? 아니면 다른 방법들을 통해 진실이 밝혀지기를 바라는 것일까? 라울은 종종 카트린과 함께 보셀 할멈의 오두막까지 올라갔다. 그는 친절과 인내심을 발휘해 할멈을 길들이는 데 성공했고 가엾은 노파도 이번엔 도망치지 않았다. 라울이 사탕과 돈을 주면 할멈은 재빨리 낚아챘다. 그는 늘 똑같은 질문을 지치지 않고 반복했다.

「버드나무 세 그루를 옮겨 심었죠……? 누가 옮겨 심었습니까? 당신 아들은 알고 있었습니까? 아들이 그 일을 한 겁니까? 대답해 봐요」

노파의 눈이 가끔 빛나곤 했다. 기억 속에서 빛줄기가 스쳐 지나갔다. 할멈은 말을 하려고, 자신이 아는 것을 이야기하려고 하는 듯했다. 모든 미스터리가 말끔히 밝혀지는 데는 몇 마디만으로 충분했다. 다음번에는 할멈이 그 몇 마디를 조합해서 입 밖으로 내뱉을 것 같았다. 라울과 카트린은 할멈의 얼굴에서 심각하고 불안한 표정을 보았다.

다브나크가 말했다.

「내일이나 언젠가 말을 할 겁니다. 분명히 내일이면 말할 거예요」

그 다음날, 그들은 오두막 앞에 도착했을 때 땅에 널브러져 있는 할멈을 발견했다. 옆에는 사다리가 놓여 있었다. 할멈은 소관목의 가지치기를 하려던 모양이었다. 그러나 사다리의 단에서 미끄러지는 바람에 실성한 할멈은 이제 시체가 되어 누워 있었다.

공증 사무소 서기

보셀 할멈의 죽음은 그 마을이나 검찰에서 아무런 문젯거리가 되지 않았다. 그녀의 아들 때와 마찬가지로 할멈은 사고로 죽었을 뿐이다. 아무리 실성했어도 농사일을 하는 아낙네로서 일상적인 일을 하다가 죽은 것이다. 사람들은 두 모자를 동정했다. 사람들은 할멈을 땅에 묻고는 더 이상 생각하지 않았다.

그러나 라울 다브나크는 사다리에서 두 단의 간격을 유지하고 있던 쇠막대의 나사가 사라졌고 여느 단보다 짧은 단 하나가 근래 들어 톱으로 잘려 나간 사실을 확인했다. 할멈에게 이번 재앙은 피할 수 없는 일이었다.

카트린 역시 사다리의 속임수에 넘어가지 않고 다시 걱정하기 시작했다.

그녀가 말했다.

「보세요, 우리의 적은 악착같잖아요. 또 한번 살인이 벌어졌

97

어요」

「살인인지 확실치 않습니다. 살인의 요소 중에는 살인하려는 의지가 있지요」

「살인 의지가 명백하잖아요」

「그렇다는 확신이 안 섭니다」

라울이 되풀이해서 말했다.

이번에 라울은 카트린을 진정시키려 애쓰지 않았다. 라울은 카트린뿐만 아니라 저택에 살고 있는 모든 사람들을 겨냥하고 있는, 이유 모를 숱한 위협에 두려움과 낭패감을 느꼈다.

또 다른 이해할 수 없는 두 사건이 차례로 발생했다. 아르놀드가 다리를 건너는 와중에 다리가 무너졌다. 그는 강으로 떨어졌는데, 다행히 물에 빠져 감기만 들었을 뿐 다른 상처는 입지 않았다. 그 다음날, 샤를로트가 땔감 보관용으로 쓰이던 옛 헛간에서 나오자마자 그 건물이 와르르 무너졌다. 그녀가 파편 더미에 파묻히지 않은 건 기적이었다.

카트린 몽테시외는 위기를 두 차례 겪고 난 뒤, 자신이 알고 있는 모든 사실을 언니와 베슈 반장에게 털어놓았다. 그들의 대화가 진행되는 동안 식당의 문은 열려 있었다. 아르놀드와 샤를로트가 들으려고만 하면 이야기를 들을 수 있었다.

카트린은 버드나무 세 그루가 옮겨진 이야기며, 보셸 할멈의 예언, 할멈과 아들의 살인 사건, 부인할 수 없는 증거들까지 전부 이야기했다. 그 증거들 때문에 두 범죄는 의심의 여지가 없는 사실이 되어 버렸다.

카트린은 파리 여행과 라울과의 첫 만남에 대해서는 아무 말도 하지 않았다. 그러나 의외로 라울이 자신에게 행사하는 영향력에 대해 반발심이 생기자, 두 사람의 공동 수사와 둘이 함께 나눈 대화, 보셀 모자에 관해 라울이 벌인 개인 수사 내용을 털어놓았다. 그녀의 이야기는 눈물로 끝이 났다. 카트린은 라울을 배반했다는 죄책감에 고열이 생겨 이틀 동안 침대 신세를 졌다.

베르트랑드 게르셍도 카트린과 같은 두려움에 사로잡혔다. 베르트랑드의 머릿속엔 위험과 습격뿐이었다. 아르놀드와 샤를로트 역시 그녀와 똑같은 기분이었다. 적은 베르트랑드의 경우처럼 그들의 경우에도 적은 아무도 모르는 출구로 들어왔다가 빠져나가면서 담장과 영지 주위를 배회하곤 했다. 적은 제멋대로 오가면서 나타났다가 사라지고, 자기 마음대로 정한 시각에 침범했다. 적은 항상 눈에 띄지 않고 들키지도 않으면서 엉큼하고 대담했는데, 자기만 목표를 아는 비밀 작업을 추진하고 있었다.

베슈는 기뻐서 어쩔 줄을 몰랐다. 자신의 실패가 라울의 실패로 인해 희미해지자, 거리낌 없이 라울 다브나크를 괴롭혔다.

베슈는 잔인한 기쁨을 느끼며 비죽거렸다.

「자네나 나나 진창에서 헤매고 있군. 제자리걸음이야. 라울, 폭풍우를 만났을 때는 정면으로 대항하는 게 아니야. 도망쳐야지…… 일단 위험이 끝난 뒤에 돌아오는 법일세」

「그럼, 부인들더러 떠나라고?」

「내 소관이었으면 당장 그렇게 했을걸. 하지만……」

「하지만 카트린이 망설이고 있나?」

「그래. 아직도 자네의 영향력 때문에 못 떠나고 망설인다네」

「카트린이 결심할 수 있도록 노력하세」

「그러길 바라네. 너무 늦지 않았으면 좋겠어!」

이 대화가 있던 날 저녁, 두 자매는 안방으로 사용하는 아래층의 작은 거실에서 소일하고 있었다. 그들은 그 거실을 무척 좋아했다. 거실에서 떨어진 두 방에서 라울은 책을 읽고 베슈는 낡은 당구대에서 심심풀이로 당구를 치고 있었다. 그들은 말이 없었다. 평소처럼 10시가 되자 각자 방으로 올라갔다. 마을에서 종소리가 열 번 울려 퍼진 뒤, 저택의 괘종시계도 첫 번째 종을 울렸다.

두 번째 시계 종이 울리기 시작할 때 아주 가까운 곳에서 폭발음이 들렸다. 그리고 연달아 유리창이 깨지는 소리와 두 사람의 새된 비명소리가 울려 퍼졌다.

「숙녀 분들 방에서 나는 소리야」

베슈가 거실로 달려가며 말했다.

라울은 총을 쏜 사나이의 행로를 차단할 생각밖에 없었다. 라울은 자신이 있던 방 창문으로 달려갔다. 저녁마다 닫아 놓는 덧문 두 개가 닫혀 있었다. 라울은 빗장을 앞뒤로 흔들었지만, 덧문은 밖에서 잠근 상태였다. 아무리 힘껏 흔들어도 덧문은 열리지 않았다. 라울은 곧 포기하고 옆방을 통해 나갔다. 그러나 시간을 너무 허비한 터라 정원에서 수상한 낌새는 전혀 보이지 않았다. 잠깐 살펴보니 커다란 빗장 두 개가 당구장 덧문 밖에 걸쳐져 있었는데, 분명히 전날 밤에 한 짓이었다. 그 때문에 모든 노력이 수포로 돌아갔고 적의 도주가 쉬워진 것이었다.

라울은 거실로 돌아갔다. 그곳에는 카트린과 베슈와 두 하인이 이번 습격의 목표가 된 베르트랑드 게르셍 주위에 모여 있었다. 유리창을 깨고 들어온 탄환이 다행히 베르트랑드를 맞히지 않고 귓전을 스쳐 지나 반대편 벽에 부딪혔다.

탄환을 집어 든 베슈가 침착하게 말했다.

「권총 탄환이군요. 우측으로 10센티미터만 방향을 꺾었어도 관자놀이에 구멍이 났을 겁니다」

그는 심각한 목소리로 덧붙였다.

「라울 다브나크, 자네 의견은 어떠신가?」

라울이 무심하게 대답했다.

「몽테시외 양, 이제 떠나는 데 망설일 이유가 없겠죠」

「전혀 없어요」

카트린이 단언했다.

광란과 공포의 밤이었다. 곤히 잠든 라울을 제외한 나머지 사람들은 귀를 기울이며 신경을 곤두세운 채 밤을 꼬박 새웠다. 모두들 아주 사소한 소리에도 긴장했다.

하인들은 짐을 꾸려 이륜 포장마차를 타고 릴본으로 떠난 뒤, 그곳에서 르아브르 행 기차를 탔다.

베슈는 바리바 영지를 자유롭게 지키기 위해 자신의 별장으로 돌아왔다.

9시에 라울은 두 자매를 르아브르까지 태워 주고 자신이 잘 아는 하숙집에 머물게 했다.

라울과 헤어지는 순간, 완전히 긴장이 풀린 카트린은 라울에게 용서를 구했다.

「용서라니요?」

「당신을 의심한 것에 대해서요」

「의심받는 게 당연하죠. 남 보기에 아무 성과를 못 거뒀으니 말입니다」

「이제부터는요?」

라울이 말했다.

「편히 쉬어요. 당신은 원기를 회복해야 합니다. 보름쯤 지나

두 사람을 데리러 오겠습니다」

「우릴 어디로 데려가려고요?」

「바리바」

카트린은 몸을 떨었다. 라울이 덧붙였다.

「그곳에서 4시간만 보내든 4주를 보내든 그건 그때 아가씨 맘대로 해도 됩니다」

「당신이 원하는 만큼 그곳에 있겠어요」

카트린은 이렇게 말하고 라울에게 손을 내밀었다. 그는 다정하게 손에 입을 맞췄다.

10시 반쯤, 라울은 릴본으로 가서 그 도시에 있는 공증 사무소 두 곳에 대해 조사했다. 11시, 그는 공증인 베르나르의 사무소에 도착했다. 라울을 직접 맞이한 베르나르는 눈빛이 살아 있고 호감 가는 인상에 매우 솔직한 사람이었다.

「베르나르 씨. 저는 게르셍 부인과 몽테시외 양이 보내서 왔습니다. 게르셍 씨 살해 사건과 경찰이 처하고 있는 난관에 대해서 알고 계시리라 믿습니다. 베슈 반장과 친한 사이라 저도 수사에 참여했습니다. 몽테시외 양이 제게 선생을 만나 보라고 청했습니다. 왜냐하면 선생은 몽테시외 양 조부의 공증인이셨고, 모호한 몇 가지 사항에 대해 알고 계신 분이니까요. 선생께 전할 편지가 여기 있습니다」

그것은 그가 카트린과 함께 라디카텔에 도착한 날 아침, 그녀에게 작성하게 했던 일종의 백지 위임장으로 다음과 같은 내용이었다.

본인은 진실을 추구하며 본인의 이익에 적합한 결정을 내리도록 모든 권한을 라울 다브나크 씨에게 위임한다.

라울은 날짜를 써 넣기만 하면 되었다.
「무엇을 도와드릴까요, 다브나크 씨?」
문서를 읽어 본 후 공증인이 물었다.
「베르나르 씨, 살인 사건이 발생한 다음에 여러 설명할 수 없는 사건들이 연속해서 일어났습니다. 선생께 일일이 말씀드릴 필요는 없을 것 같습니다. 그 사건들은 전반적인 한 가지 동기, 바로 몽테시외 씨의 유산과 연관이 있습니다. 그런 이유로 선생께 몇 가지 질문을 드리고 싶습니다」
「말씀하십시오」
「바리바 영지의 매매 계약이 성사된 곳이 선생의 사무실이었습니까?」
「네. 제 선임자와 몽테시외 씨의 부친이 살아 계시던 때니까, 반 세기는 더 거슬러 올라가는군요」
「그 계약서에 대해 알고 계십니까?」
「저는 몽테시외 씨의 요청과 그 밖의 이유로 여러 번 그 계약서를 살펴볼 기회가 있었습니다. 별로 특별한 내용은 없었습니다」
「선생께선 몽테시외 씨의 공증인이었습니까?」
「네. 저를 친구처럼 대해 주셨고 늘 저와 상의하시곤 했습니다」
「선생과 그분 사이에 유언 조항에 관련된 대화를 나눈 적이 있습니까?」
「있었습니다. 제가 개의치 않고 말씀드리는 이유는 그 내용을 이미 게르셍 부부와 카트린 양에게 알려 드렸기 때문입니다」

「그 유언 조항들이 손녀들 중 한 사람에게 유리했습니까?」

「아닙니다. 고인께선 함께 살았던 카트린 양에 대한 편애를 숨기지 않으셨지요. 그 영지를 카트린 양에게 물려주고 싶어하셨습니다. 카트린 양이 그곳을 무척 좋아했거든요. 하지만 고인께선 어떤 절차에 따라 두 손녀에게 유산 분배를 공평하게 하신 게 분명합니다. 어찌 되었든 간에 고인께선 유언장을 남기지 않으셨습니다」

「압니다. 전 그 사실에 무척 놀랐습니다」

라울이 말했다.

「저도 그랬습니다. 장례식 날 아침 파리에서 만났던 게르셍 씨도 마찬가지였습니다. 그분은 그 문제에 대해 절 찾아올 예정이 었는데……. 참, 그분이 살해되었던 날 다음날이로군요. 고인은 편지로 방문 일정을 미리 알려 주셨습니다」

「선생께선 몽테시외 씨가 유언장을 깜빡하셨다는 사실을 어떻게 보십니까?」

「고인께서 유언장 쓰시는 것을 소홀히하셨다가 갑작스러운 죽음을 맞이하셨다고 봅니다. 연구실 일과 화학 실험에 몰두하셨던 기인이셨죠」

「아니 연금술 실험이었겠지요」

라울이 정정했다.

베르나르가 미소를 지으며 말했다.

「맞습니다. 고인께선 엄청난 비밀을 발견했다고 주장하시기까지 했습니다. 언젠가 굉장히 흥분해서 절 찾아오셨습니다. 금가루를 가득 채운 봉투를 하나 보여 주시면서 떨리는 목소리로 말씀하셨죠.

「〈친애하는 친구, 여기 내 작업의 결과물일세. 굉장하지 않은가?〉라고 말입니다」

「진짜 금이었습니까?」

라울이 물었다.

「재론의 여지가 없었습니다. 제게 한 움큼을 주셔서 전 호기심으로 조사를 시켰죠. 한 치의 오차도 없는 순금이었습니다」

그 대답에 라울은 별로 놀라지 않는 것 같았다.

「전 이 사건이 그런 분야의 발견과 관계가 있을 것으로 예상했습니다」

라울은 일어서며 말을 이었다.

「베르나르 씨, 한 가지만 더 여쭙겠습니다. 선생의 사무실에서 자료 유출이라고 할 만한 불상사는 전혀 없었습니까?」

「전혀 없습니다」

「직원들은 선생께서 알고 계신 몽테시외 일가의 비극에 대해 잘 알고 있겠군요. 서류들을 읽고 계약서 사본을 만들 테니까요」

베르나르가 말했다.

「저희 직원들은 정직한 사람들입니다. 사무실에서 업무에 관한 일은 본능적으로나 습관적으로 반드시 입을 다뭅니다」

「그래도 직원들의 생활 수준은 낮은 편일 겁니다」

베르나르가 웃으며 지적했다.

「직원들의 욕심도 크지 않습니다. 그렇지만 간혹 행운이 굴러들어 오기도 하죠. 제 서기들 중에 구두쇠처럼 돈을 아끼던 고집센 고참 직원이 있었습니다. 퇴직 후 살 땅 몇 마지기와 시골집을 사려고 한 푼 두 푼 저금하던 사람인데 어느 날 아침 떠난다며 절 찾아왔습니다. 복권에 당첨되어 상금을 2만 프랑이나 받았다고 말하더군요」

「운도 좋군요! 오래됐습니까?」

「몇 주 안 됐습니다……. 5월 8일…… 제가 그 날짜를 기억하는 게 바로 게르셍 씨가 살해된 날 오후라서……」

「2만 프랑이라니! 그 사람에겐 엄청난 재산이군요!」

라울은 그 날짜가 우연하게도 사건이 일어난 날과 일치한다는 점을 들추지 않은 채 대꾸했다.

「아무렴 말입니다, 그 재산을 지금 한창 탕진하고 있겠죠! 루앙에 있는 한 호텔에 정착해서 즐거운 인생을 보내고 있다는 것 같습니다」

라울은 이야기를 즐겁게 듣고 그 직원의 이름을 알아낸 뒤, 베르나르에게 작별을 고했다.

루앙에서 신속한 조사를 끝낸 뒤, 라울은 저녁 9시에 샤레트 가에 있는 가구 딸린 호텔에서 파므롱을 찾았다. 공증 사무소 서기였던 파므롱은 길고 마른 체구에 안색이 침울해 보이며 검은 모직 프록코트를 입고 실크해트를 쓰고 있었다. 자정쯤 파므롱은 라울이 초대한 술집에서 술을 마시기 시작했고 대중 무도장까지 가서 만취 상태로 수다스러운 거구의 여자와 미친 듯이 캉캉 춤을 추어 댔다.

파티는 다음날 또 시작되었고, 그 다음날들도 마찬가지였다. 파므롱의 돈은 아페리티프(식욕을 돋우기 위해 식전에 마시는 술 —옮긴이)와 샴페인 잔으로 흘러 들어 수많은 사람들에게 제공되었으며 그들은 인심이 후한 이 남자에게 몰려들었다. 그중에서도 라울이야말로 파므롱이 가장 좋아하는 친구였다. 새벽 귀가 길에 파므롱은 갈지자로 걸으면서 라울의 어깨에 팔을 걸치고 자신의 심중을 털어놓았다.

「라울, 또 한번 말하지만 이건 대단한 행운이야. 2만 프랑이 하늘에서 떨어졌어……. 난 한 푼도 남기지 않고 다 쓰기로 결심했네. 난 일 안 하고 먹고 살 만큼 돈을 벌어 놓았어. 그런데 이 돈은 내가 가질 자격이 없는 잉여금이라네. 아니, 깨끗한 돈이 아니야. 인생을 아는 사람들이랑 잘 먹고 즐기면서 써 버려야 해……. 자네처럼 말이야, 라울. 자네처럼」

파므롱은 더 이상 속을 털어놓지 않았다. 라울이 질문할 것처럼 보이면, 파므롱은 당장에 말을 멈추고 흐느끼기 시작했다.

그러나 2주 후 라울은 더할 나위 없이 완벽한 연회를 이용해 파므롱에게 자백을 받아 내고 말았다. 파므롱은 호텔 방에서 실의에 빠진 채, 실크해트 앞에 무릎을 꿇고 눈물 흘리며 고백하기 시작했다. 그는 마치 모자에 대고 고백하는 듯했다.

「악당……. 그래, 난 악당이야. 복권 당첨? 그건 농담한 거지! 알고 지내던 한 사람이 어느 날 밤 릴본으로 날 찾아왔지. 몽테시외 서류철에다가 슬쩍 넣으라며 편지를 주더라고. 난 그러기 싫었어. 이렇게 말했지. 〈그러시면 안 됩니다. 그건 제 소관이 아닙니다. 제 이력을 한번 샅샅이 조사해 보십시오……. 그런 종류의 과오를 저지른 적이 한번도 없습니다.〉 그런데…… 어쩌다가 일이 이렇게 되었는지 모르겠어……. 그 사람은 처음에 1만 프랑을 제시했다가…… 1만 5000프랑…… 2만 프랑을 제시했어……. 난 이성을 잃었지……. 그 다음날, 난 몽테시외 서류철 속에 그 편지를 흘려 넣었어. 그때는 그 돈이 내 명예를 더럽힐 줄은 몰랐지. 그 돈을 다 쓰면서 조용히 살 생각이었어……. 그런데 새집에서 그 돈을 갖고는 못 살겠더라고……. 아! 아니야. 난 그 썩은 돈으로 살 수 없어……. 내 말 듣고 있나……? 난 그 돈이 싫어!」

라울은 더 많은 사실을 알아내려고 애썼다. 그러나 상대방은 다시 울기 시작하더니 마침내 딸꾹질을 하다가 잠이 들었다.

라울이 혼잣말했다.

「더 이상 할 일이 없군. 하지만 내가 고집을 피워서 뭐 하나? 이제 내 마음대로 활동할 만큼 충분히 정보를 입수했어. 이 친구에겐 아직도 5000프랑이나 남아 있으니 보름 전에는 릴본으로 안 돌아오겠군」

사흘 후, 라울은 르아브르에 있는 하숙집에 나타났다. 카트린은 당장 언니와 자신이 그날 아침 공증인 베르나르로부터 다음날 오후에 바리바 영지로 와 달라는 편지를 받았다고 알려 주었다. 공증인은 〈중대 발표〉라고 적고 있었다.

라울이 말했다.

「내가 그 소집을 요청했습니다. 그래서 약속대로 당신을 찾으러 온 겁니다. 바리바로 돌아가는 게 두렵지 않습니까?」

「예. 두렵지 않아요」

카트린이 말했다.

실제로 카트린은 차분한 얼굴에 미소를 띠고 있었다. 그녀는 라울에 대한 신뢰와 꾸밈없는 태도를 되찾았다.

「무슨 새로운 소식이 있나요?」

라울이 고백했다.

「나는 우리가 무슨 사실을 알게 될지 모릅니다. 하지만 우리가 사태를 좀 더 명확하게 알 거라는 점은 분명합니다. 그때 가서 당신이 바리바에서 더 체류하면서 아르놀드와 샤를로트를 불러올 것인지 결정하십시오」

약속한 시각에 두 자매와 라울은 저택에 도착했다. 그들을 보고 베슈는 화가 나서 팔짱을 꼈다.

　베슈가 외쳤다.

「잘못 생각한 거 아닌가! 그런 일을 겪고도 다시 데려오다니!」

　라울이 말했다.

「공증인과 만날 약속이 있네. 가족회의라네. 내가 자네도 불렀어. 자네도 가족의 일원이 아니던가?」

「두 자매가 또 공격을 받으면?」

「걱정할 것 없네」

「왜?」

「바리바의 유령이 우리에게 귀띔을 해 주기로 약속이 되어 있네」

「뭐라고?」

「자네한테 총을 쏘라고 말일세」

　라울은 형사반장의 어깨를 붙들고 한쪽으로 데려가서 말했다.

「베슈, 귀를 활짝 열고 들어. 이제 내가 진행할 천재적인 방식을 잘 배우고 칭찬을 해 보게. 시간이 좀 길어질 거야. 회의는 한 시간 정도 걸리겠지. 하지만 그 결과는 값어치가 상당할 거라고 생각해…… . 내 직감이야. 베슈, 귀를 활짝 열게」

유언

공증인 베르나르는 자신의 고객 몽테시외가 생존했을 때 드나들곤 했던 이 거실로 들어왔다. 공증인은 베르트랑드와 카트린에게 정중하게 인사했다. 그리고 두 사람을 자리에 앉게 한 다음 라울에게 악수를 청했다.

「두 분의 거처를 알려 주셔서 정말 감사합니다. 그런데 자초지종을 말씀해 주시겠습니까……?」

라울이 그의 말을 막았다.

「저는 무엇보다도 선생께서 먼저 설명을 해 주셔야 한다고 생각합니다……. 우리가 만난 이후로 새로운 일이 생겼을지도 모르니까 말입니다」

라울이 눈짓을 보내자 공증인은 이렇게 말했다.

「무슨 일이 벌어졌는지 벌써 알고 계시죠?」

「제가 사무실로 찾아갔을 때 선생께서 물어보신 데 대한 해답을 찾으신 것 같군요」

공증인이 말했다.

「물론, 당신 덕분입니다. 무슨 기적의 힘인지 궁금합니다. 몽테시외 씨는 생전에 의향을 표명하셨던 대로 유언장을 남기셨습니다. 그 유언장을 발견한 상황이 저로선 더욱 놀라웠습니다」

「그렇다면 그 유언장 조항과 게르셍 씨 사건의 주변 정황 사이에 연관이 있을 것이라 추측했던 제 의견이 틀리지 않았군요?」

「그건 모르겠습니다. 단지 당신이 몽테시외 양을 대신해서 절 만나러 오신 건 정말 잘하신 일이었다는 생각이 듭니다. 며칠 전에 보내 주신 뜻밖의 편지를 받았을 때, 저는 그 가정이 비록 성립 불가능하더라도 확인을 해야 했습니다」

라울이 말했다.

「그건 가정이 아니었습니다」

「제가 볼 때는 가정이었습니다. 도무지 받아들일 수 없는 이야기였지요. 당신의 편지 내용은 이랬습니다. 〈베르나르 씨, 몽테시외 씨의 유언장은 선생 사무실에 있는 그분의 서류철 속에 들어 있습니다. 선생의 두 여성 고객들에게 그 사실을 알려 주시길 바랍니다. 두 여성이 현재 묵고 있는 주소는 다음과 같습니다.〉 상황이 달랐다면 전 이 편지를 불 속에 던져 버렸을 겁니다. 하지만 그 대신 저는 찾아보았죠……」

「결과는?」

베르나르는 서류 가방에서 꽤 두툼한 봉투를 꺼냈다. 봉투는 상아빛을 띤 흰색이었는데, 묵은 먼지와 손때 때문에 더러워져 있었다. 카트린이 외쳤다.

「그건 할아버지께서 사용하시던 봉투예요!」

베르나르가 말했다.

「맞습니다. 저도 고인께서 보내셨던 봉투들을 여러 개 보관하고 있죠. 이 봉투에 씌어져 있는 글을 직접 읽어 보십시오」

카트린은 소리 높여 읽었다.

「이것은 나의 유언장이다. 내가 죽고 일주일이 지나면 내 공증인인 베르나르 씨가 바리바에 있는 내 저택에서 이것을 개봉할 것이다. 베르나르 씨는 내 두 손녀에게 유언장을 낭독하고 내 의사에 따라 유언이 실행되도록 도와줄 것이다.」

카트린은 아주 엄숙하게 말했다.

「이것은 할아버지 글씨체입니다. 증거를 대라면 스무 개도 더 들 수 있어요」

공증인이 말했다.

「저도 의견이 같습니다. 저는 조심성이 아주 많아서 어제 루앙에 가서 전문가에게 의뢰했습니다. 전문가의 견해도 우리의 생각과 완전히 일치합니다. 그러니 망설일 이유가 전혀 없지요. 그렇지만 개봉하기에 앞서 이 점을 분명히 말씀드려야겠습니다. 저는 고객께서 늘 맡기셨던 이 서류를, 몽테시외 농장 경영에 꼭 필요해서뿐만이 아니라 제 스스로도 이 유언장을 찾고자 하는 일념 때문에, 2년 동안 수십 번도 더 몽테시외 씨 관련 서류철을 뒤지며 찾았습니다. 제 직업상의 명예를 걸고 그 서류철에는 이 유언장이 없었다는 점을 밝힙니다」

「그렇지만 베르나르 씨……」

베슈가 반박했다.

「저는 있는 그대로를 말하는 겁니다. 그 서류철에는 이 문서가 들어 있지 않았습니다」

「베르나르 씨, 그럼 누군가 그 문서를 서류철에 넣었다는 겁니까?」

공증인이 대꾸했다.

「저는 긍정도 부정도 않겠습니다. 단지 명백한 사실을 밝히는 겁니다. 더구나 저는 절대로 습관에서 벗어난 행동은 하지 않습니다. 그 습관 때문에 제 기억을 입증할 수 있었습니다. 제 손에 들어온 유언장은 그 어떤 것이든 제 고객들 서류철 속에 들어가지 않습니다. 모든 유언장은 밀봉 후 알파벳 순으로 분류해 제 금고 속에 넣습니다. 그러니 곧 낭독을 해 드리겠지만, 제가 이 유언장을 갖고 있었다면 제가 발견한 몽테시외 씨의 서류철 속이 아니라 금고 속에 있었어야 맞겠죠」

공증인이 봉투를 열려고 할 때 테오도르 베슈가 손짓으로 제지했다.

「잠깐. 잠시 그 봉투를 제게 보여 주셨으면 합니다」

봉투를 건네받은 베슈는 꼼꼼히 봉투를 조사한 다음 결론을 내렸다.

「봉인 다섯 개 모두 손대지 않은 그대로입니다. 이 부분에서는 수상한 점이 전혀 없습니다. 그런데 봉투를 열었던 흔적이 있군요」

「무슨 말씀입니까?」

「봉투를 세로로 뜯었던 흔적이 있습니다. 맨 위에 있는 접힌 선을 따라 작은 칼로 절개했다가 교묘히 붙여 놓았습니다」

베슈는 자신이 가리킨 대로 양쪽으로 갈라져 있는 틈에 칼끝을 넣고 조심스레 벌렸다. 그러자 봉인을 부서뜨리지 않고도 봉투에서 종이 두 장을 꺼낼 수 있었다.

베슈가 말했다.

「봉투와 같은 재질이군요. 글씨체도 같지 않습니까?」

공증인과 카트린도 베슈와 같은 의견이었다. 그것은 몽테시외의 글씨체였다.

이제 유언장을 낭독하는 일만 남았다. 모두들 유언장을 발견했다는 사실로 감동에 젖은 나머지 침묵하는 가운데 공증인 베르나르가 낭독했다.

「마지막으로 한마디 하겠습니다. 친애하는 고객님들께선 제가 베슈 반장님과 라울 다브나크 씨 앞에서 낭독하는 것을 허락하십니까?」

「예」

두 자매가 대답했다.

「그렇다면 시작하겠습니다」

그리고 베르나르는 종이 두 장을 펼쳤다.

「나 미셸 몽테시외는 금년 68세로 아직 심신이 건강하고 생각과 행동이 멀쩡하다. 나는 법적 도덕적 권리에 따라 두 손녀에게 옛날에 그토록 번창했던 바리바 영지 주위에 있는 아주 작은 토지를 물려준다. 두 손녀가 그 토지를 공유하고 수입을 반반씩 나눠 갖기를 바란다.

바리바 영지의 경우, 나는 거의 강줄기를 따라 두 몫으로 나누었기 때문에 고르지 못하다. 내가 죽으면 저택과 저택 부속물을 포함한 오른쪽 상속분은 카트린의 몫이 될 것이다. 나는 카트린이 나와 함께 살 때도 그랬듯이 저택에 살면서 저택을 유지 관리할 것이라고 확신한다. 나머지 반은 베르트랑드의 몫이 될 것이다. 베르트랑드는 결혼해서 자주 떠나 있으므로 옛날 사냥용 별채를 임시 거처로 가져도 기쁘게 생각할 것이다. 두 상속분의 불균등을 보상하고 사냥용 별채를 수리하고 가구를 들여놓기 위해서 베르트랑드의 몫으로 내 유산에서 일금 35000프랑을 미리 떼어놓을 것이다. 이 금액은 내가 생산한 금가루에 해당하는 몫으로, 추가 유언장에서 금가루의 정확한 위치를 말할 것이다. 또한 때가 오면 이 눈부신 발견의 비밀도 밝힐 것이다. 공증인 베르나르가 현재 유일하게 그 출처의 확실성을 보증할 수 있다. 내가 금가루 몇 그램을 그에게 보여 준 바 있기 때문이다.

나는 내 손녀들을 잘 알기 때문에, 손녀들이 내 유언을 따르는 데 별다른 문제가 없을 줄로 안다. 그러나 첫째는 결혼했고, 둘째도 곧 결혼할 예정이다. 나는 그 애들이 유언을 해석하는 데 오해를 빚지 않도록 영지의 지형도를 만들었다. 이 지도는 내 사무실 오른쪽 서랍 속에 보관되어 있다. 아주 체계적인 방식으로 설명하겠다. 영지에 속해 있는 두 상속분의 경계선은 카트린이 즐겨 지내던 버드나무 세 그루 중 가운데 나무에서부터 직선으로 뻗어 공원 중앙 출입구의 철책이 세워진 기둥 네 개 중 서쪽에 있는 마지막 기둥에 이른다. 나는 이 경계를 쥐똥나무 울타리로든 판자 울타리로든 표시할 생각이다. 두 손녀는 각자 제 집을 소유하게 된다. 이것이 내가 명문(明文)화한 규칙이다」

베르나르는 아주 빠르게 유언장 낭독을 마쳤다. 다음 내용은 부차적인 수익에 관한 사항들만 제시하고 있었다. 카트린과 라울은 버드나무 세 그루를 언급하는 내용이 나오자 서로를 바라보았다. 그들에게는 그것이 유언장의 핵심이었다. 그러나 다른 사람들의 관심은 금가루에 대한 조항에 쏠렸다. 베슈는 단호한 어조로 말했다.

「이 문서를 전문가에게 맡겨서 원문이 맞는지 확인해 봐야 합니다. 그러나 당장에 확인할 만한 증거로는 일단 저택이나 공원에서 금 몇 킬로그램을 찾아내는 겁니다. 그 정도라면 35000프랑의 값어치가 될 겁니다」

베슈는 마지막 말을 할 때 아주 냉소적인 태도를 취했다. 그러나 라울 다브나크는 카트린에게 말문을 돌렸다.

「카트린 양, 이 점에 대해 증언을 하시겠습니까?」

카트린은 라울의 질문을 기다렸다는 듯이 곧 이야기를 시작했다. 카트린은 라울에게 인정받고 격려받을 때에만 비로소 자신의 의견을 말하고 싶어했다.

「예. 저 혼자 알고 있던 사실을 말씀드리겠어요. 할아버지께서 얼마나 성실하신 분인지에 대해 베슈 반장님께 확실한 증거를 드릴 수 있어요. 석 달 전에 이곳에 왔을 때부터 전 무척 행복했던 과거의 기억들을 되살리기 위해 사방을 헤집고 다녔어요. 그러다가 할아버지께서 일하시던 곳에서 지형도를 발견했어요. 그 지도는 제가 할아버지와 함께 만들었던 건데, 여기 보세요. 우연히 발견한 게……」

카트린은 다시 라울을 보았고, 격려의 눈길을 받으며 말을 맺었다.

「우연히 발견한 것이 금가루였어요」

「뭐! 넌 봤는데도…… 아무 말도 안 했니?」

베르트랑드가 급히 말했다.

「그건 할아버지의 비밀이었어. 난 할아버지의 명령 때문에 누설할 수가 없었어」

카트린은 그곳에 있는 사람들에게 꼭대기 층까지 함께 올라갈 것을 요구했다. 그들은 하인들이 쓰는 지붕 밑 다락방들 가운데

116

있는 천장이 높은 방으로 들어섰다. 그 방은 두꺼운 널판들이 지붕의 가장 높은 부분을 지탱하고 있었다. 카트린은 곧바로 금 가고 깨진 낡은 항아리들을 가리켰다. 이 항아리들은 사용하지 않기 때문에 자리를 차지하지 않는 구석으로 치운 것 같았다. 항아리들은 먼지가 뒤덮고 거미줄이 엉켜 있었다. 아무도 항아리들을 구석 자리에서 꺼낼 생각을 못했고 할 수도 없었다. 항아리 세 개에 유리 조각들이 쌓이고 접시 조각들이 널려 있었다.

베슈는 건들거리는 나무 의자를 집어 들고 공증인 쪽에 가까이 있는 항아리에 집어던졌다. 베르나르는 첫눈에 수북한 먼지 속에서 반짝거리는 금빛을 알아보았다. 베르나르는 모래 속에 넣듯이 금가루 속에 손가락을 찔러 넣으면서 말했다.

「금입니다……. 옛날에 견본으로 본 것과 똑같은 금가루입니다. 상당히 굵은 가루군요」

다른 항아리들 속에도 같은 분량이 들어 있었다. 미셸 몽테시외가 말했듯이 중량이 정확해 보였다.

깜짝 놀란 베슈는 이렇게 말을 맺었다.

「그러니까……, 그분이 정말 이걸 만드셨습니까? 그게 가능합니까? 대략 오륙 킬로그램이나 되는 금을……. 이건 기적입니다!」

베슈는 말을 덧붙였다.

「금의 비밀을 찾기만 한다면!」

공증인 베르나르가 말했다.

「비밀을 찾을지는 잘 모르겠습니다. 어쨌든 유언장에는 언급했던 추가 유언장이 없고, 보충 서류도 들어 있지 않습니다. 몽테시외 양의 도움이 없었다면 아무도 보물이 숨겨진 낡은 항아리들을 조사할 생각도 못했을 겁니다」

「위대한 점쟁이이자 대마법사인 제 친구 다브나크조차도 못했답니다」

베슈가 비꼬아서 말했다.

「그건 자네의 착각이지. 나는 도착한 다음다음날 이곳을 둘러보았네」

라울이 응수했다.

「설마!」

베슈가 믿지 못하겠다는 투로 외쳤다.

라울이 명령했다.

「그 나무 의자에 올라서서 네 번째 항아리로 내려가 보게. 그 속에 작은 상자가 금가루 속에 쑤셔 박혀 있지. 안 그래? 그 상자 위에 몽테시외 씨의 글씨체로 된 연도를 읽어 보라고. 그 옆에 9월 13일이란 날짜가 있지. 그게 바로 그 항아리에 금가루를 부어 넣은 날짜지. 2주 후에 몽테시외 씨는 바리바 영지를 떠나셨어. 그리고 파리에 도착한 날 저녁, 갑자기 돌아가셨지」

베슈는 멍하니 입을 벌리고 듣고 있었다. 그가 중얼거렸다.

「알고 있었나……? 자넨 알고 있었어……?」

「그게 내 직업인걸」

라울이 비웃었다.

공증인은 모든 항아리를 들고 내려오게 한 뒤, 2층 벽장 속에 넣고 잠근 후 열쇠를 챙겼다.

공증인은 베르트랑드에게 말했다.

「이 돈은 분명히 부인께 돌려드려야 할 겁니다. 하지만 상황을 고려해 볼 때 유언장의 진위에 따른 대비책을 세워야겠습니다」

베르나르가 떠나려고 할 때 라울이 그에게 말했다.

118

「한 말씀만 더 드려도 될까요?」

「물론입니다」

「조금 전에 유언장을 낭독하실 때, 마지막 페이지에 숫자가 있는 걸 얼핏 봤습니다」

공증인이 해당 페이지를 보여 주며 말했다.

「실제로 있습니다. 그렇지만 이 숫자들은 그 당시 몰두하시던 것을 대충 써 놓으신 겁니다. 몽테시외 씨의 유언 조항과는 무관합니다……. 제가 자세히 조사한 뒤에 결론을 내린 겁니다. 보시면 아시겠지만 서명 바로 밑에 숫자를 갈겨써서 모양이 엉망입니다. 책상 위에 다른 종이가 없어서 그 유언장에다 메모를 끼적거리신 것 같습니다」

「선생 말씀이 옳을 겁니다. 그래도 그 숫자를 베껴도 될까요?」

그런 다음 라울은 숫자 한 줄을 베껴 썼다.

31415169131415310111291213 14

라울이 말했다.

「감사합니다. 가끔 운이 좋아서 놓치면 안 되는 정보가 우연히 손에 들어오지요. 아주 막연하긴 해도 이 숫자에서 뭔가를 얻을 수 있을 것 같군요」

모임은 끝났다. 베슈 반장은 몇 가지 의견을 늘어놓아 자신을 부각시키고 싶은 욕심에, 공증인을 철책까지 배웅했다. 돌아오면서 베슈는 1층 거실에 있는 라울과 두 여인을 발견했다. 베슈는 말이 없는 세 사람에게 다가서며 큰 소리로 거리낌 없이 말했다.

「자네가 뭐라고 말했더라? 그 숫자들 말인가? 아무 이유 없이 나열된 숫자들 같던데, 안 그래?」

「그럴지도 모르지. 자네한테 사본을 줄 테니 조사해 보게」

라울이 말했다.

「그 외의 것은?」

「정말이지 괜찮은 성과일세」

무심결에 나온 이 말 뒤에 침묵이 이어졌다. 라울이 그런 말을 할 때는 심각한 이유가 있기 마련이었다. 다른 사람들은 불안하면서도 호기심에 끌려 라울을 바라보았다.

라울이 되풀이해서 말했다.

「성과가 괜찮아. 그리고 끝난 게 아니야……. 우리 회의는 계속해야지.」

「그 너절한 잡동사니에서 정보를 얻었단 건가?」

테오도르 베슈가 물었다.

「많이 얻었지. 이 모든 정보가 사건의 핵심을 향해 있는걸」

라울이 대꾸했다.

「좀더 알아듣게 말해 봐」

「다시 말해, 버드나무 세 그루를 옮긴 일 말일세」

「항상 그 생각에 미쳐 있군. 그렇지 않으면 몽테시외 양에게 몰두하던가」

「그 생각은 몽테시외 씨의 유언장에서 아주 명확하게 입증되었잖아」

「몽테시외 씨의 지도에는 버드나무 세 그루가 지금 있는 자리 그대로 그려져 있는데 뭘」

「그래. 하지만 내가 방금 살펴본 것처럼 자세히 보게. 현장에서 했던 것과 똑같은 작업이 종이 위에도 그대로 이루어졌네. 잘 보게. 언덕이 있는 장소, 이 부분을 칼로 긁었지. 버드나무들을 나타내는 십자 표시 세 개를 누군가 능숙한 손놀림으로 긁어서 지워 버렸네. 하지만 돋보기로 보면 쉽게 분간이 되지」

「그래서?」

마음이 흔들리는 베슈가 말했다.

「최근에 내가 버드나무 가지에 올라갔던 날을 생각해 보게. 자네를 언덕 위에 아폴론 신처럼 세웠잖아. 이 지도에서 보면 수학적으로 정확하게 찾아낼 것을 그때 나는 마구잡이로 찾고 있었어. 자와 연필을 잡게나. 몽테시외 씨의 지시에 따라 지적한 기둥에서 현재 있는 가운데 버드나무까지 직선을 그어 보게」

베슈는 라울의 말을 따랐고, 라울이 계속해서 말했다.

「좋아. 이제 자의 밑면을 기둥에 대고 왼쪽으로 방향을 돌려 봐. 언덕에 닿도록 위쪽으로 말일세. 잘했네. 자를 치우게. 그렇게 해서 기둥에서 출발하는 뾰족한 각을 그린 거야. 한쪽 끝은 왼쪽으로 나가서 버드나무 세 그루의 원래 위치를 향하고 있고, 다른 끝은 오른쪽으로 가서 현재의 위치를 가리키고 있어. 이 각도가 벌어진 곳에 방추형의 땅이 줄무늬처럼 펼쳐져 있어. 만약 몽테시외 씨의 초기 지도를 택하면 이 땅은 1번 몫인 저택 소유자가 갖게 되는 거야. 만약 남몰래 고친 지도를 택하면 2번 몫인 사냥용 별채의 소유자가 갖게 되는 거지. 알아듣겠나?」

「알겠네」

갑자기 라울의 추론에 매료된 듯 베슈가 말했다.

라울은 설명을 계속했다.

「이제 첫 번째 사항이 밝혀졌지. 두 번째로 넘어가지. 이 방추형 땅에는 무엇이 있지?」

베슈가 말했다.

「바위들과 뷔토로맹의 절반, 강이 흐르는 좁은 협곡 일부, 섬이 있네」

라울이 정리했다.

「다시 말해서 이것은 절도 행위인데 말일세. 도난당한 방추형은 영지 안으로 흐르는 강줄기를 거의 전부 포함하고 있지. 몽테시외 씨는 이 강줄기를 저택의 상속인에게 맡기고 싶어했는데, 그의 마음과는 달리 사냥용 별채의 상속인에게 맡겨 버린 거지」

베슈가 말했다.

「자네는 누군가 다른 한 사람에게 강을 넘기기 위해 음모를 꾸몄다는 거야?」

「바로 맞았어. 몽테시외 씨가 돌아가셨을 때, 누군가 유언장을 가로챘지. 그자가 나중에 이곳에 와서 공범들과 함께 버드나무 세 그루를 옮겨 심었네」

「하지만 이 유언장만 보고는 나무를 옮겨 심어서 실제로 얻을 수 있는 이익을 모두 예측할 수는 없잖은가. 자네도 마찬가지 아니었나?」

「그랬지. 하지만 몽테시외 씨의 말을 떠올려 보게. 〈때가 되면 금의 비밀을 밝힐 것이다.〉 유언장에는 더 자세한 설명이 나와 있지 않지만, 유언장 도둑은 그 내용을 간파했겠지. 그때부터 도둑은 버드나무 세 그루를 옮겨 심는 등 분별 있게 행동했어」

베슈는 이해가 가긴 했지만 여전히 반박할 말을 찾고 있었다. 베슈가 다그쳤다.

「귀가 솔깃한 가설이군. 그런데 자네 말이 사실이라면, 누가 그런 행동을 했다는 거야?」

122

「이런 라틴 어 속담을 알 거야. 〈이스 페키트쿠이 프로데스트. (Is fecit cui prodest, 로마 시대 스토아 철학자 세네카의 명언——옮긴이)〉 우리말로 하면 〈범인은 범행으로 이득을 보는 자다.〉라는 뜻이지」

「말도 안 돼! 감춰진 몫으로 유산 상속분이 늘어났으니 유언장은 게르셍 부인에게 이롭잖아. 그 사실을 우리더러 믿으란 건 아니겠지……?」

라울은 곧바로 답하지 않았다. 라울은 자리에 앉아 있는 여인들의 얼굴을 흘끔흘끔 엿보면서 생각에 잠겼다. 마치 자신이 한 마디씩 할 때마다 발생하는 효과를 확인하려는 듯했다.

마침내 그는 베르트랑드 쪽으로 돌아섰다.

「실례합니다, 부인. 베슈 반장이 주장하는 것처럼 저는 아무것이나 믿게 하고 싶지 않습니다. 저는 단지 사건들을 짜 맞추면서, 제 추론을 가능한 한 엄밀하고 논리적으로 만들려는 겁니다」

베르트랑드가 말했다.

「당신이 말씀하신 것처럼 일이 벌어진 게 확실합니다. 하지만 그것은 겉보기에 제게 유리하게 이루어졌다뿐이지요. 하지만 전나무 위치를 악용하지 않을 테고 카트린도 제 입장이라면 마찬가지일 거예요. 저희 사이에는 상속분을 구분 짓는 생 울타리도, 판자 울타리도 없을 겁니다. 그러니 이 복잡한 음모의 주모자가 본인의 이익만을 위해 일을 벌인 것이죠」

라울이 말했다.

「그 점은 분명합니다」

베슈가 끼어들었다.

「자넨 모르는 게 아닌가……? 유언장이 몽테시외 서류철에 끼워져 있었다는 사실만 알 뿐이지」

「난 아네」

「누가 알려 준 건가?」

「서류철에 손을 댄 자」

「그럼 그자만 잡으면 이 사건의 핵심에 도달할 수 있겠군」

「그자는 한낱 피라미일 뿐이지」

「음, 다른 사람에게 매수된 행동대원인가?」

「바로 그렇지」

「이름은?」

라울은 설명을 서두르지 않았다. 그는 말을 안 하고 망설임으로써 매우 긴장된 상황을 연출하려는 것처럼 보였다. 베슈가 애걸했다. 두 자매도 라울의 대답을 기다리고 있었다.

라울이 말했다.

「베슈, 우리는 지금 우리끼리 수사를 진행하고 있는 거지? 설마 우리를 자네의 경찰 동료들한테 넘기지는 않겠지?」

「그렇게는 안 하네」

「맹세하지?」

「맹세하네」

「공증인 사무소의 내부에서 저지른 일이네」

「확실한가?」

「확실하네」

「왜 베르나르 씨에게 알리지 않았어?」

「그 사람은 신중하게 행동하지 않을 테니까」

「그럼 공증인 주위의 사람들, 예를 들어 서기들 중 한 사람을 심문해 보면 되겠군. 그건 내가 맡겠네」

카트린이 말했다.

「제가 그 사람들을 모두 알아요. 그중 한 사람이 몇 주 전에 형부를 만나러 이곳에 왔어요. 잠깐만요, 갑자기 생각이 나네요 (그녀는 목소리를 낮췄다). 형부가 살해되던 날 아침이었어요……. 8시였지요. 전 약혼자의 전갈을 기다리고 있다가 현관에서 베르나르 사무소의 그 서기와 마주쳤어요. 아주 불안한 눈치였어요. 그때 형부가 내려와 함께 정원으로 나갔어요」

베슈가 말했다.

「그 사람 이름을 알겠군요?」

「오! 오래전부터 알았지요. 2급 서기인데, 키 크고 마른 몸에 우울해 보이는……, 파므롱 아저씨예요」

라울은 그 이름을 기다리고 있던 터라 눈썹하나 까딱하지 않았다. 한참 지나서 그가 질문했다.

「부인, 한 가지만 알려 주시지요. 전날 밤에 게르셍 씨가 저택 밖으로 나간 적이 있나요?」

베르트랑드가 말했다.

「그럴지도 모르죠. 전 생각이 잘 안 나요」

베슈가 말했다.

「내가 똑똑히 기억하고 있네. 머리가 좀 아프다고 하더군. 날 마을까지 태워 주고 나서 릴본 쪽으로 드라이브를 계속했네……. 밤 10시였지」

라울 다브나크는 일어나서 이삼 분 동안 방 안을 이리저리 걸어 다녔다. 그리고 다시 자리에 앉으며 침착하게 말했다.

「이상하군요. 정말로 신기한 우연의 일치입니다. 몽테시의 서류철에 유언장을 집어넣은 사람의 이름은 파므롱입니다. 바로 그

날 밤 10시 경 릴본 쪽에서 파므롱은 어떤 사람을 만났습니다. 유언장은 그 사람이 훔친 게 분명했습니다. 그 사람이 이 유언장을 서류철 속에 넣어 주길 바랐고 파므롱은 망설인 끝에 그 일을 맡았지요. 그 대가로 일금 20000프랑을 받고 말입니다」

용의자 두 명

라울 다브나크의 말은 무거운 침묵 속에 울려 퍼졌다. 사람들은 각자 생각에 잠겼다. 베르트랑드는 한 손을 눈가에 대고 곰곰이 생각하다가 라울에게 말했다.

「전 이해가 잘 안 가요. 당신 말씀에는 비난의 여지가 있는 것 같은데……?」

「누구에 대해서 말입니까, 부인?」

「제 남편에 대해서지요?」

「저는 비난하는 게 아닙니다. 그러나 머릿속에 떠오르는 사실들을 열거하다 보니 게르셍 씨에 관한 것임을 알고 놀랐습니다」

베르트랑드는 아주 놀란 것처럼 보이지는 않았다. 그녀가 설명했다.

「우리 부부는 결혼 당시에 역경을 이기지 못하고 애정이 시들었어요. 전 남편 로베르가 출장 다닐 때마다 거의 따라다녔어요.

제 남편이기도 하거니와 관심사도 같았거든요. 그렇지만 제가 없을 때 그이의 사생활에 대해서는 전혀 몰랐어요. 그러니까 사건 수사를 위해 그이의 행적을 조사해야 한다면 별로 화가 안 나는 거죠. 당신의 생각은 정확히 어떤 거예요? 주저하지 말고 대답해 주세요」

라울이 물었다.

「부인께 질문을 해도 됩니까?」

「물론이에요」

「할아버지께서 돌아가셨을 때 게르셍 씨가 파리에 있었습니까?」

「아니요. 우리는 보르도에 있었어요. 카트린에게서 전보를 받고 다음다음날 아침에 도착했어요」

「어디에서 묵었습니까?」

「할아버지 아파트에서요」

「부군의 방이 고인의 시신이 안치된 방에서 멀었습니까?」

「아주 가까웠어요」

「부군은 고인 곁에서 밤을 새웠습니까?」

「마지막 날 밤에 저와 교대로 새웠어요」

「방에 혼자 남았군요?」

「예」

「몽테시외 씨가 서류를 보관하셨을 만한 장롱이나 금고가 있었습니까?」

「장롱이 있었죠」

「열쇠로 잠깁니까?」

「기억이 안 나요」

128

카트린이 말했다.

「저는 기억해요. 할아버지께서 갑자기 돌아가셨을 때 장롱은 열려 있었어요. 제가 잠그고 열쇠를 빼서 벽난로 위에 얹어 놓았어요. 베르나르 씨가 장례식 날 그 열쇠를 집어서 장롱을 여셨어요」

라울은 간단한 손짓을 하면서 말했다.

「그렇다면 게르셍 씨가 유언장을 훔친 때는 한밤중이라고 생각해야겠군요」

그러자 베르트랑드가 화를 냈다.

「무슨 말씀을 그렇게 하세요? 말도 안 돼요! 무슨 이유로 그이가 유언장을 훔쳤다는 거예요?」

라울이 말했다.

「몽테시외 서류철에 넣어 달라며 파므롱 씨에게 돈을 지불했으니까 부군이 당연히 유언장을 훔쳤겠죠」

「하지만 왜 훔쳐요?」

「먼저 읽어 보기 위해서지요. 부인이자 곧 자기 자신에게 불리한 조항이 없는지 보려고 말입니다」

「그런 건 없었잖아요!」

「얼핏 보면 없습니다. 부인도 상속을 받지만 동생의 몫이 더 크죠. 그래서 부인은 금에 해당하는 돈으로 그만큼 보상을 받습니다. 그런데 그 금은 어디에서 나올까요? 부인도 궁금하시겠지만 게르셍 씨도 마찬가지였습니다. 부군은 우연히 유언장을 손에 넣었습니다. 부군은 유언장에 대한 생각과 더불어 금 생산의 비밀이 설명되어 있는 추가 유언장을 손에 넣는 일을 일단 보류했습니다. 그러나 부군은 아무것도 찾지 못했습니다. 유언장을 읽어 보면 그 추이를 짐작할 수 있는데, 부군은 생각에 생각을 거듭한 끝에 두 달 후 라디카텔 주변을 배회하게 되었습니다」

「뭘 잘못 아시나 본데요? 그이는 제 곁을 떠난 적이 없어요. 전 그이와 함께 여행을 다녔어요」

「항상은 아닙니다. 그 당시 부군은 독일로 출장을 가는 척했습니다. 그것은 카트린에게 질문하다가 우연히 밝혀진 사실입니다. 하지만 실제로 부군은 센 강의 반대편 기슭에 있는 키유뵈프에 자리를 잡았습니다. 저녁때면 인근 숲에 와서 보셸 할멈과 아들이 사는 오두막에 숨어 있었지요. 그리고 밤이 되면 바위들 뒤의 담장을 넘어 저택을 방문하곤 했습니다. 어느 장소인지 제 눈으로 확인한 바 있습니다. 그러나 비밀의 해답도 금가루도 얻지 못한 무익한 방문이었습니다. 그러자 부군은 유언장에서 비밀의 발견과 소유와 관련이 있을 듯한 길쭉하게 생긴 땅을 부인의 상속분에 보태기 위해서 버드나무들을 옮겨 심었습니다. 그렇게 해서 바위들과 뷔토로맹과 강이 부인 몫에 포함된 거지요」

베르트랑드는 점점 더 격분했다.

「증거를 대 보세요! 증거를!」

「나무꾼인 도미니크 보셸이 그 작업을 해 주었지요. 도미니크의 모친도 알고 있었습니다. 정신이 완전히 나가기 전에 그 모친이 지껄였어요. 제가 물어보았던 그 마을 아주머니들이 그 의문점을 풀어 주었습니다」

「분명히 제 남편이었어요?」

「예. 그 지역에서는 잘 알고 있더군요. 왜냐하면 예전에 부인과 함께 저택에서 살았으니까요. 게다가 키유뵈프 호텔에서 부군의 흔적을 발견했습니다. 그곳 숙박계에 거짓 이름으로 작성했는데 글씨체를 바꾸지도 않았더군요. 그 숙박계의 해당 쪽을 찢어서 제 지갑 속에 넣었습니다. 숙박계에는 부군이 체류하던 마지막 날 즈음해서 부군과 합류한 다른 사람의 서명도 기록되어 있습니다」

「다른 사람이라뇨?」

「예. 여자입니다」

베르트랑드는 분노가 폭발했다.

「거짓말이에요! 제 남편에겐 애인 같은 거 없었습니다. 당신 이야기는 전부 거짓말에 중상모략이에요! 왜 죽은 사람한테 악착같이 매달리는 거죠?」

「부인이 질문했으니까요」

베르트랑드는 자제하려고 애쓰며 말했다.

「그래서요? 그 후는? 계속하세요. 사람이 얼마나 뻔뻔할 수 있는지 보고 싶군요……」

라울은 침착하게 계속했다.

「그 후에 게르셍 씨는 사업을 중단했습니다. 부군이 옮겨 심게했던 장소에서 버드나무들이 다시 생기를 띠었습니다. 부군이 나무를 뽑아 버린 언덕은 차츰 자연의 모습을 되찾았습니다. 문제해결은 중단된 상태였고 생산된 금에 대한 비밀은 도무지 헤아릴 길이 없었죠. 부인이 동생과 이곳에 정착했을 때 부군은 다시 작업을 시작하려는 욕심을 갖고 이곳으로 왔습니다.

몽테시외 씨가 사셨던 집에서 똑같이 생활하면서 유언장을 활용할 순간이 왔습니다. 부군이 쟁취한 땅과 금이 생산될 수 있는 조건들을 현장에서 연구할 수 있었죠. 두 번째 날 저녁부터 부군은 파므롱 씨를 고용했고, 착한 사람의 양심을 20000프랑에 샀습니다. 다음날 아침 파므롱 씨는 이곳에 와서 부군을 귀찮게 굴었습니다. 마지막 남은 양심 때문에 온 것인지 누군가의 지시에 따른 것이었는지 분명히 밝힐 수는 없군요. 식사를 한 뒤 게르셍 씨는 공원을 산책하고 강을 건너 비둘기집 쪽을 들러서 문을 열다가……」

「가슴 복판에 총을 맞고 즉사했네. 자네 결론이 바로 그 점이지!」

베슈가 팔짱을 끼고 일어나면서 도전적인 자세로 격하게 말을 가로막았다.

「무슨 말을 하고 싶은 건가?」

베슈는 열정적인 승리의 목소리로 반복했다.

「게르셍 씨는 가슴 복판에 총을 맞고 그 자리에서 즉사했지! 그렇게 해서 게르셍 씨는 음모의 주동자가 되는 걸세. 그가 유언장을 훔쳤을 테고, 나무 세 그루를 옮겨 심었겠지. 그가 이 정원에서 1,000제곱미터 남짓한 땅을 도둑질했을 거야. 게르셍 씨는 온갖 수단을 다 동원했을 거야. 게르셍 씨가 작업을 완수하면서 멋진 함정을 판 게 아니라, 오히려 자기 계략에 희생되었다는 게로군! 자네가 우리한테 하려는 말이 그거잖아. 자넨 이 베슈 반장에게 그 사실을 덮어놓고 믿게 하려는 거지. 그따위 거짓말을 믿게 하는 거야! 다른 사람들한테도 말일세!」

베슈 반장은 성인군자가 화를 내듯 다소 과장되게 팔짱을 끼고 라울 다브나크 앞을 막아섰다. 베슈의 곁에 있던 베르트랑드도 일어나 자신의 남편을 옹호할 태세였다. 카트린은 앉아서 고개를 숙인 채 감정을 드러내지 않고 울고 있는 것 같았다.

라울은 경멸하는 듯한 표정으로 오랫동안 베슈를 바라보았다. 마치 이렇게 생각하는 듯했다. 〈내가 이 바보를 데리고선 아무것도 못하고말고!〉 그리고 그는 어깨를 으쓱하더니 나가 버렸다.

창 너머 라울의 모습이 보였다. 그는 집 앞에 있는 좁은 테라스에서 큰 보폭으로 서성였다. 담배를 물고 뒷짐을 진 그는 시선을 테라스의 타일에 고정시킨 채 생각에 잠겼다. 한번은 다리를 건너가 강 근처에서 멈췄다가 다시 돌아왔다. 몇 분이 흘렀다.

라울이 돌아왔을 때, 두 자매와 베슈는 한마디도 꺼내지 않았다. 베르트랑드는 카트린 곁에 앉아서 시름에 잠긴 것 같았다. 베슈의 경우, 라울에게 감히 저항하고 도전했던 교만한 모습이 싹 사라졌다. 오히려 라울의 거만한 시선 앞에서 겁을 먹고, 아주 겸손해져서 스승에게 반항했던 자신을 용서해 달라고 빌려는 제자처럼 보였다.

라울은 자신의 설명을 계속해서 그들에게 모순점을 풀어 줄 노력도 하지 않았다.

그는 카트린에게 간단히 질문했다.

「당신은 날 믿으니까 묻겠습니다. 내가 베슈 반장의 질문에 답을 해야 합니까?」

「아뇨」

카트린이 말했다.

라울은 베르트랑드에게 질문했다.

「부인, 부인의 의견도 그렇습니까?」

「예」

「저를 전폭적으로 신뢰합니까?」

「예」

라울이 말을 이었다.

「그렇다면 저택에 남을 겁니까, 르아브르로 돌아갈 겁니까, 아니면 파리로 갈 겁니까?」

카트린이 급히 일어나더니 눈물이 글썽한 채 라울에게 말했다.

「언니와 저는 당신이 권하는 대로 할 거예요」

「이번에는 저택에 남으십시오. 여러분을 둘러싼 낯선 위협과 베슈 반장의 예상이 아무리 심각해지더라도 조금도 걱정하지 마십시오. 예방책이 하나 있습니다. 몇 주 후 저택을 떠날 준비를 하십시오. 그리고 9월 10일, 늦어도 12일에는 파리에 볼 일이 있어 떠난다고 소문을 내는 겁니다」

「그 얘기를 누구한테 해야 해요?」

「마을 사람들을 만나면 하십시오」

「저희는 외출을 거의 안 해요」

「그렇다면 여러분의 하인들에게 그 얘기를 하십시오. 제가 곧 르아브르에 가서 데려오겠습니다. 베르나르 씨와 사무소의 서기들, 샤를로트와 아르놀드 씨, 예심판사 등등 모든 사람들에게 여러분의 취지를 알리는 겁니다. 여러분의 계획은 오는 9월 12일에 저택의 문을 닫고 내년 봄이나 되어야 돌아오는 겁니다」

베슈가 넌지시 말했다.

「나는 무슨 말인지 통 모르겠네」

「자네가 안다고 말하면 오히려 내가 놀라겠지」

라울이 말했다.

회합이 끝났다. 라울이 예견한 대로 무척 오래 걸렸다.

베슈는 라울을 한쪽으로 데려가 질문했다.

「수사가 끝난 건가?」

「다는 아니지. 그런 식으로 일이 끝나진 않을 거야. 하지만 나머지는 자네와 상관없네」

134

그날 저녁, 샤를로트와 아르놀드가 도착했다. 라울은 베슈와 함께 다음날부터 사냥용 별채에서 편하게 지내기로 결정했고, 베슈의 집안일을 해 주는 이웃 여자가 그들의 시중을 맡았다. 그것이 위험하게 두 자매만 남는 일이 없도록 라울이 마련할 수 있는 최선의 예방책이었다. 라울이 밝히지 않는 이유 때문에 라울과 두 자매는 따로 생활하는 것이 바람직했다. 라울이 자매에게 미치는 영향력은 대단했다. 아무리 그의 주장이 이상하게 들리더라도 두 자매는 전혀 반박할 생각이 없었다.

카트린은 라울과 단둘이 있을 때 그를 쳐다보지 않고 중얼거렸다.

「라울, 무슨 일이 닥쳐도 당신 말을 따를게요. 도저히 당신 말을 거역할 수 없을 것 같아요」

그녀는 감동한 듯 보였고 미소를 짓기도 했다.

마지막 날 저녁 식사에 함께 모인 사람들은 모두 말이 없었다. 낮에 라울이 했던 비난 때문에 식탁 분위기가 어색했다. 저녁때 두 자매는 평소처럼 거실에 남아 있었다. 10시에 카트린이 먼저 자리에서 일어났고, 곧이어 베슈가 나갔다. 그러나 라울이 당구대를 떠나려고 할 때, 베르트랑드가 다가와 말했다.

「할 말이 있어요」

베르트랑드는 안색이 창백했다. 라울은 그녀의 떨리는 입술을 보았다.

라울이 말했다.

「꼭 말하지 않아도 됩니다」

베르트랑드가 급히 말했다.

「아뇨. 말해야 해요. 제가 무슨 말을 할 건지, 심각할지 아닐

지도 모르잖아요」

라울이 연거푸 말했다.

「확신하세요? 제가 모른다고 확신합니까?」

베르트랑드의 목소리가 약간 달라졌다.

「그렇게 대답하다니! 저를 미워하는 말투군요」

「아! 맹세코 아닙니다」

라울이 말했다.

「맞아요. 절 미워하지 않으면 키유뵈프 호텔에서 제 남편이 여자와 함께 있었다고 했겠어요? 그래 봤자 부질없는 일인데 말예요」

「그 사실을 믿건 안 믿건 당신 자유입니다」

베르트랑드가 중얼거렸다.

「그건 사실이 아니에요. 사실이 아니라고요」

베르트랑드는 라울에게서 눈을 떼지 않았다. 조금 후 베르트랑드는 망설이며 걱정스럽게 물었다.

「그럼, 그 숙박계를 찢어 왔어요?」

「예」

「보여 줘요」

라울은 지갑에서 조심스럽게 잘라 낸 종이를 꺼냈다. 그 숙박계는 여섯 칸으로 나뉘어 한 칸에 한 질문씩 인쇄돼 있었다. 투숙객들의 답변은 손으로 씌어져 있었다.

「어디에 제 남편의 서명이 있지요?」

라울이 말했다.

「여기, 게르시니 씨입니다. 보시다시피 자신의 성을 살짝 바꿨습니다. 글씨체를 알아보시겠어요?」

베르트랑드는 고개를 끄덕이곤 대답하지 않았다. 그녀는 라울을 바라보면서 말을 이었다.

「이 페이지에는 여자 글씨가 안 보이는데요」

「없습니다. 그 부인은 며칠 후에야 왔거든요. 이 종이도 제가 찢어 왔습니다. 여기 서명을 보십시오. 앙드레알 부인, 파리 거주」

베르트랑드가 속삭였다.

「앙드레알 부인. 앙드레알 부인……」

「이 이름에서 연상되는 것이라도?」

「없어요」

「글씨체를 보면 모르시겠어요?」

「몰라요」

「글씨체를 조작한 것이 눈에 보입니다. 주의 깊게 조사해 보면, 대문자 A나 아주 오른쪽으로 누운 i의 점같이 아주 독특한 글씨를 어렵지 않게 발견할 수 있습니다」

베르트랑드는 한참 만에 웅얼거렸다.

「왜 저한테 독특한 글씨 이야기를 하는 거죠? 비교할 만한 거라도 있어요?」

「예」

「이 부인의 글씨체를 갖고 계세요?」

「예」

「그렇지만……. 그럼…… 누가 썼는지 아세요?」

「압니다」

베르트랑드가 마지막으로 힘을 짜내 외쳤다.

「만일 착각하신 거라면? 왜냐하면……, 잘못 알 수도 있지요……. 글씨체 두 개가 비슷할 수 있고 한 사람의 것이 아닐 수 있잖아요. 잘 생각해 보세요. 이것이 지닌 의미는 매우 심각합니다!」

베르트랑드는 입을 다물었다. 그녀는 애원하기도 하고 대들기도 하는 눈빛으로 라울을 보았다. 그러고는 갑자기 패배를 시인한 듯 소파에 쓰러져서 울음을 터뜨렸다.

라울은 베르트랑드가 안정을 찾을 시간을 줬다. 그녀에게 몸을 숙이고 어깨에 손을 얹으며 중얼거렸다.

「울지 마십시오. 만사 잘 해결할 것을 약속합니다. 다만 제 추측이 맞았는지, 제가 시작한 길로 계속 나가도 되는지 말해 주십시오」

「예……, 예……. 전부 사실이에요」

베르트랑드는 들릴 듯 말 듯한 어조로 말했다.

그녀는 두 손으로 라울의 손을 감싸 가슴에 꼭 끌어안았다가 자신의 눈물을 닦았다.

라울이 말했다.

「무슨 일이 있었습니까? 몇 마디만 해도 다 알아들을 테니……. 필요하다면 나중에 다시 얘기합시다」

베르트랑드가 갈라진 목소리로 말했다.

「제 남편은 모두들 생각하듯 죄인이 아니에요……. 할아버지께서 그이에게 편지를 맡기셨어요. 편지는 할아버지께서 돌아가시면 공증인 앞에서 개봉해야 했어요. 제 남편은 편지를 뜯어 보고 유언장을 발견한 거지요」

「부군이 들려준 이야기입니까?」

「예」

「별로 사실 같지 않군요. 부군은 몽테시외 씨와 사이가 좋았습

138

니까?」

「아니오」

「그렇다면 어떻게 할아버지께서 부군에게 유언장을 맡기셨을까요?」

「듣고 보니 그렇네요……. 네. 하지만 몇 주가 지나고 나서……, 그렇게 말했어요」

「몽테시외 씨의 유언에 대해 입을 다물고 당신은 부군의 공범이 됐습니다……」

「알아요……. 저는 많이 괴로워했어요. 하지만 우리는 돈 문제로 힘이 들었고, 카트린 때문에 우리 몫을 빼앗긴 것 같았어요. 그 금 이야기에 남편은 제정신이 아니었어요. 우리는 할아버지께서 금 제작 비법을 발견하셨다고 확신했어요. 카트린에게 저택과 강 오른편의 공원 전체를 물려주시면서 그 애한테만 보물을 무한정 주시나 보다 생각한 거죠」

「하지만 동생은 분명히 당신과 함께 나눴을 겁니다」

「예. 하지만 그 애는 결혼할 수 있잖아요. 실제로도 그런 상황이 벌어졌고요. 우리는 비밀을 찾는 데 더 이상 자유롭지 못했어요. 제 남편은 자기가 알던 것보다 더 자세한 이야기를 듣게 되었고요」

「누구한테서?」

「예전에 이곳에서 일했던 보셀 할멈이에요. 그 할멈은 노망이 났는데 할아버지에 대한 몇 가지 사실을 들려줬어요. 특히 바위들과 뷔토로맹과 강이 문제였지요. 그것은 할아버지께서 버드나무를 경계선으로 두 유산 상속분을 구분하려고 하셨던 의도와 맞아떨어졌어요」

「그것 때문에 게르셍 씨가 그 경계를 바꾼 겁니까?」

「예. 당신이 제 서명을 보고 아셨듯이, 저도 키유뵈프에 와 있었어요. 남편이 설명해 줬어요……」

「그 결과는?」

「그이는 더 이상 말해 주지 않았어요. 절 믿지 않았거든요」

「왜요?」

「왜냐하면 제가 이성을 찾아 모든 사실을 카트린에게 털어놓겠다고 그이를 협박했거든요. 더구나 우리 부부는 별거하다시피 할 정도로 갈수록 사이가 나빠졌어요. 올해 카트린의 결혼을 위해서 그 애와 함께 이곳으로 왔을 때, 저는 속으로 이혼할 생각을 굳혔죠. 두 달 뒤에 남편이 이곳에 와서 놀랐어요. 그이는 파므롱 씨와의 일에 대해선 아무 말도 안 했어요. 누가 그이를 죽였는지 왜 죽였는지도 몰라요」

베르트랑드는 부르르 떨었다. 사건에 대한 기억이 다시금 그녀의 마음을 뒤흔들어 놓았다. 베르트랑드는 절망과 공포가 커지자 라울의 품으로 달려들었다.

그녀가 애원했다.

「제발……, 제발……. 도와줘요…… 절 지켜 줘요……」

「누구로부터?」

「어느 누구든……. 사건으로부터……, 과거로부터……. 제 남편이 저지른 일이 알려지지 않기를 바라요……. 제가 공범이었다는 것도……. 당신은 모든 사실을 밝혀 냈으니 그것을 저지할 수 있을 거예요……. 당신은 원하는 건 뭐든 할 수 있어요……. 당신 곁에 있으니 정말 안전한 느낌이 들어요! 날 지켜 줘요」

베르트랑드는 라울의 손을 자신의 촉촉한 눈가와 눈물 범벅인

뺨에 갖다 댔다.

라울이 중얼거렸다.

「아무것도 두려워하지 마십시오. 제가 지켜 드리겠습니다」

「그리고 다 밝혀 내실 거죠? 이 모든 미스터리 때문에 숨이 막혀요. 누가 제 남편을 죽였어요? 왜 죽였지요?」

라울은 바르르 떨고 있는 입술을 바라보며 아주 낮은 소리로 말했다.

「당신의 입술은 절망에 어울리지 않습니다……. 웃어 보십시오…… 미소를 짓고 겁내지 마십시오……. 우리 함께 해결의 실마리를 찾아봅시다」

베르트랑드가 열정적으로 말했다.

「네, 함께 찾아요. 당신 곁에 있으니 정말 진정되네요. 당신만을 믿어요……. 당신 이외에는 아무도 절 도울 수 없어요……. 제게 무슨 일이 일어나고 있는지 모르겠어요……. 당신 말곤 없어요…… 당신뿐이에요……. 절 버리지 마세요……」

커다란 모자를 쓴 사나이

파므롱은 라울의 예상보다 훨씬 일찍 루앙으로 돌아왔다. 그는 호의호식하던 친구들에게 돈을 몽땅 털린 뒤, 자신이 오랜 세월 동안 절약하고 정직하게 살면서 준비했던 돈으로 릴본에서 라디 카텔로 가는 도로변에 있는 작은 집 한 채를 구입했다. 그날 밤 그는 오로지 정직하고 양심적으로 돈을 벌어 온 사나이답게 편안히 잠자리에 들었다.

그러던 중 한밤중에 돌연 누군가에 의해 잠이 깼다. 불청객은 파므롱의 눈에 강렬한 손전등 불빛을 쬐면서 어느덧 가물가물해진, 그가 흥청망청 지냈던 시절의 기억을 되살렸다.

「이봐 파므롱, 루앙의 옛날 친구 라울을 몰라봐?」

파므롱은 겁에 질린 채 이부자리에 일어나 앉아 웅얼거렸다.

「내게 뭘 원하는 겁니까……? 라울이라고……? 그런 사람은 전혀 모릅니다」

「뭐? 자네 표현대로 호의호식하던 때가 생각 안 나? 어느 날 밤 루앙에서 내게 털어놓았던 비밀도?」

「무슨 비밀?」

「파므롱 자네도 알면서……. 2만 프랑을? 한 남자가 자네한테 접근했지……? 편지를 몽테시외 서류철에 넣으라면서?」

「말하지 마세요……! 말하지 마세요!」

파므롱이 목메인 소리로 비명을 질렀다.

「좋아. 그렇다면 대답을 해. 자네가 친절하게 대답하면, 나와 함께 게르셍 씨 살인 사건을 수사하고 있는 내 친구 베슈 반장에게 자네 이야기는 한마디도 안 하지」

착한 파므롱의 두려움은 더 심해졌다. 그는 눈에 흰자위를 보이며 까무러칠 듯했다.

「게르셍……? 게르셍 씨……? 정말이지 전 아무것도 모릅니다」

「그래 맞아, 파므롱……. 자넨 살인할 만한 얼굴이 아니야……. 내가 알고 싶은 건 다른 거야…… 아무것도 아닌 사소한 거지……. 대답만 하고 나면 천사처럼 잠들 수 있을 거야」

「뭔데요?」

「게르셍 씨와는 언제부터 알고 지냈나?」

「예전부터 사무실 고객이셨습니다」

「언제부터?」

「처음부터요」

「게르셍 씨가 자네에게 접근했을 때와 살인 사건 당일 자네가 그를 만나러 라디카텔에 갔던 사적인 만남을 제외하고 말이지」

「그렇습니다」

「내가 묻고 싶은 건 말이야. 그날 밤에 그는 혼자였나?」

「예……, 글쎄 아닐 수도 있고」

「정확히 말해 봐」

「저와 이야기를 했을 때는 혼자였습니다. 이곳과 가까운 도로 변이었거든요. 그런데 10미터쯤 떨어진 어두운 나무들 사이로 누군가 흘깃 보였습니다」

「그 사람과 동행이던가 아니면 미행하던 사람인가?」

「모르겠습니다……. 〈누가 있습니다…….〉라고 제가 말했더니 그분이 대답하시더군요. 〈신경 안 쓰네.〉라고」

「그 남자의 인상착의는 어땠나?」

「몰라요. 그림자밖에 못 봤습니다」

「그 그림자는 어떻게 생겼어?」

「뭐라고 말할 수가 없어요. 여하튼 커다란 모자를 쓴 걸 봤습니다」

「아주 커다란 모자?」

「예. 챙이 아주 넓고 꼭대기도 아주 높은 모자 같았어요」

「내게 알려 줄 만한 다른 특이 사항은 없나?」

「없습니다」

「게르셍 씨의 살인 사건에 대해 할 말은 전혀 없겠지?」

「없어요. 범인과 제가 봤던 그림자 사이에 혹시 연관이 있을지도 모르겠다는 생각만 했습니다」

라울이 말했다.

「그럴 수도 있겠지. 파므롱, 이 일엔 신경 끄게. 더 이상 생각하지 말고 잠이나 자」

라울은 파므롱을 살짝 밀어 자리에 눕게 했다. 목까지 이불을 덮어 주고 이불깃을 매만져 준 다음, 얌전히 자라고 충고하면서 발끝을 세우고 조용히 사라졌다.

  아르센 뤼팽이 바리바 모험담에서 라울 뒤브낙이란 이름으로
자신이 맡은 역을 이야기했을 때, 그는 간단하게 그 시점의 자신
의 심리를 분석했다.

「나는 사람이 위기에 처하면 주변 사람들의 마음을 오해하는
경우를 많이 봐 왔다네. 자신이 관여한 행동에 관해서는 관련된
사람들을 예리하게 분석하지만, 그 외에 그들의 은밀한 생각과
감정, 취미, 계획들은 모르는 상태지. 이번 경우에 나는 베르트
랑드의 심중을 아무것도 알아내지 못했네. 카트린의 경우는 말할
필요도 없었지. 나는 우리 셋의 관계에서 뭔가 이상한 게 있을 줄
은 몰랐네. 그네들은 둘 다 변덕이 심해서 어쩌다 내가 길을 잘못
들면 열심히 두둔하거나 불신하기도 하고, 두려워하거나 담담하
기도 하고, 쾌활하거나 침울해지기도 했지. 그녀들의 마음속을
들여다보며 나는 우리 사건과 관련된 것만 찾으려 했지. 그리고
사건에 관한 질문만 했는데, 그녀들은 늘 동문서답을 했던 거야.
나로선 머릿속에서 늘 사건 생각이 떠나지 않는 데다 사건에 대
한 내 생각을 정리하느라, 감정적인 부분에 문제가 있다는 것을
간과한 것이 실수였어. 이것 때문에 사건 해결이 다소 늦어졌던
걸세」

  그와 반대로 사건 해결이 늦어진 만큼 라울에게는 보상이 컸으
리라! 두 자매의 사기를 북돋워 주고 용기를 얻게 해 주는 일상의
조언자로서, 라울은 두 자매 사이에서 때론 언니와 때론 동생과
함께 매혹적인 나날들을 보냈다. 점심 식사 전, 오전 나절에는 강
가의 왼쪽 기둥에 매어 둔 작은 배 위에 앉은 라울을 볼 수 있었

다. 그는 가장 좋아하는 소일거리인 낚시에 몰두하곤 했다.

가끔 그들은 강이 발원지 쪽으로 역류하는 물살에 이끌려 표류하기도 했다. 그들은 다리 밑을 지나고 뷔토로맹과 부딪히며 깊은 협곡 속으로 들어가서 버드나무들이 있는 쪽에 도달했다. 그리고 다시 밀려 내려가는 물결을 따라 무사하게 돌아왔다.

오후에는 인근, 릴본이나 탕카르빌 쪽이 아니면 바스메스 마을 쪽으로 산책을 나갔다. 라울은 농부들과 담소도 나눴다. 노르망디 사람들은 타지 사람들을 경계하곤 했으나, 라울은 그 지방 사투리를 구사할 줄 알기 때문에 환영받았다. 라울은 몇 년 전부터 성주나 부유한 농장주들을 상대로 수 차례 도난 사건이 발생했다는 사실을 알게 되었다. 누군가 담을 넘고 비탈을 기어올라 집에 침입해 집안의 오래된 패물이나 은제품들을 훔쳐 가는 일이 있었다.

수사를 진행해도 전혀 성과가 없었다. 경찰은 게르셍 사건 당시 이 도난 사건들을 언급조차 하지 않았다. 그러나 그 고장 사람들은 그 사건들 중 상당수를 커다란 모자를 쓴 사나이가 저질렀을 것으로 생각했다. 사람들은 검은색이 분명한 이 커다란 모자를 봤다고들 했다. 모자 쓴 사나이는 마르고 평균 신장을 훨씬 웃도는 키였다.

경찰은 세 차례 시도 끝에 모자 쓴 사나이의 발자국을 수집했다. 그 발자국은 크고 깊었는데 엄청나게 큰 나막신 자국임이 분명했다.

그러나 가장 호기심을 끄는 점은, 모자 쓴 사나이가 성으로 잠입하려면 옛 운하를 통해 들어갈 수밖에 없었다는 사실이다. 그 운하는 얼마나 좁은지 고작 어린아이가 통과할 만한 크기였다. 그러나 사람들은 이 소유지의 안뜰에서 사나이의 모자가 드리우는 거대한 그림자를 보았고 엄청나게 큰 나막신의 흔적을 발견했다. 이 모든 것이 옛 운하를 통해 미끄러져 들어올 수밖에 없었다.

커다란 모자를 쓴 사나이의 전설은 그 고장에서 무섭고 포악한 야수의 전설처럼 퍼졌다. 동네 여자들 생각에는 그 사나이가 게르셍 씨의 살인자임이 분명했다. 그 추측은 사실처럼 보였다.

그 소식을 들은 베슈는 카트린이 방에서 습격을 당했던 날 밤, 공원의 어둠 속으로 사라진 침입자의 인상착의가 커다란 모자를 쓴 사나이와 비슷하다고 생각했다. 아주 희미한 모습이었지만 기억 속에 각인되어 있었던 것을 이제야 떠올린 것이다.

이렇듯 기이하게 생긴 모자와 신을 착용한 수수께끼의 인물에 대해 온갖 억측이 난무했다. 마음대로 영지에 드나들고 주변을 배회하며 불규칙적으로 종횡무진 활약하는 그 사나이는 그 지방에서 진정한 악의 화신으로 보였다.

라울은 종종 보셀 할멈의 오두막 쪽으로 발길을 돌리다가 어느 날 오후, 두 자매를 불렀다. 그는 널빤지 한 무더기가 나무 기둥에 겹쳐 세워진 것을 조사하다가 금이 가고 부서진 낡은 문짝을 발견했다. 그 위에는 거칠고 서툰 솜씨로 그린 분필 스케치가 있었다.

라울이 말했다.

「보십시오. 그 사나이입니다. 이것이 범인이 쓰는 모자를 그린 것입니다……. 시장에서 구하기 쉬운 챙 넓은 펠트 모자의 일종이죠」

카트린이 중얼거렸다.

「인상적이군요. 누가 이런 걸 그렸을까요?」

「도미니크 보셀입니다. 도미니크는 널빤지 조각이나 두꺼운 종이에 스케치하는 것을 좋아했어요. 솜씨도 없고 지극히 초보 수준입니다. 그러나 모든 것이 일치합니다. 보셀의 오두막은 음모의 중심에 있었어요. 모자 쓴 사나이와 게르셍 씨는 아마 이곳에서 만났겠지요. 버드나무 세 그루를 옮기기 위해서 도미니크 보셀이 임시 나무꾼을 한두 명 정도 고용했던 것도 이곳입니다. 노망난 모친은 비밀 집회에 참석했어요. 그 할멈은 이 모든 것을 머릿속에서 나름대로 해석하고 상상하고 되새기면서 자신이 이해하지 못하는 무엇이 있음을 알아차렸습니다. 후에 할멈이 카트린 당신 앞에서 횡설수설하며 꺼낸 말들은 당신이 그토록 두려워했던 위협이 있을 거라는 경고였습니다」

그 다음날 라울은 크로키를 여섯 점 정도 발견했다. 버드나무 세 그루와 바위들, 비둘기집, 모자를 쓴 실루엣 둘, 무수한 선이 그려진 그림이 있었는데 무수한 선들 속에서 권총의 형태를 발견할 수 있었다.

그러자 카트린은 도미니크 보셀이 손재주가 상당히 좋아서 모친과 함께 저택에 일하러 오곤 했던 일을 기억해 냈다. 몽테시외의 감독 하에 도미니크는 목수일이나 자물쇠 다는 일 등 자질구레한 일들을 한 적이 있었다.

라울이 결론지었다.

「그런데 우리가 열거한 다섯 사람들 중에서 몽테시외 씨, 게르셍 씨, 보셀 할멈과 그 아들, 모두 네 사람이 죽었습니다. 모자를 쓴 사나이만 남는데 그 사람만 잡으면 이 사건은 해결될 수 있어요」

사실, 이 어둠 속의 인물이 모든 상황을 지배하고 있었다. 매 순간, 그 인물은 나무 사이나 땅 밑에서, 심지어 강바닥에서 솟아오르는 것 같았다. 그는 잔디밭 지면이나 나무 꼭대기에서 출몰하듯이, 가로수 길의 모퉁이에서 유령처럼 나타났다가 누가 쳐다보면 금방 사라졌다.

카트린과 베르트랑드는 신경질적이 되었다. 두 사람은 위험에서 벗어나려는 듯이 서로 라울에게 접근했다. 가끔 이들 자매 간에 불화가 생겼다. 라울은 자매가 거북한 듯 침묵하거나 갑작스럽게 안기면서 두려워할 때 그런 느낌을 받았다. 그는 다정한 말과 행동으로 그녀들을 달래 주었지만, 자매 사이에는 뚜렷한 원인도 없이 다시 묘한 갈등이 생기곤 했다. 이 불균형은 어디에서 비롯되었을까? 유령에 대한 공포가 이를 설명하기에 충분한가? 자매는 유령으로부터 알지 못하는 영향을 받았을까? 그녀들은 알려지지 않은 힘과 맞서 싸웠던 걸까? 자매는 비밀을 알면서도 밝히기 꺼렸던 걸까?

출발 날짜가 다가왔다. 8월 말부터 화창한 날들이 계속되었다. 저녁 식사 후에 그들은 곧잘 테라스에 나와 지냈다. 한편 베슈의 모습이 보이지 않았는데, 그는 저택에서 그리 멀지 않은 곳에서 예쁜 샤를로트와 나란히 앉아 담배를 피우고 있었다. 한편 아르놀드는 느긋하게 식탁을 치우고 있었다.

11시경에는 모두 자리에서 일어났다. 라울은 정원에서 남몰래 순찰을 돌았다. 그는 작은 배에 올라타 강을 거슬러 올라간 다음, 잠복하면서 귀를 기울였다.

어느 날 밤, 날이 너무 화창해서 두 자매는 라울을 따라가고 싶어했다. 배는 노를 살짝 저어도 소리 없이 미끄러졌고, 미풍과 함께 물방울을 살짝 튀겼다. 밤하늘에 수놓인 별들에서 희미한 광채가 쏟아지고 있었고, 수평선의 안개 속 어디선가 떠오르는 약한 달빛이 차츰 밤하늘을 뚜렷하게 밝혔다.

그들은 침묵을 지켰다.

협곡에 있는 빈 동굴에서 노를 펼칠 수 없게 되자 배는 거의 움직이지 않았다. 물결의 소용돌이가 일면서 배는 천천히 움직이다가 한쪽 강가에서 다른 쪽 강가로 떠다녔다.

라울은 여인들의 손을 잡고 속삭였다.

「귀를 기울여 봐요」

자매는 아무 소리도 듣지 못했다. 하지만 산들바람의 고른 입김이나 자연의 평화로움 속에서 미지의 위험이 접근할 때처럼 숨이 막히는 느낌을 받았다. 라울은 손을 더욱 꼭 잡았다. 라울은 여인들이 듣지 못하는 소리를 들었고 위협으로 가득한 적막이 있다는 사실을 눈치 챘다. 적이 매복하고 있다면 그들을 보았을 것이다. 한편 사방에 서 있는 비탈이 양쪽에서 눈에 띄지 않는 적의 소굴을 제공하고 있었다.

「어서 갑시다」

라울이 노를 벼랑의 비탈에 찍으면서 말했다.

때는 너무 늦었다. 절벽 위쪽에서 무엇인가 무너지면서 굉음과 함께 굴러 내려 삼사 초 간격으로 강에 떨어져 내렸다. 라울이 손으로 노를 잡고 있지 않았거나, 배를 선회시킬 생각이 떠오르지 않았다면 바위 덩어리가 뱃전을 부숴 버렸을 것이다. 하지만 다행히 물기둥이 뱃전에 튀는 정도에 그쳤다.

라울은 비탈로 뛰어올랐다. 그는 날카로운 눈초리로 꼭대기의 돌과 소나무들 사이에 있는 커다란 모자의 윤곽을 발견했다. 머리가 잠깐 나타났다가는 사라졌다. 사나이는 자신의 은둔처에서 안전을 확신하고 있었다. 라울은 바위틈에 자란 풀을 잡거나 거친 절벽 틈에 매달리면서 믿을 수 없을 정도로 빠르게 수직에 가까운 암벽을 기어올랐다. 적은 마지막 순간에서야 라울의 소리를 들었던 것으로 보였다. 적이 절반쯤 몸을 일으키고 있다가 별안간 다시 움츠렸기 때문에, 라울은 나무 그림자들이 덮고 있는 울퉁불퉁한 흙밖에 볼 수 없었다.

라울은 순간 방향을 잡았다가 주춤하더니 마치 흙더미처럼 꼼짝 않고 있는 검은 물체를 덮쳤다. 그자였다. 라울은 사나이를 붙잡았다.

라울은 사나이의 허리를 붙들고 외쳤다.

「네 놈은 끝났어! 내 손아귀에선 못 빠져나가지. 아! 한바탕 재미있겠군」

사나이는 땅이 갈라지기라도 한 듯 땅 속으로 미끄러지더니 라울에게 허리를 붙들린 채 몇 미터를 기어갔다. 라울은 욕설을 퍼부어 댔다. 그러나 라울은 먹잇감이 빽빽한 어둠 속에 몸을 감추면서 자신의 두 팔 안에서 흔적 없이 사라지는 느낌이 들었다. 포획물이 커다란 바위 사이로 꺼져 들어가고 있었다. 라울은 그 바위 때문에 팔의 힘을 늦췄다. 라울의 손은 거친 바위 때문에 껍질이 벗겨졌고, 놈을 껴안고 있던 양팔은 갈수록 느슨하게 풀렸다.

그랬다. 그자는 꺼져 들고 있었다! 땅 속으로 들어가면서 매순간 더 가늘고 붙잡을 수 없게 줄어든 것 같았다. 라울은 이성을 잃고 울부짖으며 욕설을 퍼부었다. 그러나 사나이는 몸을 쭉 펴고 가늘어지면서 라울이 꽉 쥐고 있는 손가락 틈새로 사라지더니, 어느덧 라울의 손아귀에는 남은 것이 없었다. 모든 것이 사라져 버렸다. 무슨 기적이 일어났을까? 아무도 침범할 수 없는 은신처로 간 걸까? 라울은 귀를 기울였다. 뱃전에서 불안과 두려움

에 떨며 라울을 기다리는 두 자매가 부르는 소리 외에는 아무것
도 들리지 않았다.

그는 두 자매에게 돌아갔다.

라울은 자신의 실패를 고백하지 않고 이렇게 말했다.

「아무도 없습니다」

「보이긴 했어요?」

「본 것 같았거든요. 그런데 나무들 주변이 온통 어두운데 확인
이 가능하겠습니까……?」

라울은 황급히 여인들을 저택에 데려다 주고 정원으로 달려갔다.

그는 분개했다. 자기 자신과 그 사나이에 대해 똑같이 화가 치
밀었다. 라울은 도망갈 법한 몇 군데 출구를 엿보면서 담장을 한
바퀴 돌았다. 갑자기 그는 무너진 온실 쪽으로 달음박질쳤다. 그
림자 하나가 무릎을 꿇은 듯했는데……, 이제 보니 둘이었다.

라울은 그림자 위로 몸을 날렸다. 두 번째 그림자는 도망쳤다.
라울은 둘 중 첫 번째 사람의 허리를 와락 움켜잡았다. 그리고 한
몸이 되어 가시덤불로 구르면서 외쳤다.

「아! 이번엔 잡았다! 잡았어!」

힘없는 목소리가 탄식했다.

「아! 자네 왜 그러는 거야? 날 좀 가만 둘 수 없나?」

베슈의 목소리였다.

라울은 화가 치밀었다.

「이런 젠장! 이 시간에 잠 좀 자면 안 돼? 얼간이 맹추야, 누
구랑 있었어?」

이번에는 베슈가 불같이 화를 냈다. 베슈는 라울 앞에 우뚝 서
서 힘을 억제하지 못하고 라울의 멱살을 흔들며 투덜거렸다.

152

「얼간이는 바로 자네지! 무슨 참견이야? 왜 우리를 방해해?」

「우리라니, 누굴?」

「당연히 샤를로트지! 막 포옹하려던 참이었는데. 샤를로트가 처음으로 감정에 사무쳐서……. 그녀를 껴안으려던 찰나에 자네가 나타난 거야! 이 바보야!」

라울은 분노와 실망감에 휩싸이긴 했지만 자신이 끼어든 유혹의 장면을 떠올리고는 웃음보를 터뜨리기 시작했다. 그는 미친 듯이 웃어젖히다 허리가 꺾일 지경이었다.

「요리사……! 요리사랍니다……! 베슈가 요리사랑 포옹할 뻔했답니다! 내가 그 장중한 의식에 종지부를 찍어 버리다니……. 정말 웃기는군! 베슈가 요리사랑 포옹할 뻔하다니! 이 돈 후안(방탕한 사람의 대명사——옮긴이) 같은 친구야!」

함정에 빠지다

　몇 시간가량 눈을 붙인 후, 라울 다브나크는 침대에서 뛰어내려 옷을 갈아입고 협곡의 바위들 쪽으로 갔다. 격투가 벌어졌던 장소를 표시하기 위해 손수건을 떨어뜨리고 왔기 때문이다.

　그는 그 장소에서 손수건을 찾을 수 없었다. 라울은 손수건을 전혀 묶지 않고 두었는데, 멀찍이 떨어진 전나무 기둥에서 손수건이 두 번 매듭진 채 단도로 꽂혀 있는 것을 발견했다.

　라울이 혼잣말했다.

　「어디 보자, 내게 전쟁을 선포한다 이거지. 내가 무서운 게로군. 다행이야! 그래도 놈이 대담하긴 하군……. 뱀장어처럼 내 손에서 미끄러져 나가다니 대단한 솜씨야!」

　다브나크는 특히 이 점에 관심이 끌렸다. 직접 관찰해 보니 더욱 더 흥미가 솟았다. 적이 라울에게서 도망친 통로는 자연적인 균열로 형성되어 있었다. 그것은 화강암 언덕에서 흔히 볼 수 있

154

는 것처럼 일종의 단층이었다. 두 바위 사이에 움푹 팬 이 단층은 깊이가 고작해야 60에서 80센티미터였지만, 길쭉하고 아주 좁았다. 아래쪽으로 내려가는 부분이 병의 주둥이처럼 좁아졌다. 그 끝이 어찌나 좁은지 사나이가 그곳을, 사나이의 어깨보다 더 큰 모자를 쓰고 나막신처럼 투박한 신발을 신고 통과했으리라고는 상상할 수도 없었다. 그러나 실제로 통과한 것이다. 다른 출구는 없었다.

적이 몸을 길게 늘이는 능력은 믿을 수 없는 도주를 통해 입증되었다. 라울이 손가락 사이로 적이 스르르 녹아 버렸다고 느꼈듯이 적은 자신의 자유자재로 신체를 변형 가능한 인물이었다.

카트린과 베르트랑드는 간밤의 사건으로 흥분이 가시지 않은 채 라울과 다시 만났다. 불면증으로 지친 얼굴들이었다. 자매는 서로 출발 날짜를 앞당겨 달라고 라울에게 애원했다.

라울이 외쳤다.

「왜요……? 그 바위 덩어리 때문입니까?」

「물론이죠. 누군가 우리에게 위협을 가하고 있잖아요」

베르트랑드가 말했다.

「위협을 가하는 시도는 전혀 없었습니다. 방금 그곳을 조사해 봤는데, 그 바위 덩어리는 저절로 굴러 떨어진 것이 확실합니다. 공교로운 우연일 뿐 그 이상도 그 이하도 아닙니다」

「그래도 당신이 위에까지 올라갔으면 뭔가 봤을 것 같아서……」

라울이 말했다.

「나는 봤다고 생각하지 않았습니다. 사람이 있었던 건 아닌지, 바위가 인위적인 힘에 의해 굴러 떨어진 건 아닌지 알아보고 싫었던 겁니다. 간밤에 한 조사와 오늘 아침의 조사 결과, 이 점에 대해선 의문의 여지가 없습니다. 더구나 그 정도의 바위 덩어리를 떨어뜨리려면 준비할 시간이 필요합니다. 그런데 아무도 여러분이 한밤에 산책을 나갈지 예상할 수 없었지요. 알다시피 마지막 순간에 결정을 내렸잖습니까」

「그렇죠. 하지만 당신이 며칠 전부터 밤에 산책을 나가던 건 모두 알잖아요. 적의 목표는 이제 우리가 아니라 라울 당신이에요」

「나 때문에 너무 걱정하지 마십시오」

라울이 웃으며 말했다.

「아니죠! 당신은 위험한 일을 당하면 안 돼요. 저희도 그러길 바라지 않아요」

자매는 둘 다 겁에 질려 있었다. 라울이 정원으로 발걸음을 옮기자 서로 라울의 팔을 잡아당기며 애원했다.

「우리 떠나요! 여기 남아도 즐겁지가 않아요. 저희는 무서워요. 저희 주변엔 함정뿐이에요……. 우리 같이 떠나요. 무슨 이유로 안 떠나려는 거죠?」

마침내 라울이 대답했다.

「왜냐고요? 이제 사건이 해결되려는 시점이니까 그렇습니다. 최종 날짜도 결정되었습니다. 여러분은 게르셍 씨가 어떻게 죽었는지, 할아버지의 금은 어디에서 나오는 건지 알아야 합니다. 그것이 여러분의 희망이 아니던가요?」

「물론 그렇죠. 하지만 그것을 알 수 있는 게 이곳만은 아니잖아요」

베르트랑드가 말했다.

「이곳뿐입니다. 날짜도 9월 12일이나 13일, 아니면 14일로 정해져 있습니다」

「누가 정한 거예요? 당신이……? 다른 누군가?」

「나도 아니고 다른 누군가도 아닙니다」

「그럼 누구죠?」

「운명입니다. 운명도 그 날짜는 못 바꿉니다」

「당신이 그만큼 확신하는데, 어떻게 문제가 모호할 수 있죠?」

라울은 놀라우리만큼 확신에 찬 표정으로 한마디씩 강조하며
말했다.

「모호하지 않습니다. 몇 가지 점만 제외하면 진실이 분명히 보
입니다」

「그럼 행동에 나서요」

「나는 정해진 날짜에만 행동할 수 있어요. 그 날짜가 되어야
내가 놈을 붙잡고 여러분에게 금가루를 선사할 수 있을 겁니다」

라울은 상대방의 호기심을 끌면서 어리둥절하게 만드는 마법사
같이 경쾌한 어조로 말했다. 그리고 두 자매에게 제안했다.

「오늘이 9월 4일입니다. 이제 6일이나 7일밖에 안 남았습니다.
조금만 참으세요. 알았습니까? 짜증 나는 일들은 하나도 생각하
지 말고, 시골에서의 이 마지막 일주일을 즐기는 겁니다」

자매는 참았다. 흥분과 불안의 시간들이었다. 그녀들은 종종 아
무 이유도 없이 싸웠다. 라울은 이해할 수 없는 변덕스러운 여자
들이었지만, 그 때문에 더욱 매력적이었다. 그러나 두 자매는 서
로 떨어질 수 없는 사이인 데다 라울과도 헤어지지 못했다.

남은 이 며칠은 즐거운 날들이기도 했다. 자매는 전투를 기다
리면서 그 대단원을 예측하려고 애썼다. 자매는 혹시 출발하기
전이나 후에 사건이 벌어지지 않을까 궁금해하기도 했다. 그러다

가 마침내 라울의 영향을 받아 긴장을 풀고 하루하루를 즐기기에 이르렀다. 자매는 라울이 가벼운 말이건 심각한 말이건, 열의가 있건 없건 간에 말만 꺼내면 까르르 웃었다. 그리고 라울이 좋아해 마지않는 자연스러운 충동에 이끌려 그에게 달려가곤 했다.

라울은 때때로 자매의 우정 어린 말들을 들으면서 자신의 속마음을 깊이 헤아려 볼 생각은 않고 유쾌하게 자문하곤 했다.

「저런, 내가 이 아름다운 친구들을 갈수록 사랑하고 있군. 저 둘 중에 내가 더 사랑하는 사람이 누굴까? 처음에는 카트린이었어. 그녀가 내 마음을 뒤흔들었고, 나도 앞뒤 생각지도 않고 카트린에게 열중했지. 그 다음엔 베르트랑드야. 베르트랑드는 더 여성스럽고 교태가 있어서 요즘 내 마음을 동요시키고 있어. 난 분별력을 잃을 지경이야」

사실, 그는 두 여자를 모두 사랑하고 있었다. 한 사람은 아주 순수하고 때 묻지 않아서, 다른 한 사람은 너무 고통스럽고 복잡한 성격이라서 둘 다 사랑할 수밖에 없었다. 어쩌면 라울은 한 여인만을 사랑하고 있는지도 모른다. 그 여인 하나가 라울 다브나크가 온 정신과 힘을 쏟아 붓고 있는 이 사건 속에 두 가지 모습으로 나타난 것이리라.

그렇게 9월 5일, 6일, 7일, 8일 그리고 9일이 지났다. 출발 날짜가 아주 가까워짐에 따라 베르트랑드와 카트린은 라울의 침착성을 공유할 만큼 자제할 줄 알게 되었다. 자매는 짐을 꾸리고, 아르놀드와 샤를로트는 저택 안을 정돈했다.

테오도르 베슈는 흡족한 마음에 샤를로트 옆에서 열심히 거들었다. 샤를로트는 일주일 동안 가족을 만나러 가기로 되어 있고, 그녀와 동행할 속셈인 베슈는 다른 사람들에게 자신은 기차를 타고 가겠노라고 말해 두었다. 라울은 두 자매에게 자신과 함께 브르타뉴 지방을 일주하는 자동차 여행을 하겠다는 승낙을 얻었다. 그동안 하인 아르놀드가 파리에 있는 아파트에 가서 짐을 풀 것이다.

9월 10일, 점심 식사가 끝나고 저택을 나선 베르트랑드는 가게의 물건값을 계산하러 마을로 갔다. 베르트랑드는 돌아오는 길에 라울이 작은 배에 앉아 낚싯줄을 드리우고 있는 모습을 보았다. 그리고 20미터 가량 떨어진 다리 입구에서 라울을 바라보고 있는 카트린을 발견했다.

베르트랑드는 배에서 20미터 앞쪽에 앉아 동생이 하는 것처럼 라울을 바라보았다. 그는 수면 위로 몸을 숙이고 있었지만 흔들리는 찌에 관심이 없어 보였다. 라울은 강 속에서 무슨 광경을 바라보는 걸까? 아니면 무슨 생각에 잠겨 있는 걸까?

라울 역시 누군가 자신을 보고 있다는 느낌을 받은 듯했다. 그는 카트린 쪽으로 고개를 돌리고 미소를 지어 보인 뒤, 베르트랑드 쪽으로 고개를 돌려 똑같이 미소를 지었다. 두 자매는 배에 올랐다.

두 자매 중 한 명이 웃으며 물었다.

「당신은 우리 생각을 하고 있었죠?」

라울이 말했다.

「예」

「누구요?」

「두 사람 다요. 정말이지 두 사람을 떨어뜨릴 수가 없습니다. 두 사람 없이 살려면 어떻게 해야 됩니까?」

「우린 내일 떠나는 거예요?」

「예. 내일 9월 11일 아침에 떠납니다. 이번 브르타뉴 여행은 여러분을 위해 내가 마련한 보너스 여행입니다」

「우린 떠나는데……, 해결된 건 아무것도 없네요」

베르트랑드가 말했다.

「전부 해결되었습니다」

라울이 말했다.

그들 사이에 침묵이 흘렀다. 라울은 아무것도 낚지 않았고 낚으려는 욕심도 없었다. 강에는 모샘치(잉어과의 민물고기 ─ 옮긴이)마저도 없는 모양이었다. 그러나 세 사람 모두 낚시찌의 흔들림을 주시하고 있었다. 그들은 가끔 한마디씩 하고 무한한 행복감에 젖어 있다가 어느덧 찾아 드는 황혼에 놀랐다.

라울이 말했다.

「자동차를 한번 살펴봐야겠습니다. 같이 가겠습니까?」

그들은 교회와 멀지 않은, 자동차를 세워 둔 헛간으로 갔다. 자동차는 이상이 없었다. 엔진이 규칙적으로 부르릉 소리를 내며 돌았다.

7시에 라울은 베르트랑드와 카트린과 헤어졌다. 그는 다음날 10시 반쯤 데리러 올 것이며, 키유뵈프 페리보트를 타고 센 강을 건널 예정이라고 말했다. 그리고 라울은 별장에 있는 베슈를 찾아갔다. 그들에게는 별장이 더 쾌적했기 때문에 마지막 밤을 그곳에서 함께 보내기로 했다.

저녁 식사 후에 그들은 각자의 방으로 들어갔다. 베슈는 곧 코를 골았다.

그러자 라울은 집에서 나와 초가지붕 아래 고리 두 개로 걸어 놓은 사다리를 꺼냈다. 그것을 들고 오른쪽으로 바리바 담장을 끼고 오솔길을 따라가다가 왼쪽으로 꺾어져 담장 위로 올라갔다. 꼭대기에 이르자 나뭇가지들이 라울의 주위로 뻗어 있어 그를 가려 주었다. 그는 나무의 빽빽한 어둠 속에서 밧줄을 이용해 사다리를 밖으로 미끄러뜨린 다음 가시덤불 사이에 눕혔다.

라울은 반시간 동안 나무 속에 있었다. 눈부신 달빛 아래 공원 전체가 보였다. 달빛은 어둠을 헤치고 희끄무레한 빛을 퍼뜨리며 은빛 강물 속에서 헤엄치고 있었다.

저 멀리서 저택의 불빛이 하나둘씩 꺼졌다. 라디카텔의 시계종이 열 번 울렸다.

라울은 주변을 감시했다. 그는 두 자매에게 위험이 닥칠 것이라고는 생각하지 않았다. 그러나 모든 것을 운명에 맡기기는 싫었다. 적은 이제 도사리고 있는 함정이 없을 거라고 생각하면서 주변을 배회하고 준비를 하며 막바지에 접어든 목표에 다가갈 수 있을 것이다. 그리고 아무도 감시하지 않을 것이라고 확신할 것이다.

갑자기 라울은 전율했다. 오늘 밤 자신이 매복에 들어간 이유를 밝힐 만한 상황이 빚어질까? 어떤 작전을 간파하지는 않을까? 라울이 있는 곳에서 50보 거리에, 첫날 아침 카트린이 지나갔던 쪽문에서 멀지 않은 곳에서, 자신이 따라왔던 울타리 안쪽에서, 라울은 나무 기둥에 붙어 있지만 나무의 일부처럼 보이지 않는 부동의 형체를 발견했다. 실제로 그 형체는 여러 번 주춤하더니 키가 줄어들면서 땅 위로 기어가는 것 같았다. 만약 라울이 이 미미한 동작을 지켜보지 않았다면, 이 길쭉한 그림자를 커다란 주목(고산 지대에 서식하는 상록수—옮긴이)의 그림자로 생각했을 것이다. 그 형체가 암흑을 향해서 기어가기 시작했다.

그 형체는 돌과 수풀, 관목이 뒤엉킨 무너진 온실 둘레와 그 위로 형성된 언덕에 도달했다. 언덕에는 희끄무레한 곡선으로 길이 나 있었다. 그 형체는 서서히 일어나더니 땅에서 몸을 끌면서 덤불 속으로 사라졌다.

라울은 자신이 들키지 않은 것을 확인한 뒤 나무에서 뛰어내렸다. 그리고 달빛이 미치지 않는 장소를 골라 뛰어가기 시작했다. 라울은 폐허의 꼭대기 지점에서 눈을 떼지 않았다. 단 몇 분이면 그 밑에 도달할 수 있었다. 그곳에서 라울은 더 이상 주의를 기울이지 않고 무너진 돌 더미 한복판으로 난 길로 접어든 뒤, 꾸불꾸불하게 난 도로로 올라갔다.

라울은 경계심을 늦추지 않고 손에 권총을 들었다. 그는 꼭대기에 이르러 육안으로 찾기 시작했다. 수상한 점이 없음을 확인한 라울은 적이 다른 비탈길로 내려갔다고 생각하고 발을 세 걸음 정도 앞으로 내디뎠다.

라울은 한순간 망설였다. 그때 지나친 적막과 나뭇잎과 수풀들의 거대한 평정이 무척 위협적으로 느껴졌다. 그러나 그는 온몸의 감각을 하나로 모으면서 앞으로 나갔다. 갑자기 라울의 발밑에서 나뭇가지가 뚝 부러지는 소리가 들렸고 그 잔해 속에서 틈이 벌어졌다.

라울은 허공 속으로 떨어졌다. 그는 선 채로 떨어지지 못하고 상반신 높이에 강타를 맞은 것처럼 균형을 잃고 무기력하게 쓰러졌다. 곧 그는 담요에 싸여 돌돌 말린 뒤 끈에 묶였다. 그 사실을 알아차리고 저항을 해 볼 틈도 없었다.

이 모든 상황은 라울이 눈치 채지 못할 정도로 너무나 신속하게, 단 한 사람이 벌인 일이었다. 다음 단계도 그에 못지않게 빨랐다. 다른 밧줄들이 말뚝이나 쇠말뚝, 시멘트 제재와 같이 튼튼하게 박아 놓은 부착점에 고정되도록 칭칭 감겼다. 그런 뒤 자갈 더미와 모래가 위에서부터 라울에게 쏟아져 내렸다.

그러고는 더 이상 아무것도 없었다. 정적과 어둠이 찾아왔고, 묘석의 무게가 그를 내리눌렀다. 라울은 땅에 묻힌 것이다.

라울 다브나크는 패배를 시인하고 마음속에서 희망을 지워 버릴 사람이 아니었다. 그는 어떤 경우에라도 사태의 심각성을 파악한 뒤 먼저 안심이 되는 측면들을 찾아냈다. 적이 자신을 죽일 수도 있었는데 죽이지 않았다는 사실을 어떻게 생각하지 않을 수 있겠는가.

살인은 너무 쉬운 일이었으리라! 적은 라울을 단도로 찌른 뒤 그를 위해 준비한 물리칠 수 없는 장애물과 함께 끝장을 낼 수도 있었다. 그럼에도 라울을 죽이지 않은 이유는, 라울의 죽음이 자신에게는 쓸데없는 일이기 때문에 그저 며칠간 라울의 발목을 잡아 묶는 데 만족했기 때문일 것이다.

이 가정은 라울의 평소 생각과 일치했다.

그러나 적은 범죄를 마무리 짓는 일에 망설이지 않았다. 적은 운명의 뜻에 맡겼다. 만일 라울이 죽는다면, 적에겐 그저 안된 일인 것이다.

라울이 혼잣말했다.

「난 죽지 않을 거야. 또 다른 습격은 없을 테니. 걱정할 필요가 없어」

라울은 처음부터 본능에 따라 되도록 편안한 자세를 취했다. 그는 무릎을 약간 구부리고 팔을 펴고 가슴을 부풀리기 위해 온몸에 힘을 주었다. 이렇게 해서 그는 어느 정도 움직일 여유와 숨쉴 공간을 확보했다. 한편, 그는 자신이 있는 장소를 정확하게 파악했다. 라울은 여러 차례 모자를 쓴 사나이가 몸을 숨겼을 만한 은신처를 찾다가 온실의 잔해 밑으로 미끄러지면서 옛날 온실 입구에서 멀지 않은 곳에 있는 이 빈 공간을 눈여겨 본 적이 있었다.

그리하여 라울은 머리 위에 있는 벽돌, 자갈, 모래와 온갖 고철 더미를 통해, 밑으로는 옛날에 온실이 세워졌던 지면을 통해 구원에 대한 두 가지 희망을 품었다. 그러나 탈주를 시도하려면 움직여야 했다. 그것은 어찌할 수 없는 난관이었다. 밧줄들이 모두 매듭져 있어서 조금만 애를 써도 더욱 죄어들었다.

라울은 몸을 돌려서 공간을 만들 온갖 방법을 궁리했다. 그 작업과 더불어 범인에 대한 생각을 이어 나갔다. 라울은 매복의 모든 단계를 머릿속에 그려 보았다. 그는 담장 꼭대기에 올라가 나무 밑에 숨어 있던 자신의 위치를 식별하고 모든 행동을 감시하며 자신을 서서히 함정으로 유인한 적의 능숙한 수법을 머릿속에 그렸다.

신기한 일이 벌어졌다. 자신을 감싸고 있는 담요와 그 주위에 쌓은 무더기가 성벽처럼 가려져 있는데도, 라울은 바깥의 소리를 어렴풋이 듣는 게 아니라 아주 생생하게 들을 수 있었다. 그것은 센 강 쪽과 이쪽 편에서만 일어나는 모든 소리였다. 그 소리는 지면을 따라 잔해들 사이로 벌어져 있는 몇 개의 틈으로 들려왔는데, 센 강 방향과 거의 수평으로 일종의 배기관 구실을 했다.

강 위에서 뱃고동이 울려 퍼졌다. 도로에서는 자동차의 경적이 울렸다. 라디카텔의 교회가 종을 열한 번 쳤다. 마지막 종소리가 울리기 전에, 라울은 시동을 건 자동차의 엔진 소리를 들었다. 자신의 자동차였다. 그는 자기 차의 엔진 소리를 알았다. 자동차가 수천 대 있어도 그중에서 자기 차를 구분할 수 있었다.

분명히 자기 차가 출발해서 마을을 돌아 대로로 접어들어 속도를 내면서 릴본으로 떠나는 것이었다.

릴본이 목적지였을까? 운전자는 자신의 적일 수밖에 없었다. 적은 루앙까지, 파리까지 계속해서 가는 것이 아닐까? 그런데 무슨 일을 하러 간 것일까?

힘겹게 탈출을 시도하다가 지친 라울은 휴식을 취하며 생각에 잠겼다. 상황은 이러했다. 9월 11일 오전 10시 반에 라울은 카트린과 베르트랑드를 데리러 저택에 가야 했다. 그러니 10시 반이나 11시까지는 놀랄 만한 일은 없을 것이다. 카트린과 베르트랑드는 걱정하지도 않고 라울을 찾지도 않을 것이다. 그러나 그 후에는? 하루가 다 가고 라울이 실종됐다는 사실이 확실해지면 그를 구하기 위해 경찰에 수사를 의뢰하지 않을까?

어찌 되었든, 적은 두 자매가 바리바에 남는 경우를 예상해야 했다. 그렇게 되면 적은 완전한 행동의 자유를 원했기 때문에 작전을 실패한 셈이 된다. 적을 위해서는 그녀들이 반드시 떠나야 한다. 그렇게 어떻게? 방법은 단 하나밖에 없다. 자매를 파리로 부르는 일뿐이다. 편지를 쓰면 글씨체를 알아보게 된다. 그러니 전보……, 라울 이름으로 서명한 전보를 보낸다. 갑자기 떠나게 됐다고 말하고 이 전보를 받는 대로 기차를 타라고 지시하는 것이다.

라울은 생각했다.

〈어떻게 하면 두 자매가 그 말에 복종하지 않을까? 그 지시가 꽤 논리적으로 보일 텐데! 내 보호가 없으면 그녀들은 바리바에 남지 않을 거야.〉

라울은 밤중에 작업을 하고 충분한 수면을 취한 뒤, 다소 숨쉬기가 힘들어도 다시 작업을 시작했다. 그는 확신할 수 없지만 출구 쪽으로 나아가고 있다고 생각했다. 외부의 소리가 갈수록 선명하게 들리고 있었기 때문이다. 그러나 엄청난 고통의 대가와 작은 몸놀림만으로 조금씩 전진하는 라울에게 출구는 과연 몇 센티미터나 남았을까?

그를 묶고 있는 줄은 꼼짝하지 않았다. 계류 장치처럼 부착점에 고정시킨 밧줄들만이 약간이나마 느슨해졌다.

오전 6시경, 라울은 자기 자동차의 친숙한 엔진 소리를 들은 듯했다. 착각이 분명했다. 그 소리는 라디카텔 앞에서 멈췄다. 적이 왜 이 자동차를 다시 몰고 와서 전보의 효과를 위태롭게 만들겠는가?

오전 나절이 지나갔다. 정오가 되자, 어떤 자동차 소리도 들리지 않았지만 라울은 두 자매가 전보를 받자마자 릴본으로 기차를 타러 가기 위해 라디카텔을 떠났다고 추측했다.

1시경, 교회 시계가 규칙적으로 종을 치고 있을 때, 라울은 자신의 예측과는 달리 멀지 않은 곳에서 고함 치는 소리를 들었다.

「라울! 라울!」

카트린의 목소리였다.

그리고 베르트랑드의 목소리도 들렸다.

「라울! 라울!」

라울도 그녀들의 이름을 불렀다. 아무 반응이 없었다.

두 자매가 부르는 소리가 들렸다가 다시 점점 멀어지고 있었다.

또다시 정적이 찾아왔다.

복수

〈내가 잘못 알았어. 그녀들은 파리로 오라는 전보를 받지 않고 내 근처에 있었던 거야. 내가 사라져서 놀란 나머지 날 찾으러 다니는 거지.〉

라울은 두 자매의 수색이 헛되지 않을 것이라는 생각이 들었다. 그 분야의 전문가인 베슈라면 쉽게 성과를 얻을 것이다. 영지는 규모가 크지 않았고, 라울이 죽었거나 부상당했다고 전제한 경우 그를 땅에 묻을 만한 비밀 장소들이 그렇게 많지 않았다. 협곡의 바위들, 뷔토로맹, 온실 폐허, 그 밖의 두세 군데 다른 장소들은 라울과 베슈가 익히 알고 있고 두 사람이 함께 강과 사냥용 별채와 저택 이외에 순찰을 돌았던 곳들이었다. 그렇다면 과연 시체를 숨길 만한 곳은 어디일까?

시간이 계속 흐르며 라울의 희망은 점점 줄어들었다.

라울은 중얼거렸다.

「베슈는 지금 몸이 나쁜가? 날 찾아내려고 너무 애를 쓰다 보니 방법을 못 찾나 보군. 십중팔구 두 자매와 하인들과 함께 정원 밖으로 나가서 가까운 언덕과 작은 숲과 센 강 쪽을 헤매는 게 분명해……. 그리고…… 또…… 누가 알아? 내가 이런 일을 당했을 줄은 상상도 못했을 거야. 내가 급한 일로 그들에게 통보할 새도 없이 떠나 버렸다고 생각할 수 있지. 내가 여행 가기 전에 사전답사를 떠났다고 생각할 수도 있고……. 그럼 나를 기다릴 거야!」

그날은 다시 라울을 부르는 소리도 들리지 않고 하루 해가 졌다. 저녁에 10시를 알리는 종이 울렸을 때, 라울은 카트린과 베르트랑드가 더 이상 자신의 보호를 받지 못하며, 곧 시작되는 밤과 더불어 공포로 떨어야 될 것이라고 생각했다.

라울은 두 배의 노력을 기울였다. 밧줄들이 전보다 덜 죄어들었다. 부착점이 떨어져 나갔다. 결국 그는 상상했던 출구 쪽으로 더 빨리 이동할 수가 있었다. 다행스럽게도 담요가 엉성하게 짜여 있어 라울은 숨쉬는 데 힘들지 않았다. 배고픔 역시 그다지 고통스럽지는 않았지만, 라울의 작업 능률을 떨어뜨려 출구 찾는 일을 더디게 만들었다.

그는 잠이 들었다. 그리고 열에 들떠 자다가 가위에 눌려 갑자기 잠이 깼다……. 이유를 모른 채 괴로워서 울다가 갑자기 깬 것이다.

라울은 기운을 차리려고 큰 소리로 말했다.

「야! 야! 이 천재가 고작 이틀 동안 피로와 굶주림에 시달렸다고 쓰러지겠냐?」

시계가 7시를 알렸다. 때는 9월 12일 아침, 라울이 예고한 운명의 날 가운데 첫 번째 날이었다. 모든 상황으로 보건대 이제 적이 싸움에서 이길 차례다.

그 생각을 하니 분노와 울분이 라울을 자극했다. 싸움에서 적이 이기면, 두 자매가 패배하고 파산에 이르며 비밀이 은폐되고 범인을 처벌할 수 없게 된다……. 그것은 곧 라울 자신의 죽음이다. 자신이 죽지 않고 이기고 싶으면, 무덤의 돌을 밀어올리고 빠져나와야 한다.

라울은 더욱 신선해진 공기를 맡으면서 출구가 얼마 남지 않았다는 기대를 가졌다. 일단 밖으로 나가면 사람들을 부를 테고 사람들이 오면 자신은 살아날 것이다.

라울은 최후의 노력을 기울였다. 라울이 앞을 향해 나아가고 있을 때 갑자기 자신의 주변에 지진이 일어나는 것 같은 느낌이 들었다. 그가 머리와 어깨와 팔꿈치와 무릎과 발로 두더지 집을 파고 있던 작은 구릉이 무너져 내렸다. 라울의 작업 때문에 무너진 것일까? 라울을 지켜보던 적이 출구 쪽으로 이동하는 과정을 확인하고는 곡괭이를 놀려 약한 구조물을 무너뜨린 것일까? 어쨌든 라울은 전신이 으스러지고 숨이 막히고 패배한 느낌이 들었다.

라울은 저항했다. 다시 몸을 아치처럼 세우고 숨을 참으며 자신에게 남아 있던 산소를 아꼈다. 그러나 가슴을 내민 상태에서 자신을 짓누르는 무게 아래 숨쉬기란 몹시 힘들었다.

라울은 다시 생각했다.

〈내겐 아직 15분의 여유가 있어……. 만약 15분 후에…….〉

그는 초를 셌다. 곧 관자놀이가 뛰기 시작했고 그의 생각은 망상 속에 맴돌았다. 그는 무슨 일이 일어났는지 알 수 없었다.

라울은 저택에서 자신이 사용했던 예전 방의 침대에서 정신을 되찾았다. 눈을 떴을 때, 그는 자신이 옷을 입은 상태이며 카트린과 베르트랑드가 걱정스럽게 자신을 바라보고 있고 시계가 7시 45분을 가리키고 있음을 확인했다. 라울이 속삭였다.

「15분……. 그 이상은 아니었지요? 안 그랬으면……」

라울은 명령하는 베슈의 목소리를 들었다.

「어서 아르놀드, 사냥용 별채로 달려가서 라울의 가방을 가져오게. 샤를로트는 차와 비스킷을 갖다 줘, 어서!」

침대로 돌아온 베슈는 라울에게 말했다.

「자넨 무얼 좀 먹어야 해……. 너무 많이는 말고…… 그래도 먹어야지……. 아! 자네 때문에 우리가 얼마나 걱정했는데! 대체 무슨 일이 생긴 거야?」

카트린과 베르트랑드는 일그러진 얼굴로 눈물을 흘리며 각자 라울의 손을 한쪽씩 잡고 있었다.

베르트랑드가 중얼거렸다.

「대답하지 마요……. 말하지 마요……. 당신은 기운이 하나도 없어요. 아! 얼마나 겁이 났는지! 우린 당신이 사라진 걸 이해하지 못했어요. 말해 봐요……. 아뇨, 말하지 마요…… 쉬세요……」

두 자매는 입을 다물었다. 그러나 둘 다 지나치게 흥분한 상태여서 라울에게 질문을 했다가는 금세 대답을 못하게 막곤 했다. 베슈의 경우도 마찬가지였다. 라울이 겪은 위험으로 완전히 혼란에 빠진 듯이 보였다. 베슈는 조리 없는 말을 지껄이다가 엉뚱한 분부를 내리느라 말을 중단하곤 했다.

라울은 차를 마시고 비스킷을 먹고는 약간 기운이 생겨 중얼거렸다.

「누가 파리에서 전보를 보냈지. 안 그런가?」

베슈가 말했다.

「맞네. 자네가 우리더러 첫 기차로 올라오라고 부탁하는 전보였어. 자네 집에서 만나자고 말일세」

「왜 올라가지 않았나?」

「난 그러고 싶었지. 하지만 두 자매가 싫다고 했네」

「왜?」

베슈가 말했다.

「전보를 안 믿더군. 자네가 이런 식으로 떠났을 거라고 생각하지 않더라고. 그래서 함께 찾아보았지……. 특히 바깥쪽, 숲 속을 말일세. 그러곤 방향을 잃었어. 자넨 떠났던 게 아니야? 우린 몰랐어. 시간은 계속 흐르는 데다 잠도 제대로 못 잤다네」

「헌병대엔 알리지 않았나?」

「응」

「잘했네. 어떻게 날 찾았지?」

「샤를로트가 찾았어. 오늘 아침, 집에서 소리치더군. 〈옛날 온실 쪽에서 뭔가 움직여요……. 제 방 창문에서 봤어요.〉 그래서 달려 나갔지……. 벌어진 틈을 열심히 젖히고……」

라울은 낮은 소리로 말했다.

「고마워, 샤를로트」

그리고 모두들 자신의 계획에 대해 묻자, 조금 더 확고한 목소리로 이야기했다.

「먼저 잠을 자고 나서 떠나요……. 우린 르아브르로 갑니다……. 며칠이면…… 바다 공기를 쐬면 기운이 날 겁니다」

다들 라울을 혼자 남겨 두고 방을 빠져나갔다. 그들은 덧문을 닫고 문을 잠갔다. 곧 라울은 잠에 빠졌다.

오후 2시쯤 되어 라울이 사람을 부르자, 베르트랑드가 방에 들어왔다. 그녀는 라울이 밝은 안색으로 면도를 하고 말쑥하게 옷을 입은 채 소파에 누워 있는 모습을 발견했다. 베르트랑드는 한순간 기쁜 표정으로 라울을 주시하다가, 그에게 다가가 이마에 짧은 입맞춤을 했다. 그리고 그의 손에도 입 맞췄는데 눈물과 키스가 뒤섞였다.

샤를로트는 라울의 방에서 그의 모든 시중을 들었다. 라울은 음식을 거의 먹지 않았다. 그는 매우 지쳐 보였다. 마치 고통의 기억이 머리에서 떠나지 않는 듯 서둘러 저택을 떠나고 싶어했다.

베슈가 직접 라울을 옮겨야 했다. 베슈는 그를 자동차까지 안고 가다시피 해서 뒷좌석에 앉혔다. 그리고 운전석에 앉아 간신히 시동을 걸었다. 아르놀드와 샤를로트는 저녁 기차를 타고 파리로 출발할 예정이었다.

르아브르에서 라울은 가방을 내려놓는 것도 호텔에 머무는 것도 원치 않았다. 그 이유는 말하지 않았다. 라울은 생타드레스 해변으로 데려다 달라고 한 뒤 모래 위에 누웠다. 그곳에서 하루 종일 아무 말도 없이 잔잔히 불어오는 신선한 바람을 가슴 깊이 들이마시면서 보냈다.

태양이 하늘 가장자리에 길게 뻗은 분홍빛 구름들 속으로 지고 있었다. 태양의 마지막 불꽃이 수평선으로 사그라졌을 때 두 자매와 베슈는 아주 뜻밖의 광경을 보게 되었다. 네 사람밖에 없는 황량한 해변 귀퉁이에서 라울 다브나크가 벌떡 일어섰다. 그리고는 머리를 헝클어뜨리며 춤을 추기 시작했다. 가장 괴상한 스텝과 몸짓에 괴성까지 곁들였는데, 물위에서 파닥거리는 갈매기들의 춤과 흡사했다.

「이젠 정신이 나갔나!」

베슈가 고함을 쳤다.

라울은 베슈의 허리를 붙들어 한 바퀴 돌렸다. 그리고 그를 바닥에서 번쩍 들어올려 팔을 하늘로 쭉 펴게 했다.

카트린과 베르트랑드는 웃으면서도 깜짝 놀랐다. 고된 시련으로 아침부터 기진맥진해 보였던 라울이, 대체 어떻게 저런 힘이 솟았을까?

라울은 그들을 데리고 가면서 말했다.

「자, 내가 몇 날 며칠 동안 혼수 상태에 빠져 있을 거라고 생각했겠죠? 동면은 끝났습니다. 그것은 이미 저택에서 차를 마시고 두 시간 동안 숙면을 취한 다음에 끝났던 겁니다. 참! 나의 사랑하는 친구들이여, 내가 임산부처럼 침대에서만 시간을 허비할 거라고 생각하다니! 이제 작업을 시작해 볼까! 먼저 뭘 먹으러 갑시다. 배고파 죽겠군요!」

라울은 세 사람을 이름난 식당으로 데리고 갔다. 그곳에서 라울은 엄청난 식욕으로 식사를 했다. 두 자매는 그렇게 흥이 나고 재기 넘치는 라울의 모습을 결코 본 적이 없었다. 베슈마저도 어리둥절해했다.

베슈가 외쳤다.

「자넨 무덤 속에서 더 젊어졌군!」

라울이 말했다.

「자네가 둔해지니 나라도 그에 대한 보상을 해야지. 사실, 그 위기를 겪는 동안에 자넨 한심하기 그지없었어. 자동차를 운전하는 것도 얼마나 서툴렀던지! 아까 나는 겁나서 떨고 있었네. 내가 충고 하나 해 줄까?」

그들이 자동차에 다시 탔을 때 밤이 찾아왔다. 이번에는 라울이 핸들을 잡았고 그 옆에 베슈를 앉혔다. 두 자매는 뒷좌석에 탔다.

라울이 말했다.

「무엇보다도 겁을 먹으면 안 된다네! 난 몸을 좀 풀어야겠어. 빨리 가면 나아질 거야」

자동차는 튕겨 오르듯 금세 포석이 깔린 길로 갔다가 아르플뢰르로 향하는 도로로 나섰다. 긴 해안이 그들 앞에 펼쳐져 있었고, 질풍이 한 차례 코 지방의 고원을 훑고 지나갔다. 그들은 생로맹 마을을 지나 릴본 도로로 접어들었다.

때로 라울은 승리의 찬가를 부르거나 베슈에게 불쑥 말을 걸었다.

「어이 친구, 놀랐어? 병자가 운전하는 것치곤 잘 가지. 베슈, 신사는 이렇게 운전하는 거야. 왜, 무서워? 카트린! 베르트랑드! 베슈 반장님께서 무서우시답니다. 이럴 땐 차를 세우는 게 낫겠죠. 어떻게 생각하십니까?」

라울은 릴본의 긴 경사로에 접어들기 전에 우측으로 꺾어 교회쪽으로 향했다. 교회 종소리가 달빛 아래 구름들 사이로 울려 퍼졌다.

「생장드폴빌……. 카트린과 베르트랑드는 이 마을을 아시죠? 바리바에서 걸어서 20분 거리니까. 우리가 센 강 쪽 도로로 오는 소리를 못 듣게끔 강 위쪽으로부터 들어갔으면 합니다」

「못 듣다니 누가?」

베슈가 말했다.

「보면 알아」

라울은 자동차를 농가 비탈길에 세웠다. 그들은 바스메스 성과

마을을 연결하고, 보셀 할멈의 숲과 라디카텔의 작은 계곡을 잇
는 시골길을 따라갔다. 그들은 천천히 조심스럽게 걸었다. 바람
이 불자, 엷은 구름이 달을 살짝 가렸다.

그들은 가시덤불에서 멀리 떨어지지 않은 울타리의 높은 쪽에
도착했다. 라울이 전전날 그곳에 사다리를 눕혀 놓았던 것이다.
사다리를 되찾은 라울은 그것을 담장에 세워 놓고 올라가서 공원
을 살폈다. 그리고 동행들을 불렀다.

라울이 낮은 목소리로 말했다.

「두 사람이 일하고 있습니다. 그럴 줄 알고 있었지요」

다른 사람들도 보고 싶은 마음에 차례로 올라가 머리를 들이밀
었다.

두 그림자가 강의 양편에 서 있었다. 비둘기집 높이에 맞춰 한
사람은 섬에, 다른 한 사람은 공원의 제방 위에 있었는데, 그들
은 꼼짝도 하지 않았고 숨을 생각도 없는 것 같았다. 무엇을 하고
있는 것일까? 어떤 수수께끼 같은 작업에 몰두하고 있는 걸까?

약한 안개가 구름과 뒤섞여 있어서 설사 두 사람의 정체를 알고
있다 하더라도 실제로 누가 누군지 분간할 수 없었다. 두 형체는
갈수록 강 위로 허리를 굽히는 것 같았다. 그들은 강 속을 깊숙이
들여다보면서 무엇인가를 지켜보고 있는 게 틀림없었다. 그러나
일하는 데 도움이 될 만한 손전등조차 가지고 있지 않았다. 마치
매복을 하거나 함정을 쳐 놓고 있는 밀렵꾼 두 명 같았다.

라울은 사다리를 베슈의 집까지 다시 가져갔다. 그런 다음 그
들은 저택으로 갔다. 보안을 위해 원래의 자물쇠 장치에다 쇠사
슬을 두 개 씌운 뒤 맹꽁이자물쇠로 채워 두었던 것이다. 라울은
모든 열쇠의 사본을 만들어 두었고, 집의 현관문을 안쪽에서 여

는 열쇠도 갖고 있었다. 그들은 조심스럽게 걸었다. 저택 앞 공원에서 작업하고 있는 다른 사람들이 이 소리를 들을 위험은 전혀 없었다. 그들은 아주 약한 손전등으로 앞을 비추며 걸었다.

라울은 당구장으로 들어갔다. 그리고 사용하지 않는 옛 무기 진열장에서, 전에 가져다 둔 소총을 집어 들었다.

라울이 말했다.

「그들은 무기를 가졌어. 베슈, 그 비밀 장소는 감쪽같아서 자네도 전혀 눈치 못 챘다는 걸 인정하겠지」

겁에 질린 카트린이 중얼거렸다.

「저 사람들을 죽이지는 않겠죠?」

「예. 그래도 총은 쏠 겁니다」

「제발 쏘지 마세요」

라울은 손전등을 끄고 아주 천천히 창문의 십자 유리창 하나를 열고 덧문을 밀어젖혔다.

하늘은 갈수록 어두워졌다. 그래도 약 60에서 80미터 떨어진 저쪽에서 동상처럼 꼼짝 않고 있는 그림자 두 개가 여전히 보였다. 바람이 더욱 강해졌다.

몇 분이 흘렀다. 그림자들 중 하나의 동작이 느려졌다. 섬에 있던 다른 그림자는 강 위로 몸을 더욱 구부렸다.

라울이 총을 어깨에 얹었다.

카트린은 눈물 흘리며 애원했다.

「제발……, 제발……」

라울이 물었다.

「내가 어떻게 하면 좋겠습니까?」

「저들에게 달려가서 붙잡아요」

「만약 도망가면? 우리 손에서 빠져나가면?」

「그럴 수는 없어요」

「나는 확실한 쪽을 택하겠습니다」

라울은 총을 겨눴다.

두 자매는 마음이 조여들었다. 그녀들은 무서운 사건이 끝나버렸기를 바랐기에 총소리를 두려워했다.

섬에 있는 그림자는 몸을 더욱 숙이면서 멀어져 갔다. 출발의 신호였을까?

총성 두 발이 차례로 울렸다. 라울이 총을 쏜 것이다. 저쪽에서 두 사람이 신음하며 수풀 위로 몸을 뒹굴었다.

「여기에서 꼼짝 말고 있어요……. 움직이지 마십시오!」

라울이 베르트랑드와 카트린에게 명령했다.

여인들이 계속해서 따라가겠다고 고집을 부리자 라울이 말했다.

「안 돼요. 저놈들이 어떤 반응을 보일지 전혀 모릅니다. 우리를 기다리면서 부상당한 저놈들을 치료할 준비를 하고 있도록 해요. 심한 부상은 아닐 겁니다. 납이 아주 적게 든 총알로 다리를 쏘았으니까요(사냥용 총은 납으로 만든 탄환을 사용함——옮긴이). 베슈, 현관에 있는 궤짝을 들여다보면 가죽띠와 밧줄이 두 꾸러미 있을걸세」

라울 자신도 지나가면서 들것으로 쓸 수 있는 접의자를 집어 들었다. 그리고 서두르지 않고 강 쪽으로 갔다. 강가에서는 부상자 두 명이 무기력하게 누워 있었다.

라울의 지시에 따라 베슈는 권총을 손에 쥐었다. 라울은 자신에게 가까이 있는 적에게 말했다.

「허튼 짓 하지 마, 친구! 조금이라도 움직이면 형사반장이 맹수를 처치하듯이 쏴 버릴 테니. 그건 뭣에 쓰는 건가?」

라울은 무릎을 꿇은 채 손전등으로 적을 비추고는 비웃었다.

「난 아르놀드 자네일 거라고 생각하고 있었어. 하지만 일처리가 아주 능숙해서 의심을 거뒀지. 오늘 아침에서야 확신을 한 거야. 그런데 대체 뭘 하고 있었나, 친구? 강에서 금가루를 낚고 있었어? 그것에 대해 해명 좀 해 보지? 베슈, 이 손님을 들것에 실어 줘. 손목은 끈으로 묶으면 충분할 거야. 살짝 묶어야겠지? 팔이나 엉덩이에 총을 맞았을 테니까」

그들은 아르놀드를 조심스럽게 두 자매가 램프를 켜 놓은 큰 거실로 옮겼다. 라울이 자매에게 말했다.

「여러분, 첫 번째 수하물로 아르놀드 씨가 도착했습니다. 저런, 맞아요……. 할아버지 몽테시외 씨의 충복이자 신뢰를 듬뿍 받았던 사람입니다. 이 사람이 나타날 거라고 예상하지 않았나요? 이제 두 번째 수하물이 등장합니다」

10분 후 라울과 베슈는 비둘기집까지 기어간 공범을 붙잡았다. 울먹거리는 목소리로 더듬거렸다.

「저예요…… 예, 저예요……. 샤를로트……. 전 아무 상관도 없어요……. 아무 짓도 안 했다고요」

라울이 폭소를 터뜨리며 외쳤다.

「샤를로트였군. 그 아름다운 요리사가 작업복에다 무명 바지 차림이라니! 어이 베슈, 축하하네……. 자네 애인은 이렇게 보아도 아주 매력적인걸! 하지만 샤를로트는 아르놀드의 공범일세! 성격이 꼿꼿해서 그럴 거란 생각은 못했네! 가엾은 샤를로트, 당신 몸에서 가장 살이 많은 곳을 총알이 살짝 건드린 거군? 베슈, 자네가 잘 돌봐 줄 거지? 오호! 냉습포를 살짝 붙인 다음, 자주 새

걸로 갈아 주게……」

　라울은 강가를 조사하고 고운 천으로 만든 기다란 띠를 수거했다. 시트 두 장의 끝과 끝을 꿰매어 구릉에서 시작해 반대편으로 물에 적시면서 끌고 간 것이다.

　넓적하게 접힌 부분이 안쪽으로 주머니를 만들고 있었다.

　라울은 기분 좋게 외쳤다.

　「하! 하! 여기 우리 낚시 그물이 있군! 베슈, 이제는 우리 차례야. 황금 물고기를 잡아 보세나!」

논고*

    포로 두 명은 거실의 긴 의자 두 곳에 누워 있었다. 아르놀드는 허벅지에 상당히 깊은 부상을 입어 힘겹게 신음을 내뱉었다. 샤를로트는 그보다 고통이 적었는데, 납 조각 몇 개만이 종아리에 박혀 있었다.

    베르트랑드와 카트린은 깜짝 놀라서 그들을 쳐다보았다. 자신들의 눈을 믿을 수 없었다. 아르놀드와 샤를로트, 그들은 두 자매를 무척 사랑하고 섬겼던 하인들이자 신뢰할 만한 사람들, 거의 친구 같은 사이였는데……. 그런 그들이 범인이었을까? 그들이 이 모든 불길한 흉계를 꾸몄던 것일까? 누구를 배신하고 도둑질하고 사람까지 죽였던 걸까?

    베슈는 얼굴이 일그러졌고, 가장 끔찍한 고통에 짓눌리는 사나

---

* 증거 조사가 끝난 후 검사가 행하는 의견 진술—옮긴이

이의 지친 모습을 보였다. 베슈는 요리사에게 고개를 숙이고 협박하는 듯한 몸짓을 하면서 낮은 소리로 비난과 절망을 토로했다.

샤를로트는 어깨를 으쓱하고는 건방지게 베슈를 무시함으로써 그의 이성을 잃게 만들었다. 라울이 그를 위로했다.

「베슈, 샤를로트의 결박을 풀어 주게. 자네 친구께서 몸이 불편한가 봐」

베슈는 그녀의 손목을 죄고 있던 끈 두 개를 풀었다. 몸이 자유로워지자마자 샤를로트는 베르트랑드 앞에 무릎을 꿇고 통곡하기 시작했다.

「전 아무 상관도 없어요, 부인. 부인께서 용서만 해 주신다면……! 부인께선 다브나크 씨의 목숨을 구한 사람이 저란 사실을 아시지요……」

베슈가 갑자기 일어났다. 혼란에 빠진 베슈에게는 샤를로트의 말이 부인할 수 없는 사실로 들렸다. 그에게 뜻밖의 힘이 불끈 솟았다.

「그건 사실이야! 무슨 권리로 샤를로트에게 죄가 있다고 말하는 거지? 그리고 죄라면 무슨 죄가? 요컨대 샤를로트가 범인이라는 증거는 뭔가? 아르놀드의 경우도 증거가 뭐야? 아니, 무슨 죄목이지? 뭣 때문에 비난하는 거야?」

베슈는 원기를 되찾고는 점점 장광설을 늘어놓았다. 그는 상대방을 자극하고 도전해 적진으로 나서듯 라울 쪽으로 몸을 돌려 정면 공격을 했다.

「그래, 자네한테 묻겠네. 이 가엾은 여자를 뭣 때문에 비난하는 거야? 아르놀드도 뭣 때문에 비난하느냐고? 저들이 파리 행 기차를 탔어야 했는데 바리바의 강가에 나와 있어서 붙잡혔다는 건

가……? 그래서? 하루 정도 출발을 연기하기로 했다는 게 죄가 되
나?」

베슈의 논리에 감동한 베르트랑드는 고개를 끄덕였고 카트린은
이렇게 중얼거렸다.

「전 전부터 아르놀드를 알고 있었어요……. 할아버지께선 아르
놀드를 전적으로 신임하셨어요……. 어떻게 이 사람이 형부를 죽
였다고 상상이나 하겠어요? 할아버지의 사위와 다름없는 형부를?
왜 그런 일을 저질렀겠어요?」

라울은 그 누구보다도 차분하게 말했다.

「나는 그가 게르셍 씨를 죽였다고 주장한 적 없습니다」

「그렇다면 뭔가?」

라울은 과감하게 말했다.

「우리 하나씩 따져 봅시다. 사건이 모호하고 복잡하니까 우리
함께 풀어 보죠. 아르놀드가 우리를 도와줄 거라고 생각합니다.
그렇지 않나, 아르놀드?」

베슈가 결박을 풀어 준 하인은 간신히 소파에 앉아 있었다. 평
소에 무심해 보이며 은밀하게 행동하려고 애쓰던 얼굴이 이제는
자신의 진짜 표정을 드러내며 도전적이고 거만한 티를 냈다.

아르놀드가 대꾸했다.

「전 아무것도 겁나지 않습니다」

「경찰도?」

「경찰도 마찬가집니다」

「자네를 풀어 주면?」

「절 안 풀어 주실 텐데요」

「그 말은 자백이라고 봐야겠군!」

「아무것도 자백 안 합니다. 부정도 하지 않아요. 여러분이 무슨 말씀을 하셔도 전 신경 쓰지 않습니다」

「샤를로트의 생각은 어때?」

요리사는 아르놀드의 말에 용기를 얻은 것처럼 보였다. 샤를로트는 강하게 응수했다.

「저도 마찬가지예요, 선생님. 아무것도 두렵지 않아요」

「알았네. 입장을 굳힌 게로군. 우린 자네들의 말이 사실과 일치하는지 볼 거네. 금방 끝날 거야」

라울은 뒷짐을 지고 걸으면서 말을 꺼냈다.

「사건을 처음부터 거슬러 올라가더라도 금방 끝날 겁니다. 그저 사건들을 연대순으로 요약하는 정도면 족합니다. 7년 전, 그러니까 몽테시외 씨가 돌아가시기 5년 전입니다. 몽테시외 씨는 당시 40세의 아르놀드를 하인으로 고용하셨습니다. 아르놀드를 추천했던 사람은 몽테시외 씨의 납품업자들 중 한 사람이었는데, 그 사람은 상당히 수상쩍은 투기에 전 재산을 쏟았다가 파산하자 자살하고 말았습니다. 아르놀드는 똑똑하고 솜씨가 좋은 데다 야심이 있었습니다. 그는 전 주인만큼이나 수수께끼 같고 괴팍한 노인의 집에서 자신이 해야 할 일을 금세 터득했습니다. 아르놀드는 몽테시외 씨의 시중을 들었고, 그분의 습관과 괴벽을 기꺼이 따랐습니다. 그리하여 하인이자, 연구실의 조수, 잔심부름꾼이 되었고 이른바 없어서는 안 될 인물이 된 거죠. 카트린, 나는 이 시기를 당신이 말해 준 대로 진술하는 겁니다. 당신은 내가 교묘히 하는 질문을 알아차리지 못하고 떠오르는 추억을 그대로 이야기해 주었어요. 그러니까 이 추억들은 당신의 할아버지께서 아르놀드에게 갖고 계셨던 불신감이나, 애지중지했던 손녀였던 당신에 대해서도 갖고 계셨던 불신감을 종종 떠올리게 해 줍니다. 당신은 할아버지께서 비밀을 갖고 계셨고, 그 비밀을 아는 게 도움이 될 것이라는 상상도 하지 못했습니다」

라울은 말을 멈추고 자신에게 쏟아지는 청중의 지대한 관심을 확인한 뒤 이야기를 계속했다.

「그 비밀은 금 생산에 관한 것이었습니다. 이제는 우리도 알고 있습니다만 그 당시에는 하인 아르놀드가 그 비밀을 알고 있었던 게 분명합니다. 왜냐하면 몽테시외 씨는 그 비밀을 전혀 숨기지 않으셨기 때문입니다. 그분은 공증인인 베르나르 씨에게 연구 결과를 보여 주기까지 하셨거든요. 그분이 숨기셨던 것은 생산 공정이었습니다. 아르놀드가 사활을 걸고 알아내려 했던 바로 그겁니다. 생산 공정의 비밀? 지붕 밑 다락방에는 연구실이 있었습니다. 카트린 당신이 내게 말해 준 것처럼 비둘기집 지하실에 더 신비로운 연구실이 있었지요. 우리가 찾아낸 전선을 이용해 몽테시외 씨가 전력을 끌어 오셨던 연구실 말입니다. 그런데 과연 금을 생산했던 걸까요? 연구실들이 눈속임은 아니었습니다. 단, 금을 생산한다고 믿게 만드는 다른 목적으로 이용되었던 건 아닐까요? 아르놀드가 제기했을 만한 문제들이 거기에 있습니다. 그 문제를 해결하기 위해서 그는 악착같이 주인을 염탐했지만……, 번번이 실패로 돌아갔습니다.

결국 몽테시외 씨가 돌아가셨을 때, 유언장을 읽기 전까지는 내가 몰랐던 것만큼 아르놀드도 모르고 있었다는 것이 분명합니다. 수 차례 추론을 한 끝에 이런 가정을 내리게 되었습니다. 바리바의 금의 존재와 영지를 가로지르는 강의 흐름 사이에 관계가 있다는 것이죠. 처음부터 나는 오렐 강의 맑은 물을 주시했고 어

184

원이 명확한 이 강의 이름에 주목했습니다. 오렐이란 이름은 〈금의 강〉이란 뜻이 아닙니까? 그래서 나는 작은 배 위에서 생활하고 제방에서 낚시를 했습니다. 두 강 사이에서 강바닥에 굴러다니거나 수면에 떠다녔을 만한 금속 조각들을 찾아내려고 애쓰면서 말입니다.

아르놀드는 주인과 카트린이 부활절 즈음과 여름철에 휴가를 떠나 있는 동안 나처럼 행동했을 게 분명합니다. 그는 이 지방에서 커다란 모자를 쓴 사나이라는 별칭을 얻으면서 도둑질로 불법 이득을 취하며 작업을 추진했습니다. 베슈, 아직 자네에게 말하지 않았지만 그 도난 사건들의 날짜들을 조사해 보면 바리바에서 아르놀드가 머물렀던 날짜와 일치할 거야.

그러다가 갑자기 몽테시외 씨가 돌아가셨고 곧바로 유언장이 사라졌습니다. 유언장 도난은 아르놀드에게 전적으로 책임이 있다는 생각이 듭니다. 아르놀드가 게르셍 씨에게 유언장에 대한 사실을 알리고 도움을 주면서 자신의 주인에 관한 세부 사항들을 누설하는 등 활동 계획을 제안하기에 이르렀죠. 그 결과 게르셍 씨는 바리바에 가서 나무꾼 보셸과 함께 버드나무 세 그루를 옮겨 심을 계획을 짰습니다. 그리하여 강은 언젠가 게르셍 부인이 상속받게 될 유산의 일부가 된 거죠.

이 모든 음모는 두 남자 사이에서 서서히 꾸며질 수밖에 없었는데, 실제적인 정보들이 많이 누락되었기 때문입니다. 강은 미래 사업의 중심에 있었습니다. 금이 그곳 어딘가에 있었죠. 그렇지만 몽테시외 씨가 약속하셨던 자세한 설명이 없으면 문제를 어떻게 해결하겠습니까? 아르놀드와 게르셍 씨는 결국 찾아내지 못했는데 말입니다.

정보는 단 하나……. 사건과 관련된 정보가 하나 있었다면, 몽테시외 씨가 유언장 마지막에 써 놓으신 일련의 숫자였습니다. 몇 개 안 되는 숫자였지만, 게르셍 씨는 그 숫자의 의미를 결코 알아내지 못했고 중요성을 부여한 적도 없다고 생각됩니다. 그래도 행동을 해야 했습니다. 다가오는 카트린의 결혼이 상황을 앞당겼습니다. 두 자매는 이곳에 정착하기로 결정합니다. 다행이죠! 아르놀드는 현장에 있게 됩니다. 아르놀드는 게르셍 씨와 연락을 취합니다. 게르셍 씨가 도착하고 공증 사무소의 서기인 파므롱을 매수하지요. 몽테시외 서류철에 유언장을 끼워 넣도록 시킨 다음 공원에서 수색을 시작합니다……」

「그리고 하인 아르놀드의 손에 죽은 거로군!」

베슈가 처음 대화를 시작했을 때와 같은 이의를 제기하면서 빈정거리듯 외쳤다.

그리고 베슈는 이렇게 덧붙였다.

「살인이 벌어졌을 때 부엌 문간에 서 있었던 하인 아르놀드에 의해서 말이지. 그런 아르놀드가 비둘기집 문간에서 총을 쏘고 내가 비둘기집을 향해 달려갔을 때 내 뒤를 따라왔단 말인가!」

라울이 말했다.

「베슈, 자넨 같은 말만 반복하고 있어. 난 하인 아르놀드가 게르셍 씨를 죽이지 않았다고 다시 한번 대답해 주겠네」

「그렇다면 범인이 누군지 대 봐. 자넨 아니라고 하지만, 아르놀드가 아니면 다른 사람이겠지. 자넨 저지르지도 않은 죄를 갖고 아르놀드를 탓할 권리가 없네」

「범죄는 아예 없었네」

「게르셍 씨가 살해되지 않았다는 건가?」

「그래」

「뭣 때문에 죽은 거야? 코감기라도 걸려서?」

「게르셍 씨는 몽테시외 씨가 걸어 놓았던 멈춤 장치가 작동하면서 운이 나빠서 죽은 거지」

「그렇다면 몽테시외 씨가 범인이 되시겠군. 벌써 2년 전에 돌아가신 분이 말이야」

「몽테시외 씨는 기인이자 편집광이셨습니다. 그 사실로 모든 게 설명이 되지요. 막대한 금의 소유자셨던 그분은 무수한 노력 끝에 찾아내신 것을 다른 사람이 독점하지 못하도록 하셨습니다. 어떤 구두쇠가 비둘기집 지하실에 엄청난 값어치의 보물을 산더미처럼 쌓아 놓았다고 상상해 보십시오. 이 구두쇠가 자신이 없는 동안 재산을 보호하기 위해 확실한 예방 조치를 취할 거라고 생각되지 않습니까? 그러던 중 마지막 몇 년간 몽테시외 씨는 센 강가의 아주 혹독한 겨울을 이겨 내실 수가 없었습니다. 돌아가시기 전해 여름에는 도미니크 보셀이 지하 연구실에 달아 드린 전기선을 이용해서 비밀리에 비둘기집 입구를 자동으로 방어할 수 있는 장치를 직접 설치하셨습니다. 낯선 사람이 문을 열려는 시도를 하기만 하면 사람 높이에 설치한 권총이 가슴 한복판을 겨냥해 발사되는 겁니다. 그것은 절대 바꿀 수 없는 수학적 장치였어요. 자신의 작품을 완성한 다음, 몽테시외 씨는 한 번 더 안전을 기하기 위해 낡은 다리 양쪽에 〈수리 예정. 통행에 위험함.〉이라고 쓴 푯말을 붙여 놓으셨습니다. 그리고 매년 9월 말경에 그러하셨듯이, 집을 폐쇄하고 열쇠를 챙겨 아르놀드와 카트린과 함께 파리로 떠나셨습니다. 그날 밤 뇌출혈로 돌아가셨지요.

그분께서 돌아가실 때 장치를 멈춰야만 비둘기집에 들어갈 수 있다는 사전 정보를 남기지 않으셨으리라곤 생각지 않습니다. 다만 시간이 없었습니다. 금의 비밀을 밝히실 시간마저 없었고요. 1년 8개월이 흘렀습니다. 아무도 비둘기집의 문을 열지 않고, 아무도 섬의 낡은 다리를 건너려는 시도를 안 한 건 우연이었습니다. 습기로 전기선이나 권총 탄환이 훼손되지 않은 것은 또 다른 우연이었고요. 요컨대 게르셍 씨는 카트린이 자주 다리를 건너갔다는 이야기를 듣고 자기도 다리를 건너 비둘기집에 다가가 문을 열다가, 가슴에 총알을 맞고 만 겁니다. 그러니까 게르셍 씨는 살해된 것이 아니라 우연에 희생되어 죽은 겁니다」

두 자매는 라울의 말을 열심히 듣고 있었고 라울이 틀리지 않았다는 명백한 확신을 가졌다. 베슈는 얼굴을 찌푸리고 있었다. 앞으로 몸을 숙이고 있던 하인은 라울 다브나크에게서 시선을 떼지 않았다.

라울은 말을 이었다.

「아르놀드는 함정이 있다는 것을 알았을까요? 내가 알고 있는 한, 아르놀드는 한번도 섬에 들어간 적이 없습니다. 뭔가 논리적인 이유에 따라 위험을 감지한 걸까요? 우연한 회피였을까요? 나는 잘 모르겠습니다. 그래도 게르셍 씨가 죽은 뒤엔 아르놀드가 몽테시외 씨의 보물을 손에 넣을 음모의 유일한 주인공으로 남았습니다. 예심판사가 대표하는 사법부(프랑스에서는 예심판사가 초기 수사를 지휘함——옮긴이)는 사건을 전혀 이해하지 못했습니다. 베슈 반장이 대표하는 경찰도 그 이상은 모릅니다. 감히 말하건대, 베슈는 이 모든 상황 속에서 통탄할 만한 무능력을 보여 주었습니다……」

베슈는 어깨를 으쓱하면서 말을 가로막았다.

「자넨 그 즉시 그 사실을 밝혀 냈다고 주장하겠군?」

「바로 맞았네. 범죄를 저지를 사람이 아무도 없는 상태에서 범죄는 저절로 일어났던 겁니다. 그 점에서 상황을 이해해야 합니다. 한 단계밖에 없었습니다. 그 즉시 나는 전기선과 권총을 조사했습니다. 아르놀드의 이야기로 돌아오자면, 아르놀드는 갑자기 닥칠 위험에 대비하면서 자기 마음대로 행동할 수가 있었지요. 몽테시외 씨와 함께 일했던 도미니크 보셀은 사정을 약간 알고 있었기 때문에 다른 일들을 짐작할 수 있었습니다. 그는 말수가 적은 사람이었지만 모친에게는 이야기했지요. 그래서 실성한 노인네는 닥치는 대로 〈벌들나무〉 셋과 카트린이 맞닥뜨린 위험들에 대해 수다를 떨어 댔습니다. 그러니 주의를 게을리하면 안 되었지요」

베슈가 비아냥거렸다.

「그런 이유로 아르놀드가 도미니크 보셀을 처치한 다음 보셀 할멈까지 없앤 거로군」

라울은 발을 구르고 큰 소리로 말했다.

「아니야. 자네가 잘못 알고 있는데, 아르놀드는 살인자가 아닐세」

「그렇지만 도미니크 보셀과 모친은 살해되었잖아」

라울은 화를 내면서 말했다.

「아르놀드는 아무도 죽이지 않았어. 계획적인 범죄를 살인이라고 부른다면 아르놀드는 아무도 죽이지 않은 셈이라네」

베슈는 고집을 꺾지 않았다.

「카트린 몽테시외가 도미니크 보셀과 만나기로 약속했던 바로 그날, 아르놀드건 그 누구건 간에 숨어 있다가 그 약속을 엿들었지. 바로 그날 도미니크 보셀은 나무에 깔려 죽었잖아」

「그래서? 그건 자연사가 아니던가?」

「우연의 일치라고?」

「그럼」

「의사가 망설였다는 건?」

「실수지」

「곤봉을 발견한 건?」

라울은 아주 침착한 목소리로 말했다.

「테오도르, 잘 듣게. 자넨 자네가 생각하는 만큼 바보가 아니니까 내 추리의 진가를 알게 될 거야. 도미니크 보셀의 죽음이 게르셍 씨의 죽음보다 앞섰지. 그렇지만 그 일은 버드나무 세 그루를 옮긴 일과 보셀 할멈의 예언과 더불어 카트린 몽테시외 양을 제일 두렵게 만들었던 사건들 중 하나일 뿐이네. 난 이 당시 유언장이나 몽테시외 씨가 마련하셨을 부연 설명에 게르셍 씨와 아르놀드가 머릿속에서 어떤 아이디어를 떠올렸을 거라고 짐작하네. 아마도 유언장에 적힌 숫자의 수수께끼를 풀어 냈을 거야. 그래도 하인 아르놀드에겐 다른 계획이 필요했어. 그의 계획은 서서히 공포를 조장하는 것이었다네. 게르셍 씨의 살인 사건이 절정에 달했고, 같은 날 완전히 미쳐 버린 보셀 할멈이 살인 의지를 확인할 수도 없게 낙엽 더미 속에서 묻혀 있었던 거지. 며칠 후 가엾은 노파는 고의로 자신을 사다리에서 떨어뜨리려던 계획을 알지 못한 채 사다리에서 떨어졌다네」

베슈가 외쳤다.

「좋아. 하지만 하인 아르놀드의 계획은 뭔가? 뭘 하려던 것인가?」

「모든 사람들이 저택을 떠나게 하는 것이지. 아르놀드는 금을 구하러 이곳에 왔다네. 하지만 아르놀드는 저택이 텅 비고 아무도 자신을 눈여겨보지 않을 때에만 금을 취할 수 있고 금을 얻기에 필요한 작업을 수행할 수 있다는 것을 알게 되었네. 저택은 9월 12일로 정해진 날짜 이전에 비워야 했지. 그 결과를 얻으려면 두 자매가 숙명적으로 떠날 수밖에 없게 만드는 무시무시한 분위기를 조장해야 했지. 아르놀드는 자매를 죽일 생각은 없었어. 살인 본능이 없었으니까. 그렇지만 이곳에서 쫓아낼 생각이었지. 어느 날 저녁, 그는 카트린의 방 창문으로 들어가 카트린의 목을 졸랐네. 자넨 살인 기도라고 말하겠지. 그래, 단지 살인하려던 척 위장한 거라네. 그는 목을 졸랐지만 죽이지 않았네. 그럴 시간은 충분했지만 말야. 하지만 죽여서 뭐 하나? 아르놀드의 목적이 아닌걸. 그는 그저 시도만 하다가 그냥 달아났어」

언제나 라울에게 굴복하고 말면서도 번번이 반항을 꾀하던 베슈가 외쳤다.

「좋아. 그렇다고 쳐. 하지만 우리가 공원에서 발견했던 사람이 진짜 아르놀드였다면, 그의 방에서 범인을 향해 총을 쐈던 사람은 누구지?」

「공범인 샤를로트지! 비상시에 그렇게 하기로 자기들끼리 약속이 되어 있었어. 아르놀드는 죽은 체했지. 우리가 도착했을 땐 아무도 없었던 거야. 아르놀드는 자기 방으로 올라갔다가 총을 들고 내려오면서 우리와 마주친 거지」

「어디를 통해 올라간 거야?」

「계단이 세 개 있는데, 그중 하나가 맨 끝에 있지. 아르놀드가 밤에 무슨 짓을 할 때마다 분명히 그 계단을 이용했을 거야」

「정말로 아르놀드가 범인이었다면, 자기 자신도 공격받지 않았을 테고 샤를로트도 마찬가지였을 거야!」

「위장 전술이지! 무슨 짓을 해서라도 자신들을 의심하지 못하게 해야 했지. 아르놀드는 다리의 판자 하나를 부숴 놓고는 그 자리에서 물속으로 뛰어내린 거야. 헛간의 들보 하나가 벗겨져 있어서 헛간이 무너져 내렸지만, 샤를로트는 물론 피해를 입지 않았지. 이곳에서 두려움만 커질 뿐이었어. 두 자매는 더 이상 남아 있기 싫었지. 자매가 망설일 때 또 다른 공격이 일어났네. 창밖에서 쏜 총알이 유리창을 통과해서 베르트랑드 몽테시외를 향했지만, 물론 그녀를 맞히지 않았어. 하지만 그 사건 덕분에 자매는 곧 저택을 떠나 르아브르로 거처를 옮겼지」

베슈가 지적했다.

「아르놀드와 샤를로트도 마찬가지였네」

「그리고 어떻게 되었을까요? 그들은 휴가를 청했겠지요. 그 휴가로 그들은 9월 12, 13, 14일에 남몰래 저택에 와 있을 수 있었던 겁니다. 나한테는 이 날짜가 모든 것을 지배한다는 직감이, 아니 그보다 논리에 따른 확신이 있었습니다. 내가 공증인의 소집에 따라 베르트랑드와 카트린 당신들을 이곳으로 데려왔을 때, 여러분이 출발 날짜를 10일이나 늦어도 11일로 발표하기만 하면 평화를 얻는 거였죠. 그때부터 3주가 평화롭게 흘러갔습니다. 저택은 곧 비우게 될 테니……

그러는 동안 날짜가 임박해 왔습니다. 아르놀드는 겁이 났습니다. 게르셍 부인이 경계심을 높인 것 같다고 샤를로트가 알려 주자 그는 더욱 불안했습니다. 혹시 출발이 거짓은 아닌가? 갑자기 돌아오지는 않을까? 나, 라울 다브나크는 사냥감을 놓아줄 위인이 아닙니다. 아르놀드는 그것을 알고 불안했습니다. 그래서 이

192

번에는 양심의 가책을 덜 느끼면서 행동에 나섰습니다. 싸움에서 이길 무렵, 아르놀드는 더욱 거센 공격 앞에서 물러서지 않았어요. 어느 날 저녁 배를 타고 산책을 하는 나를 엿보고 있다가 내게 바위를 굴러 떨어뜨렸습니다……. 나뿐만 아니라, 자신도 모르는 사이에 나를 따라 나선 두 여주인들에게 말이죠. 그곳에서 진짜 살인이 벌어질 뻔했습니다. 우리가 바위를 피할 수 있었던 것은 기적이었습니다. 하지만 전쟁은 선포된 겁니다. 나는 확실한 적이었기 때문에 나를 제거해야 했던 겁니다. 아르놀드는 나를 염탐하고 내 행동거지를 하나라도 놓치지 않았습니다. 내게 모자를 쓴 사나이의 종적을 좇게 하면서 자신의 정체가 절반이나 탄로 날 뻔한 것도 감수했습니다. 아르놀드는 사생결단으로 최후의 공격을 감행한 겁니다. 나를 온실의 폐허 쪽으로 유인한 다음, 그곳에 나를 매장했습니다. 그리고 내 자동차를 탔지요. 아르놀드는 운전할 줄 안다는 사실을 여태 당신들에게 숨겨 왔던 겁니다. 파리로 가서 여러분에게 두 사람 모두 나를 만나러 와 달라는 전보를 내 이름으로 보낸 겁니다. 만약 여러분이 의심을 하지 않았다면, 아르놀드는 원했던 대로 저택에 혼자 남았겠지요. 내가 탈출로를 파는 데 성공한 사실을 알게 된 아르놀드는 분해 날뛰며 온갖 잔해들을 내 위로 쏟아 부었습니다. 샤를로트가 없었다면, 나는 죽은 목숨이었죠」

베슈가 다시 일어섰다.

「그것 봐……! 〈샤를로트가 없었다면〉이라고 자네 입으로 이야기하는군. 그러니 샤를로트는 이 사건과 전혀 무관한 거야」

「샤를로트는 처음부터 끝까지 아르놀드의 공범일세」

「아니야, 자네를 살려 줬잖아」

「후회하는 거지! 지금까지 샤를로트는 아르놀드의 말을 전부 받아들이고 인정하고 모든 행동에 동참했네. 마지막 순간에 그녀는 범죄가 실현되는 것이 싫었던 게지. 아니면 아르놀드가 죄인이 되는 게 싫었든가」

「왜? 그게 무슨 상관인데?」

「자넨 알고 싶은가?」

「그래」

「아르놀드가 죄인이 되는 걸 원치 않는 이유를 정말 알고 싶어?」

「응」

「왜냐하면 아르놀드를 사랑하거든」

「뭐? 무슨 소리야? 감히 그런 말을 하다니?」

「내 말은 샤를로트가 아르놀드의 애인이라는 거지」

베슈는 주먹을 쳐들고 외쳤다.

「거짓말! 거짓말! 거짓말을 하는 거야!」

금에 대해서

하인 아르놀드는 점점 더 열띤 모습으로 라울의 논증을 지켜보았다. 그는 소파를 손으로 꽉 잡고 팔에 힘을 주어 상반신을 반쯤 세우고는 이맛살을 찌푸리며 주의 깊게 들었다. 라울의 말이 시시각각 자신의 주의를 자극하는 듯 아르놀드는 한마디 말도 없이 듣고 있었다.

베슈가 계속해서 외쳤다.

「거짓말! 거짓말하는 거야! 자네한테 답도 할 수 없는 여성에게 모욕을 주다니 가증스럽군」

라울이 반박했다.

「뭐라고! 나한테 대답하건 안 하건 샤를로트 자유야. 오히려 난 대답을 기다리는걸!」

「샤를로트는 자네를 경멸해, 나도 마찬가지야. 샤를로트도 아르놀드도 죄가 없네. 자네 이야기는 전부 옳을지도 몰라. 자네 말이 맞는지 의심하지는 않아. 그렇지만 자네 말이 두 사람 모두에게 꼭 들어맞지는 않아. 난 자네의 비난을 부인하는 바네. 내 직권과 경험으로 두 사람을 지켜 주겠어. 저들은 죄인이 아닐세」

「젠장! 대체 뭐가 필요해?」

「증거들!」

「증거가 하나면 충분한가?」

「부인할 수 없는 증거라면 좋아」

「아르놀드의 고백이 엄연한 증거가 되겠지?」

「물론이지!」

라울은 하인에게 다가가 정면으로 시선을 교환하며 물었다.

「내가 말한 것은 모두 사실이지, 그렇지 않나?」

하인은 묵묵히 대답했다.

「처음부터 끝까지 사실입니다」

아르놀드는 영문을 모르는 사람처럼 놀란 말투로 계속해서 말했다.

「처음부터 끝까지 사실입니다. 마치 두 달 전부터 제 행동을 쭉 지켜보셨고 제 속마음을 읽고 계셨던 것 같습니다」

「자네 말이 맞네, 아르놀드. 나는 내가 보지 못한 것도 알아맞힌다네. 자네 인생은 내 눈에 있는 그대로 보이지. 자네의 현재는 과거를 설명해 주네. 자넨 서커스에서 곡예사로 일했을 것 같은데, 안 그런가?」

「예, 예」

아르놀드는 라울에게 현혹되어 환각에 빠진 것처럼 대답했다.

「그렇지? 자넨 아주 좁은 원통 속에 미끄러지는 식으로 몸을 늘였다가 펼 수 있지? 지금의 나이에도, 자넨 필요하다면 아직도

196

파이프와 빗물받이 홈통을 이용해서 바깥에서 자네 방으로 올라갈 수도 있지?」

「예, 예」

「그렇다면, 내가 틀리지 않았다는 거로군?」

「그럼요」

「아무것도?」

「아무것도!」

「자넨 샤를로트의 애인인가? 자네 충고에 따라 샤를로트가 베슈를 유혹해서 이리로 오게 만든 건가? 베슈 반장의 확실한 보호 아래 자네 마음대로 활동할 수 있도록?」

「예……, 예……」

「그리고 샤를로트는 여주인들이 속내 이야기를 하는 것을, 다시 말해서 내 계획을 그대로 자네에게 알렸겠지?」

「예……, 예……」

하인이 라울이 제기했던 사실들을 확인함에 따라 베슈의 분노는 갈수록 거세졌다. 창백해진 얼굴로 비틀거리던 베슈는 하인의 멱살을 잡고 흔들며 빠르게 지껄였다.

「널 체포한다……. 널 검찰에 넘길 거야……. 법정에서 네 죄를 책임져」

아르놀드는 머리를 설레설레 흔들더니 비꼬듯 히죽거렸다.

「아뇨……. 별도리가 없을걸요……. 절 넘기시는 게 곧 샤를로트를 넘기시는 겁니다. 그걸 원치는 않으시겠지요. 그렇게 되면 스캔들이 날 테고 카트린 양이나 게르셍 부인도 말려들게 됩니다. 그 점은 다브나크 씨가 반대하시겠지요. 안 그렇습니까, 다브나크 씨? 베슈 반장님도 복종하시는 대장 격인 선생님께선 저에 대한 모든 소송을 반대하시겠지요?」

아르놀드는 라울에게 도전장을 내미는 것 같았다. 그는 라울이 싸우기로 결심할 경우 결투에 나설 듯이 보였다. 라울은 베르트랑드가 남편의 공범이었으며, 아무리 사소한 사실이 폭로되더라도 두 자매의 마음에 크나큰 충격을 입힐 것을 잘 알고 있었다! 아르놀드를 법정에 넘기는 것이 곧 베르트랑드에겐 공개적인 모욕인 것이다.

라울 다브나크는 망설이지 않았다. 라울은 긍정했다.

「우린 의견이 같군. 스캔들을 일으키는 건 말이 안 되겠지」

아르놀드가 계속했다.

「그렇다면 저는 보복을 두려워할 필요가 없는 거죠?」

「없네」

「저는 자유지요?」

「자넨 자유야」

「선생님 같은 분이라면 당장에 실행하셨을 사건에서 제가 큰 역할을 맡았으니까, 다음번 수익에서는 제 몫을 따로 챙길 수 있겠죠?」

라울이 호탕하게 웃으며 말했다.

「아! 그건 안 되지! 아르놀드, 과장이 심하군!」

「선생님 생각이시지, 제 생각은 아닙니다. 어쨌든 전 제 몫을 요구하는 바입니다」

그의 마지막 말은 또박또박 들렸고 전혀 농담하는 말투가 아니었다. 라울은 하인의 완강한 표정을 살피고는 불안해했다. 적은 어떤 비장의 무기를 갖고 있기에 라울에게 어떤 조건을 제시할 것인가? 라울은 아르놀드에게 몸을 숙여 낮게 말했다.

「협박인가? 무슨 명목으로? 뭘 믿고 그러는 건가?」

아르놀드가 중얼거렸다.

「두 자매께서는 모두 선생님을 사랑하십니다. 샤를로트는 눈치가 빠른 여자라 그 증거를 갖고 있지요. 선생님에 대해서 두 분 사이에 종종 거친 말다툼이 오갔습니다. 두 분은 그 이유를 모르셨고 마음속에서 무슨 일이 일어나는지조차 모르셨습니다. 하지만 한마디만 하면 두 분은 철천지원수가 될 겁니다. 그 말을 제가 해야 할까요?」

라울은 벌을 주는 의미로 아르놀드에게 강한 주먹을 날리려고 했다. 그러나 그런 몸짓을 해 보았자 소용없음을 알아챘다. 실제로 하인의 폭로 때문에 라울은 끝없이 혼란스러웠다. 그는 두 자매의 감정을 알지 못했다. 그날 아침에도 베르트랑드가 자신에게 열렬히 입을 맞췄지만 그 이유를 몰랐다. 라울은 카트린이 자신에게 애정 어린 감정을 갖고 있다는 느낌을 종종 받았다. 그러나 그 감미로움과 매력을 변질시킬까 봐 모호한 채로 남겨 두었던 그 심각한 것들, 막연한 감정들이 거기에 있었다.

라울이 말했다.

「그 문제는 생각하지 말게나. 환한 대낮이 되면 모든 게 시들테니」

그러고는 유쾌하게 외쳤다.

「아르놀드, 자네 논거는 그만 한 가치가 있군그래. 그런데 자네의 커다란 모자는 어떻게 생겼나?」

「천으로 되어 있어서 호주머니 속에 넣기가 좋습니다」

「큼지막한 나막신은?」

「고무로 되어 있죠」

「그래서 소리도 없이 걸을 수가 있고, 곡예사처럼 미끄러져 들어간 파이프 속으로 나막신도 미끄러뜨렸던 거로군?」

「맞습니다」

「아르놀드, 자네의 무명 모자와 고무신을 금으로 가득 채워 주겠네」

「고맙습니다. 금을 찾도록 도움 말씀을 드리겠습니다」

「그럴 필요는 없네. 자넨 실패했지. 자네가 강에서 끌어 왔던 시트 주머니는 텅 비었더군. 나는 성공할 거야. 그래도 한마디 짚고 넘어가지. 몽테시외 씨가 적어 놓으셨던 숫자의 수수께끼를 푼 사람은 누군가?」

「접니다」

「언제?」

「게르셍 씨가 돌아가시기 며칠 전입니다」

「그 숫자의 지침을 따랐나?」

「예」

「대단하군……. 베슈!」

「뭐?」

화가 풀리지 않은 경찰이 투덜거렸다.

「자넨 아직도 이 친구들의 무죄를 확신하나?」

「그 어느 때보다 더」

「잘됐군. 자네가 이들을 맡아서 돌보고 먹이게……. 내가 작업을 끝내기 전엔 이 거실에서 못 나오게 해. 더구나 총을 맞은 몸이니까 48시간 동안은 못 움직일 거라고 생각하네. 나한테 필요한 시간보다 많군. 이들의 도움 없이도 할 수 있어. 우리 각자가 맡은 역할을 하는 거야. 잘 자게. 난 졸음이 쏟아지는걸」

하인 아르놀드가 손짓으로 라울을 막았다.

「왜 오늘 저녁부터 시도를 안 하십니까?」

「내가 보기엔 자넨 알지도 못하고 덤벼들었어. 자넨 나열된 숫
자의 간격을 파악하지 못했네. 아르놀드, 그것은 운의 문제가 아
니라 확실성의 문제라네. 다만……」

「다만?」

「오늘 저녁엔 바람이 많이 안 부네」

「그럼, 내일 저녁이 됩니까?」

「아니, 내일 아침」

「내일 아침이라니요!」

아르놀드의 탄성은 그가 라울의 말을 이해하지 못했음을 드러
냈다.

만약 바람이 적당히 불어 주면, 라울은 유리한 입장에 선다.
밤새 바람이 윙윙거리는 소리가 들렸다. 아침이 되어 옷을 입자
마자 라울은 복도의 창문 너머로 바람을 지켜보았다. 바람은 나
무들을 휘저으며 서쪽에서부터 돌진했다가 사납고 인정사정없이
센 강의 계곡을 통과하면서 바람을 맞이하러 온 큰 강을 뒤흔들
었다.

라울은 홀에서 두 자매를 만났다. 그들은 아침 식사를 준비해
놓았다. 베슈가 마을에서 빵과 버터와 달걀을 갖고 도착했다.

「그 식량은 자네 친구들 몫인가?」

「그들은 빵으로 충분할걸세」

베슈가 단호한 태도로 말했다.

「저런, 오늘은 열의가 좀 식은 것 같군……」

베슈가 중얼거렸다.

「악당들인걸. 안전을 위해서 그자들의 손목을 묶어 놓았네. 문도 열쇠로 잠갔어. 이젠 못 걸을 거야」

「상처 입은 곳에 붕대를 감아 주었어?」

「천만에. 그러다 결박을 풀면 어쩌라고!」

「그럼 자넨 우릴 따라올 건가?」

「물론이지!」

「잘됐군! 이제야 자네가 우리 편으로 돌아왔네」

그들은 왕성한 식욕으로 아침 식사를 했다.

9시에 그들은 밖으로 나섰다. 세차게 내리는 비가 폭풍우가 몰고 온 낮게 깔린 구름과 뒤섞였다. 훼방꾼을 전멸시키기 위해 직접 찾아 나선 천재지변과도 같은 폭풍우였다.

라울이 말했다.

「저게 조수(潮水)입니다. 천둥 소리로 자기가 오는 것을 알리는 거죠. 광풍이 거센 파도와 더불어 지나가면, 아마 빗줄기가 잦아들 겁니다」

그들은 다리를 건넜고, 섬에서 오른쪽으로 꺾자 비둘기집에 다다랐다. 라울은 이미 한 달 전에 열쇠를 복제해서 항상 몸에 지니고 다녔다.

라울이 문을 열었다. 내부에서 그가 다시 설치한 전기선이 작동했다. 그는 불을 켰다.

튼튼한 맹꽁이자물쇠가 뚜껑문의 걸쇠를 고정시키고 있었다.

지하실에 불이 켜졌다. 두 자매와 베슈가 내려왔을 때, 그들은 나무 걸상을 보았다. 라울은 그들에게 사다리를 세워 놓은 벽에 기대어 놓은 철망을 보라고 가리켰다. 그 철망은 그물코가 융단

천만큼 촘촘한 데다, 기껏해야 높이 40센티미터로 벽면의 폭을 거의 덮고 있었다. 쇠로 된 틀이 가장자리에 쳐져 있었다.

라울이 말했다.

「아르놀드의 생각이 나쁘지 않았군요. 시트 두 장을 서로 꿰매 주머니를 만들어 강에 쳐 놓는 겁니다. 하지만 시트는 둥둥 뜨기 때문에 강바닥에 닿지 않지요. 그게 핵심입니다. 몽테시외 씨가 만드신 철망으로 그 불편한 점이 해소될 겁니다」

라울은 나무 걸상에 올라섰다. 강물 수위보다 1미터 높은 지하실 윗부분에 총안(銃眼:총포를 사격할 수 있도록 성벽이나 차량에 내놓은 구멍——옮긴이)이 있었는데 먼지 낀 유리로 닫혀 있었다. 라울이 유리창을 열었다. 갑자기 밖에서 바람과 신선한 공기와 물이 찰랑거리는 소리가 들어왔다. 베슈의 도움으로 그는 쇠틀을 이 총안으로 미끄러뜨린 다음, 오렐 강의 양쪽에 박혀 있는 홈 패인 말뚝에 기둥을 세우면서 쇠틀이 물속으로 빠지게 했다.

라울이 말했다.

「좋아요. 이렇게 하면 강바닥까지 막히는 셈입니다. 물고기를 낚는 낚시 그물로 하는 방법과 같죠. 철망이 최근에 만든 것인지, 홈 패인 말뚝이 오래된 것인지, 100년이나 어쩌면 200년이 된 것인지 눈여겨보세요. 17세기, 18세기에 바리바의 시골 귀족들은 우리가 보는 것보다 훨씬 복잡했을 이 체계를 이미 조작해서 사용했답니다」

그들은 망루에서 나갔다. 빗줄기가 가늘어졌다. 강가의 자갈과 진흙 복판에 닳아서 반들거리는 말뚝 두 개가 솟아 있었다. 다른 말뚝들도 있었으므로 그들은 유심히 살피지 않았다.

그 순간, 수면이 급격히 낮아진 오렐 강은 센 강 쪽으로 향하던 흐름을 멈췄다. 균형을 유지하던 순간이 지나고, 평소의 조류를 따르려는 오렐 강물과 해수의 역류로 동요하는 센 강에서 흘러들기 시작하는 물 사이에 싸움이 일었다. 바람이 들쑤셔 놓고 몇 곱절을 키운 조수의 막강한 힘 아래서, 엄청난 파도가 센 강으로 몰려들려고 했다. 파도가 철썩이며 회전하는 소용돌이와 거대한 물기둥으로 계곡이 뒤덮이려는 찰나였다.

주저하던 오렐 강은 이번엔 바다와 센 강이 뒤섞여 생긴 엄청난 파도에 휩쓸려 자기보다 더 큰 물결로 가득 차 버렸다. 그리하여 자기 영역을 포기하고 물러섰다가 패하여 흡수된 뒤 덧없이 수원지로 거슬러 올라가 버렸다.

라울이 외쳤다.

「신기한 현상이군요! 우리가 운이 좋습니다. 이런 현상이 저 정도의 규모와 돌풍을 수반하기란 무척 드문 일입니다. 모든 것을 알고 싶으면 세세한 것까지 놓쳐서는 안 되겠지요」

라울이 되풀이해서 말했다.

「모든 것을 알려면 말이죠! 바로 저곳에서 모든 결정적인 이유를 한눈에 알아낼 겁니다.」

라울은 섬을 뛰어서 가로질렀다. 그리고 다른 쪽 강가로 넘어가 바위 꼭대기로 이어진 비탈을 기어올랐다. 그는 아르놀드가 자신의 품안에서 미끄러져 도망쳤던 장소에 멈추더니 협곡 위로 몸을 수그렸다. 바위들과 뷔토로맹 사이에 갇힌 거대한 물살은 계곡의 중간 높이까지 찼고, 뷔토로맹을 절반가량 우회했다. 그리고 물살은 이 저수조에서 파도치면서 좁은 출구밖에 빠져나갈 길이 없어서 버드나무 세 그루가 있는 초원 위로 가느다란 폭포 줄기가 되어 떨어졌다.

다른 물살은 돌풍에 밀리고 성난 구름이 무더기로 던지는 비바람에 휩쓸려 공격하듯 위로 치솟았다.

베슈와 두 자매는 라울 곁으로 모여들어 그가 보는 대로 좇아보았다. 라울은 짤막한 말들을 중얼거렸는데 그 말속에서 자신의 생각이 그대로 드러났다.

「바로 이거야. 내가 예상했던 대로야. 상황이 내 가정대로 계속된다면 모든 것이 설명될 거야. 다르게 될 수가 없어……. 달리 된다면 더 이상 논리에 안 맞지」

30분이 흘렀다. 멀리 거대한 곡선을 그리고 있는 센 강 위로 폭풍우와 소나기를 동반한 대전투가 멀어지면서, 파도치는 속도가 줄어들며 잔물결이 찰랑이는 드넓은 강을 뒤로 남기고 떠났다.

또 30분이 흘렀다. 강은 금세 잠잠해졌다. 강은 정상적인 흐름을 되찾으려고 애쓰는 수원지의 다소 맥 빠진 공격 속에 멈춰 있었다. 풀밭을 따라, 기반의 균열 사이로 미끄러지는 수백 개의 고랑으로 흐르던 물이 뷔토로맹을 포위하다시피 했다가 조금씩 빠져나가고 있었다. 수위는 급격히 낮아졌고, 오렐 강은 센 강 속에 소멸되려다가 다시금 센 강으로부터 생명을 부여받은 것처럼 제 모습을 띠기 시작했다.

모든 것이 일상적인 모습을 되찾았다. 비가 그쳤다.

라울이 말했다.

「보세요. 내 생각이 틀리지 않았습니다」

한마디도 입 밖에 내지 않았던 베슈가 반박했다.

「자네 생각이 틀리지 않으려면 금가루가 있어야겠지. 자넨 철망을 쳤다가 아르놀드가 시도한 방식대로 거둬들였어. 그리고 상황이 자네에게 유리했다고 주장하지. 수학적인 결론은 바로 금일세. 금은 어디 있나?」

라울이 베슈를 야유했다.

「자네의 관심사는 그것뿐이지?」

「젠장! 그러는 자넨?」

「난 아니야. 하지만 자네에게 금 구경을 시켜 주지」

그들은 바위들이 많은 오솔길을 다시 내려와 섬에서 비둘기집 쪽으로 방향을 바꿨다.

라울이 고백했다.

「나는 몽테시외 씨가 어떻게 수확물을 거둬들이셨는지, 전부다 거둬들이실 수 있었는지 잘은 몰랐습니다. 필요조건들이 워낙 복잡하다 보니 그 수확물의 양이 적을 거라고 상상했죠. 어쨌든 그분은 수문과 배수관 등 기존에 있던 방법을 사용하셨지만, 나한테는 그것을 찾아서 실행해 볼 시간이 없었습니다. 저택의 헛간에서 수로를 막기 위해 사용하는, 이른바 사내끼(물고기를 잡을 때 물에 뜬 고기를 건져 내는 기구──옮긴이)라고 하는 체를 찾아냈을 뿐입니다. 베슈, 그걸 건네주게. 저 나무 발치 바닥에 놓여 있네」

그것은 실제로 둥근 쇠테와 그물로 된 사내끼였다. 그러나 금속 그물이 체의 그것처럼 촘촘한 코로 되어 있었다.

「베슈, 강에 내려가는 게 낫지 않겠어? 싫어? 그럼 친구, 낚시를 하게. 바리케이드를 친 철망을 따라서 강바닥을 모두 긁어내는 거야」

「수원지 쪽에서부터?」

「그래. 마치 강이 원래 방향대로 흐르면서 금가루를 운반해 오다가 철망에 들러붙는 것처럼 말이지」

베슈는 그의 말을 따랐다. 손잡이가 길었다. 두 발을 강가의 커다란 돌 위에 디디자, 강의 4분의 3까지 팔이 미쳤다.

그곳까지 도달하자, 베슈는 강바닥으로 둥근 쇠테를 질질 끌면서 그물을 끌어왔다.

그들은 모두 말이 없었다. 엄숙한 순간이었다. 라울의 예상이 옳았을까? 몽테시외가 귀중한 가루를 수거했던 곳이 이 고운 자갈과 물풀들이 자라는 층이었을까?

베슈는 맡은 일을 끝내고 사내끼를 들어 올렸다.

금속 그물 속에는 자갈과 물풀들이 있었지만 반짝이는 점들도 보였다. 사금 가루였다.

총독의 부(富)

저택의 거실로 들어왔을 때 따로 떨어진 두 소파에 묶여 있는 하인과 샤를로트가 불편해하는 모습을 보고 라울이 말했다.

「참, 아르놀드. 내가 자네에게 약속했던 몫이네. 자네 모자의 절반쯤 찰 거야. 나머지는 자네 친구 베슈가 가르쳐 주는 장소에서 강을 긁어 보면 크리스마스 양말에 가득 찰 정도가 될 거야」

하인의 눈이 반짝였다. 아르놀드는 몽테시외의 비밀을 알고 있었기 때문에 이미 혼자서 짭짤한 수확을 계속하고 있었다.

라울이 말했다.

「너무 오래 즐기지 말게……. 내일이나…… 오늘 밤에…… 내가 귀중한 수원지를 고갈시켜 버리면 자넨 정해진 선물로 만족해야 할 거야」

그들은 다 젖은 옷을 갈아입으러 각자의 방으로 돌아갔다. 그들은 점심 식탁에 모였다. 라울은 온갖 이야기를 즐겁게 들려줬다. 그러나 더 많은 사실을 알고 싶은 베슈는 그에게 질문 공세를 했다.

「이렇게 여러 사건들이 모여 결국 하나의 사실을 규명하는군. 이 한마디로 요약할 수 있겠어. 강은 항구적이지만 무한소의 금을 함유하고 있다네. 일정한 날짜에 몇 가지 요소가 작용하면 강이 더 큰 금덩어리들을 쓸어 와서 주로 망루 부근에 축적시키는 거지. 바로 그런 얘기 아닌가?」

「천만에, 친구. 자넨 하나도 못 알아들은 게로군. 그것은 바리바의 소유주들이 갖고 있던 초창기의 믿음일세. 몽테시외 씨까지 전승되었거나 그 자신이 다시 발견해 낸 믿음이지. 또한 아르놀드의 믿음이라네. 하지만 자네와는 경우가 다른, 종합 능력이 있는 사람이라면 도중에서 멈추지 않고 끝까지 가는 거지. 나는 종합 능력을 가졌으니까 이 사건에서 중도에 멈추지 않은 최초의 인물이 되는 셈이지. 우리 함께 되짚어 볼까, 베슈?」

라울은 주머니에서 몽테시외가 숫자들을 적어 놓았던 종이 한 장을 꺼냈다. 라울은 그것을 큰 소리로 읽었다.

31415169131415310111291213 14

「이 문서를 유심히 살펴보게. 게르셍 씨와 아르놀드는 그것을 알아내는 데 몇 개월이 걸렸지. 잘 살펴보면, ⟨1⟩이란 숫자가 하나 걸러 하나씩 나오는 걸 알 수 있어. 일련의 두 자리 숫자가 점점 커지면서 3으로 두 번 나뉘고, 9로 두 번 나뉘어 있는 게 합해서 네 묶음이지. 이 중간 숫자를 없애면 이런 숫자가 나오지.

14. 15. 16. -13. 14. 15. -10. 11. 12. -12. 13. 14.

　머릿속에 떠오르는 여러 추측 가운데, 아주 자연스럽게 이 숫자들이 날짜이고 이 숫자들을 가르고 있는 3과 9가 개월, 그러니까 3월과 9월이라고 생각하게 되는 거지. 그런데 이 달들은 몽테시외 씨가 이곳에 정기적으로 머무시던 달들이야. 그분은 매년 3월 중순에 바리바에 오셨고 매년 9월 중순에 이곳을 떠나셨지. 2년 전 이곳을 떠나시기 전에 몽테시외 씨는 금이 강으로부터 실려 올 수 있을 만한 날짜들을 네 기간으로 묶어 비망록처럼 목록에 적어 놓으셨다고 볼 수 있다네. 그러니까 작년 3월 14, 15, 16일과 9월 13, 14, 15일 그리고 올해 3월 10, 11, 12일과 9월 12, 13, 14일이라네. 9월 12일은 어제고, 13일은 오늘이지. 아르놀드는 그걸로 자기 계획을 세웠던 거야. 몽테시외 씨는 예전 자료들과 수 세기에 걸친 오랜 전통들을 토대로 한 뒤에 경험을 통해 숙명적인 날짜를 확인하셨고 그에 따라 행동하셨다네. 그분이 그 날짜에 금을 채집하셨고 같은 날짜에 금을 채집할 수 있다는 것을 아는 이상, 아르놀드는 의심하지 않았다네. 이번엔 자기가 행동에 나선 거지」

　베슈가 지적했다.

　「아르놀드는 틀리지 않았군. 몽테시외 씨가 기록하신 시기가 정확했네」

　「왜 그 날짜가 정확한지 아나?」

　「글쎄, 이유는 잘 모르겠네」

　「바보 같으니! 자네도 나처럼 이유를 알고 있어. 내가 처음부터 예감하던 이유였다네」

　「뭔데?」

210

「한심한 친구야, 그건 조수가 가장 큰 만조 날짜야. 바로 춘분과 추분의 분점조(달이 적도 부근에 있을 때의 조석으로 봄, 가을의 대조에 해당—옮긴이)라네. 1년에 두 번 있는 현상인데, 며칠 동안 아침저녁으로 바닷물이 아주 격렬하게 센 강으로 밀려 들어온다네. 거기에다가 다른 조수보다 훨씬 큰 분점조의 조수가 존재하고, 어마어마한 해소를 바람이 가중시킬 수 있다는 것을 생각해 보게. 그러면 성공을 위해서는 극히 드물게 나타나는 특별한 상황이 필요하다는 것을 이해할걸세」

베슈는 곰곰이 생각을 거듭한 끝에 말했다.

「그 조수가 나타날 때는, 강에서 떠다니거나 구멍 속에 있던 금가루가 물살에 휩쓸려 우리가 아는 어떤 지점에 침전된다는 거로군」

라울이 탁자를 주먹으로 쳤다.

「아니, 아니, 그게 아닐세. 그게 아니야. 그게 바로 그 비밀을 알아내고 이용했던 사람들이 저지른 실수였어. 진실은 다른 데 있네」

「설명해 보게」

「우리 나라에 금을 운반해 오는 강은 사실 존재하지 않아. 강에 금이 있을 수는 있지만, 자연의 힘에 의한 게 아니라네. 그 금은 강바닥에서 굴러다니는 모래나 지층을 덮는 돌과 같은 종류가 아닐세」

「그렇다면 우리가 본 것은 어디에서 온 건가?」

「사람 손으로 가져다 놓은 거지」

「무슨 소린가? 정신이 나갔군! 커다란 조수가 금을 모조리 퍼낼 때마다 누군가 새로 비축해 둔다는 말이야?」

「아니네. 하지만 아무리 큰 조수가 계속해서 퍼내더라도 다 퍼낼 수 없을 만큼 누군가 비축해 두었을 수는 있겠지. 물리적이거나 화학적인 힘으로 생기는 금광은 없지만, 사람들이 쌓아 놓은 금광은 존재한다네. 우리는 몽테시외 씨가 그럴싸하게 위장해 놓으신 것처럼 금을 생산하는 광경을 못 보았네. 그분이 믿으셨고 다른 사람들도 믿었듯이 특장한 날에 즉시 금이 생산되는 것도 못 보았네. 그렇지만 우린 보물을 눈앞에 두고 있다네. 어떤 조건들이 충족될 때 조금씩 흘러들어 오는 보물 말일세. 이제 이해가 되기 시작하나, 베슈 반장?」

베슈는 잠시 골몰하다가 대답했다.

「전혀 감을 못 잡겠는걸. 자세히 좀 말해 보게」

라울은 미소를 지었고, 자기 말을 열심히 듣고 있는 두 자매를 둘러보고 설명하기 시작했다.

「내 이론에 따르면, 두 시기에 걸친 작업이라 할 수 있는 것이 있습니다. 첫 번째 시기는 막대한 보물이 완전히 밀폐된 튼튼한 용기에 담겨 어떤 장소에 보관된 거죠. 수십 년이 흐르고, 수백 년이 흘렀습니다……. 그러던 어느 날 그 용기에 금이 가게 되고 오랜 시간을 두고 외부의 힘에 의해 내용물이 밖으로 새어 나오는 겁니다. 그것이 두 번째 시기입니다. 언제 이런 일이 처음 일어났을까요? 누가 밖으로 흘러나온 이 금의 일부를 최초로 채집했을까요? 그건 나도 모르겠습니다. 하지만 이 지방이나 성당, 귀족 가문의 고문서들을 연구하면서 그 사실을 알아내는 건 불가능하지 않을 것 같습니다」

카트린이 미소 지으며 말했다.

「저는 알아요」

라울 다브나크가 반갑게 외쳤다.

「정말입니까?」

「네. 할아버지께서는 1750년도에 제작된 영지 지도를 갖고 계셨어요. 아마 파리에 있는 집에 두신 것 같아요. 그런데 지도에는 강 이름이 오렐로 되어 있지 않아요. 1759년 당시에도 그 강은 벡살레(소금기가 있는 모래톱이란 뜻——옮긴이)란 이름으로 불렸답니다」

라울은 의기양양했다.

「증거가 확실하군요. 사건이 발생하고 나서 벡살레, 소위 소금강이 어떤 동기들 때문에 서서히 이름이 바뀌도록 강요받아 오렐강으로 바뀐 지 150년이 채 안 되었습니다. 그 후로 이 동기들은 사실의 희소성 때문에 잊혀졌습니다. 하지만 그 사실은 그대로 이어져 왔고 오늘날 우리가 그 증인이 되었습니다」

베슈는 이해를 한 듯했다. 그가 말했다.

「지금까지 자네 설명을 잘 들었네. 이제 결론을 내려 주게」

「결론을 내리지, 테오도르. 자넨 방금 이런 명칭들이 어떤 점에서 중요한지 알게 됐을걸세. 특히나 시골에서는 어떤 장소나 언덕, 강의 이름들이 늘 사실에서 비롯된 이유로 그 기원을 갖는데다가, 그 이유가 잊혀지는 시점이 지나도 계속됩니다. 이 불변의 원칙 때문에 나는 첫날부터 뷔토로맹에 대해 관심이 쏠렸던 겁니다. 그 때문에 첫날부터 나는 이 언덕의 형성에 대해 조사했습니다. 그러자 로마 인들이 이것을 석총이라고 불렀다는 걸 알아냈지요. 그것은 천연 언덕이 아니었습니다. 석재 기반에 흙과 돌을 번갈아 쌓았고 그 위에 원추형 몸통으로 만든 인위적인 돌 더미였습니다. 그건 흔히 묘지로 쓰였고 중앙에 묘실들이 만들어져 있었어요. 하지만 무기들을 숨기거나 은 제품이나 금 상자를 숨기기 위해 그곳을 이용하기도 했습니다. 몇 세기가 흐르면서 우리의 석총도 형태가 흐트러지고 내부도 붕괴되었던 거죠. 빽빽한 나무들이 석총을 둘러싸 버려서 이젠 과거로부터 로마 인들의 언덕, 뷔토로맹이란 이름밖에 남지 않은 겁니다. 아무렴 어떻습니까! 내 주의력은 늘 깨어 있으니까 그런 사실을 놓칠 일이 없겠죠.

아마도 이 점 때문에 나는 귀금속 유출의 가능성과 더불어 보물에 대한 생각을 하게 된 것 같습니다. 석총의 형태는 강이 주위를 돌아 흐르면서 세 면을 싸고 있어서 내 가설에 힘을 더해 주었습니다. 여러분도 조금 전에 내가 얼마나 다급하게 그것을 확인하려고 애썼는지 보셨지요. 나는 정확히 봤습니다. 강물이 올라와서 절벽과 언덕 사이에서 항상 높게 차 있는 저수조처럼 물탱크를 만들고 있었습니다. 파도가 멈추고 강이 다시 내려가기 시작할 때 그 저수조는 빠져나갈 수 있는 온갖 출구를 통해 갑자기 물이 빠져 버렸습니다. 다시 말해서 뷔토로맹 언덕에 필터처럼 구멍이 난 동굴이나 갈라진 틈, 균열을 통해 물이 빠져나간 겁니다. 그 결과, 물은 지나가면서 온갖 자잘한 금속 조각과 가루들을 끌고 지나갔지요. 우리가 체로 걸러 낸 것이 바로 그겁니다」

라울은 입을 다물었다. 그의 신기한 이야기는 모든 사람들에게 너무 간단하면서도 논리적으로 들렸고, 아무도 그에 대해 반대 의사를 나타내지 못했다. 베슈가 중얼거렸다.

「그곳에 확실하지는 않지만 보물이 숨겨져 있다는 거로군……. 가끔 물이 쓸고 지나가는 그 석총에 말이네」

라울이 외쳤다.

「우리가 어찌 알겠습니까? 센 강의 모래톱은 늘 심한 변화를

214

겪어 왔습니다. 그 당시 석총은 강한 조수로부터 멀리 떨어져 외
딴 곳에 있었겠죠. 그리고 보물을 영원히 숨길 수는 없는 법입니
다. 다시 말해서 보물은 향유하고 지킬 사람을 위해 숨겨 놓은 것
이지만 간혹 예측하지 못한 위험에 노출되기도 합니다. 하지만
처음에는 규칙적으로 전승되던 비밀이 종종 사라져 버리는 경우
가 있습니다. 금고의 정확한 위치는 더 이상 알려지지 않고 자물
쇠를 여는 해답마저도 사라지죠. 에트르타 바늘 바위(『기암성』에
나오는 노르망디 해안의 기암괴석——옮긴이)에 숨겨져 있던 프랑스
왕들의 보물을 생각해 보십시오! 쥐미에주 수도원(『칼리오스트로
백작 부인』에 나오는 수도원——옮긴이) 근처에 묻힌 중세 시대의
성물들을 생각해 보십시오. 그로부터 무엇이 남았습니까? 다른
사람들보다 더 현명한 사람이 그 전설들을 어느 날 현실로 바꿔
버렸죠. 오늘날 역사가 항상 위대한 모험을 통해 순조롭게 흘렀
고 국가적 기밀이 얽혀 있던 프랑스의 옛 고장인 이곳 코 지방에
서도 우리는 삶의 재미를 느끼게 만드는 이런 흥미로운 문제들과
부딪히는 겁니다」

　「무엇을 말하려는 건가?」

　「바로 이거라네. 릴본이 근방에 있는 걸로 보아(릴본은 로마 시
대에 〈율리아보나〉란 이름의 주요 수도였고, 고대 극장의 흔적이 로
마 지배 하의 갈리아 시대(서기 1~5세기——옮긴이)에 이 도시가 융
성했음을 입증해 준다——저자), 라디카텔에 시골 별장이나 빌라를
소유하고 있던 어떤 총독이 개인의 재산이자 약탈한 전리품을 금
가루로 바꾼 뒤, 율리우스 카이사르의 군대가 세웠을 걸로 추정
되는 옛 석총 속에 숨겨 놓았을 겁니다. 그런 다음 중세 시대의
대혼돈이 벌어졌지요. 동쪽 사람들(신성 로마 제국——옮긴이)과

싸우고 북쪽 사람들(흔히 바이킹이라 불리는 노르만 인——옮긴이)
과 싸우고 영국인들과 전쟁까지 하면서 이 지방은 아주 큰 타격
을 입었습니다. 모든 것이 어둠 속으로 사라져 버렸죠. 심지어 전
설조차 남지 않았습니다. 문제가 제기되지도 않았어요. 간신히 18
세기에 과거의 일부가 떠올랐습니다……. 금이 약간 흘러나온 겁
니다. 그리고 비극이 준비되었죠……. 몽테시외 씨……, 게르셍
씨……」

「그리고 자네가 나타났지!」

베슈는 가끔 라울의 설명에 넋을 잃고 감탄하던 그 말투로 중
얼거렸다.

「그리고 내가 나타났지!」

라울이 유쾌하게 되풀이해 말했다.

두 자매도 인간의 차원을 벗어난 다른 사람을 보듯이 그를 바
라보았다.

라울이 일어서며 말했다.

「이젠 일을 합시다. 우리 총독의 보물에서 뭐가 더 남아 있을
까요? 그다지 대단한 것은 아닐 겁니다. 처음부터 아주 미미한 양
이었든지, 아니면 파도가 조금씩 용해시켜서 어디인지도 모를 곳
으로 실어 갔을 겁니다. 여하튼 증거를 찾아봅시다」

「어떻게?」

베슈가 말했다.

「석총을 열어야지」

「그 작업은 며칠이 걸릴 거야. 나무뿌리를 자르고 구덩이를 파
고 흙을 운반해야 하네. 누군가에게 도움을 요청할 수 없으니
까……」

「고작해야 두세 시간 정도면 끝날 작업이라네」

「오! 설마!」

「물론이지! 우리가 석총이 금고로 사용되었다고 가정한다면, 금고는 흙 속 깊이 있지 않고 눈에 보이지 않으면서도 〈의심받지 않을〉 만한 접근하기 쉬운 장소에 있다고 봐야 한다네. 그런데 내가 가시덤불 속을 헤집다가 확인한 사실이 있네. 지면에서 1미터 높이의 첫 번째 석조 기단이 약간 튀어나와서 옛날부터 좁고 둥근 길을 형성하고 있었던 거라네. 게다가 이쪽에서 저택을 마주보고 서 있으면, 송악이 빽빽하게 덮고 있는 밑에 빈 동굴이 있고 말이야 미네르바(로마 신화에 나오는 전쟁과 지성의 여신으로 그리스 신화의 아테나와 동일——옮긴이)와 유노(그리스 신화의 헤라 여신과 동일——옮긴이)의 조각상을 수호자이자 안내자로 세워 놓았을 만한 원형 건물이라네. 베슈 반장, 곡괭이를 들게. 나도 하나 들고 가지. 내가 잘못 생각한 것이 아니라면 문제의 해결책을 파악하는 데 오래 걸리지 않을 거야」

그들은 원예 도구들을 넣어 둔 창고로 가서 곡괭이 두 개를 집어 들고는 두 자매와 함께 뷔토로맹 근처로 갔다.

아직도 온통 젖어 있는 나무뿌리와 가시덤불들을 잡아 뜯고 오솔길을 치우자 원형 건물이 드러났다. 그들은 바닥에 깔려 있던 자갈들을 모두 치웠다.

이 무너진 방벽은 더욱 섬세한 작업을 거친 다른 벽으로 연결됐고 그곳에서는 모자이크 흔적과 동상이 서 있었을 받침대의 연결부를 아직도 알아볼 수 있었다. 그들은 이 장소에 초점을 맞춰 작업했다.

사방에서 반짝이는 물방울들이 물구덩이를 만들었다가 강으로 떨어지고 있었다. 그와 동시에 곡괭이 하나가 칸막이를 뚫고 허공 속을 통과했다. 그들은 입구를 넓혔다. 라울은 램프를 켰다.

라울이 예상했던 대로, 그들은 사람 키에 딱 맞는 높이의 상당히 낮은 동굴을 발견했다. 그것은 묘실로 쓰였던 게 틀림없었다. 중앙의 기둥이 천정을 받치고 있었다. 유약을 바른 불룩한 프로방스 풍의 항아리 세 개가 주위에 놓여 있었다. 그 항아리는 아직까지도 프랑스 남부에서 기름을 보관하기 위해 사용하는 것이었다. 그중 네 번째 항아리가 깨져서 질척한 땅에 깔려 있었다. 그리고 그 주위에 금으로 반짝이는 점들이 눈에 띄었다.

라울이 말했다.

「제가 말씀드린 그대로죠. 이 조그만 동굴 벽을 보십시오, 금이 쩍 가고 깨져 있는 모습을……. 커다란 조수가 한 차례 휩쓸고 지나가고 나면 물이 침투하기 시작합니다. 작은 폭포가 형성되면서 출구를 찾아 나가니까 금가루며 금속 조각들이 이 출구를 통해 미끄러져 나간 겁니다」

그들은 감동으로 목이 잠겼다. 1500년이나 2000년 전에 한 사람이 자신의 재산을 모아 둔 후로 아무도 접근하지 못했던 이 컴컴한 은신처에서 그들은 잠시 침묵을 지켰다. 얼마나 많은 미스터리가 그곳에 쌓였고, 지금 어떤 기적이 생겨난 것인가!

라울은 자신의 곡괭이 끝으로 세 항아리의 목을 각각 부수고 손전등을 차례로 비쳤다. 항아리는 저마다 금 조각들과 금 알갱이들과 금가루로 가득 차 있었다! 그는 두 손에 한 움큼씩 거머쥐었다가 흘러내리게 두었다. 그것들은 손전등 불빛 아래 반짝거렸다.

베슈는 이 광경에 감동받은 나머지 무릎이 꺾여 아무 말도 못하고 바닥에 쭈그리고 앉았다.

두 자매 역시 입을 열지 못했다. 그러나 그녀들이 감동한 것은 금 때문이 아니었다. 과거와 현재를 잇는 2000년이라는 시간의 소용돌이가 눈앞에서 펼쳐진 모험의 한복판에 서 있다는 느낌 때문은 더 더욱 아니었다. 다른 이유가 있었다. 라울이 낮은 목소리로 그녀들의 속마음을 물었을 때, 둘 중 하나가 답했다.

「저희는 당신 생각을 하고 있어요, 라울……. 당신이란 사람을 말이죠……」

다른 하나도 말했다.

「예. 당신은 어쩌면 하는 일마다 그렇게 즐기듯 쉽게 하는지……. 너무 간단한 데다 너무 놀라워요……」

라울이 중얼거렸다.

「사람이 사랑하는 상대방의 마음에 들고자 노력하면 모든 일이 쉽답니다」

라울의 목소리가 너무 낮았기 때문에, 두 자매는 각자 자신만이 그의 말을 알아들었고 그가 말한 상대방도 자신이라고 생각했다.

라울이 뷔토로맹에 자동차를 가까이 접근시키고 삐거덕거릴 정도로 가득 채운 커다란 가방 두 개를 운반해 온 것은 저녁 무렵 어둠이 내려앉았을 때였다. 그리고 그는 베슈와 함께 동굴의 입구를 다시 막고 그간 진행했던 작업의 흔적을 대충 지웠다.

라울이 말했다.

「내년 봄이 되면 자연은 모든 것을 덮어 버리는 임무를 맡겠지. 그때까지 아무도 저택에 들어오지 않을 테니, 우리 넷을 제외하면 아무도 강의 비밀을 알지 못할걸세」

바람이 잦아들었다. 9월 13일의 두 번째 조수는 약했다. 14일에 발생하는 두 차례의 조수는 뷔토로맹을 에워싸지 못하고 보통 높이로 물을 밀어 올릴 것이라 예상되었다.

자정이 되자 카트린과 베르트랑드는 자동차에 올랐다. 라울은 아르놀드와 샤를로트에게 작별 인사를 하러 갔다.

「우리 아기들, 잘 있었나? 앉아 있기 그리 힘들지는 않지? 나 참, 우리 예쁜 샤를로트는 아직도 낑낑거리고 있는 것 같군. 두 사람 모두 내 말 잘 듣게……. 자네들 옆에 테오도르 베슈를 간호 사이자 요리사, 가정부, 간수 자격으로 48시간 붙여 놓겠네. 그 뿐 아니라 베슈 반장은 자네들을 위해서 금 조각들을 긁어내도록 강을 샅샅이 뒤지는 임무를 맡을 거야. 왜냐하면 그래야 자네들 이 두 여주인들을 가만히 두고서 다른 곳으로 꺼질 테니까 말이 지. 이의 없나, 아르놀드?」

「예」

아르놀드는 딱 부러지게 대답했다.

「훌륭해. 자네의 진심이라고 믿네. 자넨 나를 농담이나 하는 사람으로 보지 않았겠지? 나한테 조금 놀랐을 거야, 그렇지? 모 두 제 갈 길을 가는 거야. 사랑스런 샤를로트, 당신도 동의하는 거지?」

「예」

그녀가 말했다.

「좋아. 만일에 아르놀드 곁을 떠나면……」

「절 떠날 일은 없을 겁니다」

하인이 털어놓았다.

「왜?」

「저흰 결혼한 사이입니다」

베슈는 주먹을 불끈 쥐고 내뱉었다.

「나쁜 여자! 그러고도 내가 결혼해 주길 바랐군」

라울이 말했다.

「샤를로트가 이중 결혼을 하고 싶어했는지도 모르잖나, 이 가 없은 친구야!」

그는 베슈를 잡아끌고 팔을 잡고는 엄하게 말했다.

「베슈, 그러기에 애매한 관계를 맺으면 이렇게 되잖나. 우리의 품행을 비교해 보게. 이곳에는 질 나쁜 인간들이 둘, 고귀한 사람이 둘 있었지. 민중의 지팡이인 자넨 누구를 선택했지? 질 나쁜 인간이었어. 나는 누굴 선택했나? 고귀한 사람들이지. 아! 베슈, 자네한테 얼마나 좋은 교훈인가!」

그러나 베슈는 도덕성의 문제와는 전혀 관련 없는 순간에 놓여 있었다. 그는 라울이 풀어낸 수수께끼만을 생각하느라 정신이 없었다.

베슈가 말했다.

「자넨 몽테시외 씨의 유언장에서 이 한 줄의 숫자가 연속된 날짜였다는 것을 밝혀내기 위해서 그냥 숫자를 읽어 보는 걸로 충분했나? 그 날짜들과 분점조 날짜들 간에 관계가 있는지 알아보기 위해서? 커다란 조수가 밀어닥쳐서 금의 침전물을 끄집어냈다는 것을 이해하기 위해서? 요컨대 진실을 밝히기 위해서?」

「그것만으로 충분하지 않았지, 베슈」

「또 뭐가 필요했는데?」

「별것 아닐세」

「뭔데?」

「천재성이지」

두 사람 중 누구?

3주 후 파리에서, 카트린은 라울 다브나크의 집에 모습을 드러냈다. 관리인으로 보이는 노파가 문을 열어 주었다.

「다브나크 씨 계세요?」

「실례지만 누구신지요?」

카트린은 자신의 이름을 말할까말까 고민하던 참이었다. 라울이 나타나 외쳤다.

「아! 카트린, 당신이군요. 이렇게 와 주다니! 그런데 무슨 소식이라도 있나요? 어제 당신 집에 갔을 땐 이렇게 찾아온다는 말은 하지 않았잖습니까」

그녀가 말했다.

「새로운 소식은 없어요……. 잠깐 드릴 말씀이 있어서…… 5분이면 돼요」

그는 카트린을 서재로 안내했다. 6개월 전 그녀가 어찌할 바를 모르고 수줍어하며 찾아와서 라울에게 도움을 호소했던 장소였다. 라울을 매혹시켰던 그녀의 모습, 즉 사냥꾼에게 쫓기는 짐승 같은 모습은 사라졌지만 그녀는 여전히 망설이듯 어찌할 바를 몰라했다. 그녀는 이곳으로 찾아온 이유와는 전혀 상관없는 말들부터 꺼내기 시작했다.

라울은 그녀의 두 손을 잡고 눈을 지그시 바라보았다. 카트린은 매력적이었고 라울의 곁에서 행복했으며 미소를 지으면서도 진지했다.

「말해 봐요, 친애하는 카트린. 당신은 날 신뢰할 수 있다는 걸 알지요. 난 당신의 친구⋯⋯, 친구 이상입니다」

「친구 이상이라면, 무슨 뜻인가요?」

카트린이 얼굴을 붉히며 중얼거렸다.

이번에는 그가 당황했다. 라울은 그녀의 마음이 무척 혼란스러운 상태이고 자신에게 속마음을 보여 줄 준비가 되어 있으면서도 금세 달아날 기세임을 알아차렸다.

라울이 말했다.

「친구 이상이라는 건⋯⋯ 내가 이 세상의 누구보다도 당신에게 애착을 느낀다는 뜻입니다」

「이 세상의 누구보다도?」

그녀가 순진하면서도 고집스런 태도로 말을 되풀이했다.

그가 답했다.

「물론입니다」

그녀가 단정했다.

「누구만큼이겠지요, 그 이상은 아니에요」

그들 사이에 침묵이 일었고 카트린이 갑자기 결심한 듯 낮은 목소리로 말했다.

「언니와 저는……, 요즘 많은 대화를 나눴어요. 이제까지 저희는 자매애가 지극했어요……. 그런데 생활이랑……, 나이 차랑……, 언니의 결혼이 저희를 갈라놓았어요. 지난 여섯 달 동안 위기를 겪으면서 저희는 아주 가까워졌어요……. 저희 둘 사이에……, 정반대로 뭔가가 있었어야 했는데, 반대로……」

카트린은 부끄러워하면서 눈을 내리깔았다. 그러나 돌연 눈을 들고 용감하게 말을 끝맺었다.

「저희 둘 사이에, 라울 당신이 있었어요……. 예, 당신이에요」

카트린은 입을 다물었다. 라울은 결정을 내리지 못하고 불안해졌다. 라울은 카트린에게 상처를 주거나 그녀를 통해 베르트랑드에게 상처를 줄까 봐 두려웠다. 갑자기 자신의 역할이 괴롭고 거의 추악해 보였다. 라울이 속삭였다.

「난 두 사람 모두 사랑합니다」

그녀가 급히 말했다.

「바로 그거예요. 두 사람 모두…… 두 사람을 똑같이 사랑하는 거, 둘 중 누구를 더 사랑하는 것도 아니잖아요」

라울이 아니라는 몸짓을 했다.

카트린이 말했다.

「아니, 아니에요……. 그건 받아들이세요. 당신은 당신에 대한 언니와 저의 감정을 잘 아실 거예요……. 하지만 당신은 저희에게 똑같은 감정으로 대하셨죠……. 바리바의 저택에서 당신은 언니와 저, 저희 두 사람을 위해 싸워 주셨어요. 그래서 당신은 저희 둘을 떼어 놓고 생각하기가 불가능하셨겠죠. 이제 당신에겐 저희 없이는 살 수 없는 순간이 왔어요. 그런데 누군가를 진짜 사랑하면 이런 식은 아니겠죠……. 파리로 돌아온 뒤로 당신은 매일 저희들을 보러 오셨어요. 저희는 서로 자랑하거나 샘내지도 않고 당신의 결정을 기다려 왔어요. 그런데 그런 결정은 없을 거란 사실을 알았어요. 당신은 영원히 저희를 똑같이 사랑하실 테니까요. 그래서……」

「그래서?」

목이 메는 것을 느끼며 라울이 말했다.

「그래서 당신에게 저희의 결정을 알려 드리려고 왔어요. 당신은 저희 둘 중 하나를 선택하실 수 없으셨으니까요」

「그 결정은?」

「떠나는 거예요」

그가 펄쩍 뛰었다.

「말도 안 됩니다……! 그럴 권리가 없어요……. 카트린, 당신은 나와 헤어지고 싶은 겁니까?」

「그래야 해요」

라울이 반대했다.

「그건 절대로 안 됩니다. 난 싫습니다」

「왜 싫은데요?」

「당신을 사랑하니까요」

카트린은 다급한 손짓으로 그의 입을 막았다.

「그 말은 하지 마세요……. 제가 원치 않아요. 절 사랑하려면 언니보다도 더 저를 사랑해야 되는데, 그건 아니잖아요」

「맹세하겠습니다……」

「그런 식으로 말하지 마세요……. 그게 진심이라 하더라도 너무 늦었어요」

「너무 늦지 않았습니다……」

「늦었어요. 제가 여기 와 있으니까요. 당신에게 제 고백이 자…… 언니의 고백을 하고 말았어요. 이런 말은 완전히 결심을 굳혔을 때에만 하는 거예요……. 영원히 이별이에요」

라울은 자신이 무슨 짓을 하든 그녀의 결심을 꺾지 못할 것을 알았다. 카트린의 결심이 어찌나 강하게 느껴졌던지 그는 감히 반박하거나 그녀를 만류할 생각도 하지 못했다.

카트린이 되풀이해서 말했다.

「친구여, 영원히 이별이에요. 제 슬픔은 너무 커서…… 우리 사이에…… 추억이나마…… 남기를 바라요」

카트린은 라울의 어깨에 손을 얹었다. 카트린은 자신의 얼굴을 내밀고 그에게 입술을 주었다.

한순간 그녀는 자신의 몸을 미친 듯이 껴안고 입술을 부비는 라울의 품속에서 실신할 지경이었다. 하지만 곧 몸을 추스른 카트린은 떠나갔다.

한 시간 후 라울은 두 자매의 집으로 달려갔다. 그는 카트린을 다시 보고 싶었다. 라울은 그런 행동이 어떤 결과를 가져올지 생각도 하지 않고 그저 자신의 사랑 고백을 하고 싶었다.

카트린은 아직 집에 돌아오지 않았다. 그는 베르트랑드도 만나지 못했다.

다음날도 그의 방문은 헛수고였다.

그런데 그 다음다음날, 베르트랑드 게르셍이 라울의 집 초인종을 눌렀다. 그녀도 카트린처럼 서재로 안내되었다.

베르트랑드는 동생과 똑같이 망설이는 태도로 들어왔지만, 동생보다도 훨씬 빨리 침착한 태도를 되찾았다. 한편 라울이 자신

226

의 손을 잡고 카트린을 바라보았듯이 자신의 얼굴을 바라보자 이렇게 중얼거렸다.

「그 애가 모두 말씀드렸죠……. 저희는 마지막으로 한 번만 당신을 만나러 오기로 약속했어요……. 오늘이 제 차례예요……. 라울, 당신에게 작별 인사를 하러 왔어요. 당신이 저희들을 위해…… 저를 위해 해 주신 모든 일에 감사를 드리고 싶어요……. 제가 죄인인데도 저를 후회와 수치심에서 구해 주셨어요」

그는 몹시 당황해 곧바로 대답하지 못했다. 그의 침묵으로 불편해진 베르트랑드는 되는 대로 말을 꺼내며 대화를 이었다.

「동생에게 전부 이야기했어요. 절 용서해 주더군요……. 얼마나 착한 애인지! 그 재산에 대해서도 마찬가지예요. 그건 할아버지께서 원하셨던 대로 그 애 몫이었는데, 거절하더군요……. 함께 나눠 갖자고 해요……」

라울은 듣고 있지 않았다. 그는 억제된 열정에 부대끼며 말하고 있는 아름다운 여인의 입술의 움직임을 지켜보았다.

「떠나지 마십시오, 베르트랑드……. 당신이 떠나는 건 싫습니다……」

「떠나야 해요……」

베르트랑드는 동생이 말했던 것과 똑같이 말했다.

라울이 되풀이 말했다.

「아니요, 싫습니다……. 사랑합니다, 베르트랑드」

베르트랑드는 슬픈 미소를 지었다.

「아! 당신은 카트린에게도 사랑한다고 말했죠……. 그게 맞아요……. 그리고 절 사랑하는 것도 맞고요……. 당신은 선택할 수가 없어요……. 당신의 능력 밖이에요……」

그녀가 덧붙였다.

「라울 당신이 저희 중에서 한 사람을 사랑하더라도, 우리는 어쩔 수 없어요. 다른 사람이 너무 고통스러워할 테지요. 이렇게 되어서 저희 둘은 모두 행복해요」

「그러면 저는 가장 불행한 사람입니다……. 사랑을 둘씩이나 놓쳤으니……」

「놓쳤어요?」

라울은 처음엔 그녀의 질문을 이해하지 못했다. 서로의 눈이 묻고 있었다. 베르트랑드는 신비롭고 매혹적인 미소를 지었다. 라울은 그녀가 저항할 틈을 주지 않고 자기 쪽으로 끌어당겼다…….

두 시간 후 라울은 베르트랑드를 그녀의 집으로 데려다 주었고, 다음날 오후 4시에 자신을 만나러 온다는 약속을 받아 냈다. 그래서 그는 행복하고 즐거운 마음으로 기다렸다. 카트린을 생각할 때는 우울하기도 했다.

그러나 그녀의 약속은 거짓이었다. 다음날, 시계는 4시를……, 어느덧 5시를 알렸다.

베르트랑드는 오지 않았다.

7시에 라울은 속달우편을 받았다. 두 자매가 이미 파리를 떠났다는 소식이었다.

라울은 쉽게 절망하거나 분노에 빠지는 인물이 아니었다. 그는 전혀 가슴 아픈 충격을 받지 못한 사람처럼 침착하게 자신을 다스렸다. 라울은 레스토랑으로 가서 맛있는 저녁 식사를 하고 고급 하바나 산(産) 시가를 피우며 오래 머물렀다. 그리고 고개를 꼿꼿이 들고 나른한 걸음걸이로 거리를 산책했다.

10시경, 라울은 별다른 이유 없이 몽마르트르에서 인기 있는 무도장에 들어갔다. 그는 입구에 들어선 순간 입을 다물지 못하고 멈췄다. 턴을 하고 있던 커플들 중에서 샤를로트와 베슈가 즐겁고 활기 찬 모습으로 폭스트로트(여우의 빠른 네발걸음을 스텝으로 응용해 경쾌하게 추는 무도 기법——옮긴이)를 추며 빠르게 도는 모습을 발견했기 때문이다.

라울은 투덜댔다.

「이럴 수가 있나! 저치들, 뻔뻔스럽기도 하지」

재즈 음악이 멋졌다. 춤을 추던 두 사람은 탁자로 돌아왔다. 탁자에는 아르놀드가 마개를 딴 샴페인 병과 유리잔 세 개를 앞에 두고 앉아 있었다.

그 순간, 한참 동안 참고 있던 라울은 화가 머리끝까지 치밀었다. 아직 자제력은 남았지만, 그는 이성을 잃고 화가 나서 벌게진 얼굴에 고르지 못한 걸음으로 세 사람에게 걸어갔다. 의자에 앉아 있던 세 사람은 라울을 발견하고 흠칫 물러섰다. 곧 침착해진 아르놀드는 거만한 미소를 짓는 체했다. 샤를로트는 파랗게 질려 실신할 듯했다. 베슈는 동행들을 보호하려는 것처럼 벌떡 일어섰다.

라울은 베슈에게 다가가 얼굴을 가까이 맞대고 명령했다.

「빨리…… 나가」

상대방은 딱 부러지게 거절하려고 했다. 라울이 두 손으로 베슈의 어깨 쪽 옷소매를 붙잡고 떼밀자, 베슈 뒤에 있던 의자가 휘청거렸다. 라울은 그 광경을 바라보는 사람들을 아랑곳하지 않고 베슈를 빙그르르 돌리면서 복도 쪽으로 끌고 갔다가 다시 현관 쪽으로, 다시 거리로 끌고 나왔다. 라울이 으르렁거렸다.

「이 구역질 나는 인간아……. 창피하지도 않아? 자넨 살인자와 요리사와 나돌아다니고 있어……. 형사반장인 자네가! 경찰계의 거물이! 뤼팽이 그런 자네를 너그럽게 봐줄 것 같나? 잠깐만 기다려, 이 악당아!」

어리둥절해 있는 행인들 사이에서 라울은 베슈를 마치 분해된 마네킹처럼 끌어안다시피 떠밀었고, 자신의 슬픔에 대한 기분 전환 격으로 내심 즐기면서 욕설을 퍼부어 댔다.

「그래……. 꼴도 한심한…… 이 건달아! 자넨 바보 얼간이보다도 도덕의식이 없는 거야? 가장 추악한 사랑이 이렇게 자네를 추락시켰나? 방탕에 빠진 동행들 좀 보게……. 살인자와 요리사라! 아! 뤼팽이 나타나서 자네를 구해 준 게 얼마나 다행인가……. 자네가 원치 않는데도 구해 주다니. 아! 뤼팽은 얼마나 착한 사람인가! 뤼팽이 자신의 열정에 굴복하는 줄 아나? 뤼팽에게도 마음속의 아픔이 있을 수 있다네. 뤼팽이 사랑하는 여자는 뤼팽 덕분에 이제 부자가 되었고 남편감을 찾을걸세. 뤼팽이 불평을 할까? 역시 뤼팽이 사랑하던 베르트랑드는 뤼팽을 잊을 거라네. 뤼팽이 그녀 뒤꽁무니만 쫓아다닐 생각만 할까? 천만에. 무엇보다도 그녀들의 행복이 우선이지. 베르트랑드의 행복! 카트린의 순수함! 그러는 동안에 자넨 요리사한테 꼭 매달려 있군그래!」

라울은 이런 식으로 베슈를 자신의 차고가 있는 유럽 구역(몽소 공원과 생라자르 역이 있는 파리 제8구역 ── 옮긴이)으로 데려갔다. 그는 베슈를 자신의 차 앞좌석으로 안내하고 말했다.

「타게」

「너무하는군」

「타라고」

「뭘 할 건데?」

「우린 떠날걸세」

라울이 말했다.

「어디로?」

「나도 모르겠네. 어디든 가세. 요점은 자넬 구하는 거니까」

「나를 구해 줄 필요는 없는데」

「자네를 구할 필요가 없다고! 자네한텐 뭐가 필요한지 아나? 내가 없었으면 자넨 볼장 다 보게 된다고. 자넨 수렁에 빠지고, 악의 구렁텅이에 빠지는 걸세. 우리 떠나세. 이 순간에 우리에겐 그것 말고는 할 일이 없어. 자넨 기분을 전환하고 잊을 필요가 있네. 일을 해야 해. 비아리츠(프랑스 남서부 대서양연안의 고급 휴양도시—옮긴이)에서 한 악당이 마누라를 죽여서 잡아먹었다는 소식을 들었네. 그자를 체포해야지. 그리고 브뤼셀에서는 한 여자가 자신의 다섯 아기들을 목 졸라 죽였다는군. 그 여자도 체포해야지. 가세」

베슈는 화가 나서 저항했다.

「난 휴가도 아니란 말일세, 젠장!」

「휴가를 받을 거야. 내가 경찰청에 전화해 주겠네. 가세」

「짐도 안 꾸렸는걸」

「트렁크에 내 가방이 있네. 필요한 건 다 있어. 가세」

라울은 강제로 베슈를 차에 태우고 시동을 걸었다. 운 나쁜 경찰은 울상을 지었다.

「하지만 입을 옷도, 속옷도 없고 신발도 없는걸」

「내가 신발도 사 주고 칫솔도 사 주지」

「하지만……」

「걱정하지 말게. 이제 기분이 훨씬 나아졌네. 카트린과 베르트랑드가 날 피하길 잘했다고 생각해. 나만큼 어리석은 사람도 없었지. 두 사람을 사랑하면서 한 사람에게 〈사랑해요〉라는 말도 못하고 다른 사람에겐 거짓말도 못하다니……. 한심하지? 그럴 경우에는 바보처럼 결국 혼자 남게 되지. 즐거운 추억이 있는 건 다행이야……. 아! 베슈, 즐거운 추억들……. 내가 자넬 피신시키고 나면 전부 이야기해 주겠네. 아! 이 친구야, 자넨 내게 굉장한 은혜를 입고 있는 거야」

그리고 거리를 지나고 도로를 지나, 베슈를 태운 자동차는 비아리츠나 브뤼셀을 향해 달렸다……. 남쪽이나 북쪽…… 라울은 전혀 개의치 않았다.

단편 소설

에메랄드 반지

연숙진 옮김

서문

 이 단편은 1930년 11월 15일《정치와 문학 연대기》지에 베콩의 삽화와 함께 실렸다. 이에 앞서 모리스 르블랑은 같은 해 8월, 같은 잡지에 코난 도일에 관한 기사를 썼다.
 모리스 르블랑은 잡지에 실었던 기사와 같은 제목으로 아르센 뤼팽에 바치는 단편집을 출간하려는 계획을 세웠다. 그리고 이 단편집에는 「아르센 뤼팽의 망토」(「헤라클리스 프티그리의 이빨」을 각색한 작품), 「암염소 가죽을 쓴 사나이」(1927년 프랑스 소설가들의 작품을 『사랑』이라는 제목으로 발표한 선집에 실렸던 작품)과 다른 몇몇 미발표 단편들이 포함되어 있다.

에메랄드 반지

「올가, 넌 그를 꽤나 잘 알고 있는 것처럼 말하는구나!」

올가 공주는 한 자리에 모여 자신이 하는 이야기를 듣고 있던 친구들에게 미소를 지었다. 그날 저녁, 올가는 친구들과 함께 거실에 둘러앉아 담배를 피우며 한담을 나누고 있었다. 올가는 친구들에게 말했다.

「암, 물론이지, 그를 알다마다」

「아르센 뤼팽을 잘 알고 있다고?」

「물론!」

「그게 정말이야?」

친구들이 믿기지 않다는 듯 자꾸 되묻자, 올가는 분명한 목소리로 대답했다.

「적어도 바르네트 사설 탐정소를 대신해 마치 자신이 탐정인 양 수사를 벌였던 사람은 잘 알고 있지. 근데, 오늘 짐 바르네트와 그의 사설 탐정소의 동료들이 자신들은 아르센 뤼팽과 전혀 무관하다고 하지 뭐야. 그 얘길 듣고 얼마나 당황스럽던지…….」

「그럼 그자가 뭘 훔쳐 갔니?」

「아니, 오히려 그 반대야! 날 도와줬거든」

「설마 무슨 일이라도 벌였겠지!」

「에이, 전혀 그렇지 않아! 반 시간 가까이 조용히 대화만 나눴어. 하지만 그가 참 특이한 사람이라는 생각이 들더라. 그 사람 말하면서 취하는 손동작은 별로 없지만 보는 이를 어리둥절하게 만드는 뭔가가 있더군.」

올가의 친구들은 이내 여러 질문들을 퍼부어 댔다. 하지만 올가는 즉시 대답하지 않았다. 그녀는 자기 자신에 대해서 말을 아끼는 편이라 절친한 친구들조차 알 수 없는 신비의 베일에 가려진 여인이었다. 남편이 죽은 후 그녀가 사랑을 해 본 적이 있던가? 눈부신 금발과 그윽한 파란 눈을 가진 그녀는 뭇 남성들의 가슴에 불을 붙이기에 충분한 미모를 가지고 있었다. 올가를 쫓아 다니던 남성들 가운데 그녀가 연정을 품은 이가 과연 있었던가? 남 얘기를 하기 좋아하는 사람들은 그녀가 그러고도 남았으리라 라고 말했고, 그것도 사랑의 감정보다는 호기심에서 그렇게 했을 거라고까지 서슴없이 이야기했다. 하지만 실제 그들이 알고 있는 것은 하나도 없었고 지금까지 거론된 남자의 이름도 전혀 없었다.

그런데 이날 저녁만은 억제할 수 없는 묘한 힘에 이끌리기라도 한 듯 그녀 스스로 자청해 그동안 자신을 가리고 있던 베일 한쪽을 들춰 보이는 것이 아닌가.

「하긴, 너희들에게 그 대화 내용에 대해 말하지 못할 이유도 없지. 만일 다른 사람과 관련된 얘기라면 결코 말해서는 안 되지

만 너희들이 그토록 관심 갖는 아르센 뤼팽에 관한 거니까 얘기
해 주지. 그때 당시 일어난 일을 너희가 이해하기 쉽도록 간추려
말해 줄게. 그 당시 난 너희들도 그 명성에 대해선 익히 잘 알고
있는 어느 가문의 남자에게 지독하면서도 진실된 사랑의 감정을
품고 있었어. 그 사람은 바로 막심 데르비놀이야」

그러자 친구들은 소스라치게 놀라며 물었다.

「막심 데르비놀? 은행가의 아들 말이야?」

「응, 그래」

「위조범이자 사기꾼으로 체포된 다음날 요양원의 병실에서 목
을 매 자살한 바로 그 은행가의 아들?」

「그래」

올가는 여러 번 되묻는 친구들의 질문에 매우 침착한 어조로
응했다.

그리고 잠시 생각을 하는 듯 하더니 이내 말을 이었다.

「데르비놀의 고객이었던 나는 그의 주요 희생자들 중 하나였
지. 나는 막심과 알고 지내는 사이였는데, 아버지가 자살한 후
얼마 지나지 않아 그가 나를 찾아왔어. 그는 이미 혼자 힘으로 돈
을 벌어 부자가 된 상태였기에 모든 채권자들에게 빚을 모두 갚
을 생각이었지. 그래서 나와 몇 가지 사항을 타협하기 위해 수 차
례 우리 집을 드나들었어. 솔직히 말해 그 사람은 항상 나에게 호
감을 갖고 있었어. 그래서인지 언행에도 각별히 신경을 쓰더군.
그의 정직하고 성실한 태도는 매우 자연스러워 보였어. 하지만
그는 겉으로는 전혀 당혹감을 보이지 않았고 아버지가 저지른 치
욕적인 행동에 심적 타격을 받지 않은 듯 행동했지만, 내심 깊은
고통과 씻을 수 없는 상처를 받은 듯 사소한 말에도 금방 화를 내

더군.

처음에 난 그를 친구로 대했지만 곧 연인 사이로 변했어. 그에 대한 사랑이 점점 깊어 가는 것을 느낄 수 있었지. 그런데 그는 전혀 내색하지 않더군. 그의 아버지가 부정한 일로 가문을 실추시키지만 않았어도 그는 분명 내게 청혼을 했을 거야. 하지만 그는 감히 내게 사랑 고백도 하지 못했고, 나의 솔직한 감정이 어떤 거냐고 물어볼 수도 없었지. 하긴, 나도 단호하게 대답하지는 못했겠지. 솔직히 난 어떻게 해야 할지 잘 몰랐거든.

어느 날 아침 그가 찾아왔고, 우린 숲에 가서 점심을 같이했어. 그러고 나서 그는 거실까지 나를 따라왔지. 그의 얼굴에는 근심이 가득해 보였어. 난 손에 끼고 있던 반지들을 손가방과 함께 이 협탁 위에 올려놓고 피아노를 연주하기 시작했지. 막심은 자신이 즐겨 듣는 러시아 가곡을 부탁했어. 그는 내 뒤에 서서 잠자코 감상하고 있었는데 상당히 감동한 것 같았어. 연주를 마치고 자리에서 일어나 그를 돌아보니 창백한 얼굴로 내게 뭔가 말하려는 듯 보였지. 나도 그를 가만히 바라보면서 고백을 했지. 그리고 넋이 반쯤 나간 상태로 반지들을 손가락에 다시 끼웠어. 그러다 난 갑자기 하던 동작을 멈추고 중얼거렸어. 흔히 그렇듯이 벌어진 사실에 대해 놀라움을 표현하기 위해서라기보다 난처한 상황을 서둘러 종결 지으려는 뜻에서 말이야.

〈아니, 내 에메랄드가 어디로 갔지?〉

그러자 그가 소스라치게 놀라며 소리치더군.

〈당신의 멋진 에메랄드 말인가요?〉

〈예, 당신이 그토록 좋아하는 보석 말이에요.〉

그렇게 말했지만 사실 난 별 뜻 없이 한 말이었어.

〈하지만 점심을 먹을 때만 해도 손가락에 끼고 있지 않으셨습니까?〉

〈예, 아마 그랬을 거예요! 하지만 피아노를 치기 전에 손가락에서 빼내 다른 반지들과 함께 저 위에 놓아두었거든요.〉

〈그럼, 그곳에 있어야 할 텐데…….〉

〈없네요.〉

그는 더욱 창백한 얼굴로 몸이 뻣뻣하게 굳은 채 꼼짝 않고 서 있었지. 너무도 큰 충격을 받은 것 같아서 난 농담 삼아 말했어.

〈아! 어쨌든 그건 별로 중요한 게 아니에요. 뭐, 어딘가에 떨어져 있겠죠.〉

〈그렇다면 눈에 띄어야 하지 않습니까?〉

〈뭐, 가구 밑으로 굴러 들어갔나 보죠.〉

그리고 나서 난 벨을 눌러 하인을 부르려고 손을 뻗었지. 그런데 갑자기 그가 내 손목을 잡고 가쁜 숨을 몰아쉬며 말하더군.

〈잠시만요. 기다려 보시죠. 뭘 어쩌려고 이러시는 겁니까?〉

〈하녀를 부르려고요.〉

〈뭘 하시려고요?〉

〈반지를 찾아보려고요.〉

〈그건 안 됩니다. 그러지 마십시오. 절대로!〉

그리고 그는 온몸을 부들부들 떨면서 굳은 표정으로 말했어.

〈아무도 이 안으로 들어와선 안 됩니다. 당신과 저 또한 밖으로 나가서도 안 됩니다. 에메랄드 반지를 찾기 전까지는 말입니다.〉

〈그러니까 더욱 찾아봐야죠! 그럼 피아노 뒤쪽을 살펴보세요!〉

〈안 됩니다!〉

〈왜죠?〉

〈글쎄 왠지는 모르지만…… 모든 게 고통스럽군요!〉

〈고통스러운 일이 전혀 아니에요. 다만 제 반지가 땅에 떨어졌을 테고, 그걸 다시 주우면 되는 거예요. 자, 그러니 한번 찾아보죠!〉

〈제발 부탁이니…….〉

〈아니 왜 그러시죠? 이유를 말씀해 주세요!〉

그러자 그는 갑자기 결심한 듯 말했어.

〈좋습니다! 만일 제가 그 반지를 이곳이나 또 다른 곳에서 찾았다고 칩시다. 그러면 제가 반지를 찾는 척하면서 그곳에 놓아둔 거라고 생각할 수도 있지 않겠습니까?〉

난 너무 놀라 나지막하게 말했지.

〈아무도 당신을 의심하지 않아요! 막심…….〉

〈지금은 아니겠죠. 하지만 나중에도 의심하지 않는다고 누가 장담할 수 있겠습니까?〉

난 그의 말을 이해할 수 있었어. 은행가 데르비뇰의 아들이니 그 누구보다 훨씬 민감하게 반응했을 거고 그만큼 두려움도 컸을 테니까.

내가 그를 용의자로 여기지 않는다 하더라도, 내가 피아노를 치는 동안 그가 나와 협탁 사이에 서 있었다는 사실을 잊어버릴 순 없었을 테니까. 게다가 난 그의 눈을 깊숙이 들여다본 순간, 창백한 얼굴과 당혹스러워하는 표정을 보고 놀랐거든. 누구든 그냥 웃고 넘겼을 일을 그는 왜 웃어넘기지 못한 걸까?

난 그에게 말했어.

〈그건 당신이 잘못 생각하신 거예요. 하지만 당신 입장에서는 그럴 수 있으니 당신 말을 따르겠어요. 그럼 움직이지 말고 그대

로 계세요!〉

난 몸을 낮춰 피아노와 벽 사이, 그리고 간이식 책상 밑을 흘끔 살펴보았지. 그리고 다시 자세를 바로 하고 말했어.

〈아무것도 없네요! 아무것도 보이지 않아요!〉

그는 아무 말도 하지 않았고 얼굴은 더욱 일그러졌어.

그때 별안간 한 가지 생각이 떠올라 다시 말했지.

〈당신이 시키는 대로 제가 행동하길 원하시는 거죠? 그럼, 그렇게 하죠.〉

그러자 그가 외치듯 말했지.

〈오! 진상을 밝히는 거라면 가능한 모든 일을 해 주십시오.〉

그리고 이내 조금은 유치한 말을 덧붙였어.

〈하지만 이건 중대한 일입니다. 조금만 경솔했다간 일을 모두 그르칠 수 있습니다. 완전히 확신이 설 때에만 비로소 행동해야 합니다!〉

난 그를 진정시키고 전화번호부를 뒤적거려 바르네트 사설 탐정소에 전화를 걸었어. 짐 바르네트 씨가 직접 전화를 받더군. 사건의 전후 얘기를 전혀 하지 않고 그냥 그에게 즉시 와 달라고만 했지. 그랬더니 그 사람도 당장 방문하겠다고 했어.

그때부터 우리는 그가 도착하기만을 기다렸어. 가랑잎처럼 흔들리는 마음을 가누기가 힘들었지.

난 그에게 신경질적인 웃음을 지어 보이며 말했어.

〈제 친구 한 명이 바르네트란 사람을 추천해 주었어요. 낡은 프록코트의 허리띠를 잔뜩 졸라매고 가발을 쓰고 다니는 특이한 사람이지만 아주 유능하대요. 다만 자신이 봉사를 한 고객에게 직접 수고비를 받으러 다니는 사람이라 조심할 필요가 있대요.〉

난 농담을 하려고 애썼어. 하지만 막심은 꼼짝도 않고 침울한 표정을 짓고 있더군. 그때 갑자기 현관 벨이 울렸지. 이윽고 하녀가 거실 문을 두드렸어. 난 매우 흥분한 상태로 문을 열어 주면서 말했지.

〈들어오시죠, 바르네트 씨. 어서 오세요!〉

거실 안으로 들어온 사람은 내가 예상했던 사람과 전혀 달랐어. 난 매우 당황스러웠지. 그는 은근히 세련된 옷차림을 한 젊은 남자로 호감이 가는 외모에 편안한 인상을 주었어. 어떤 상황이 닥쳐도 전혀 동요하지 않을 것 같은 모습이었지. 그는 좀 지나치다 싶을 정도로 꽤 오랫동안 나를 뚫어지게 바라보더군. 그런데 그런 그의 행동이 싫지는 않았어. 그러고 나서 조사를 마친 후 고개 숙여 경의를 표하면서 내게 말했어.

〈바르네트 씨가 매우 바쁘다며 저한테 대신 이 유쾌한 일을 맡아달라고 하셨습니다. 바르네트 씨가 아닌 제가 와서 부인께 불편을 끼치지나 않았는지 모르겠습니다. 제 소개를 드려도 되겠습니까? 저는 탐험가인 당느리 남작이라고 합니다. 그리고 경우에 따라선 아마추어 탐정이기도 하지요. 제 친구인 바르네트가 직관과 통찰력 면에서 약간의 소질이 있다고 저를 인정해 주어 지금 그 소질을 키우는 데 전념하고 있답니다.〉

그의 호의적인 태도와 매력적인 미소 때문에 난 그의 도움을 거절하지 못했어. 도움을 주겠다고 온 사람이 탐정이 아니라 나의 재량에 자신을 맡기겠다는 사교계의 신사였던 셈이지. 그런데 그의 인상이 너무도 강했던 탓에, 난 습관처럼 담배를 피우며 그에게도 한 개비를 권하는, 정말 나로서도 도저히 믿기 힘든 행동을 저질렀지.

〈선생님, 담배 피우시나요?〉라고 물으면서 그에게 담배를 권한 거야.

그렇게 그 미지의 남자가 도착한 지 채 얼마 되지 않아 우리는 서로 얼굴을 마주하고 입에는 담배를 하나씩 물고 있었지. 시간이 좀 지나자 나의 들뜬 흥분도 가라앉았고 거실 안의 모든 게 진정된 듯했어. 데르비놀만 인상을 잔뜩 찌푸리고 있었지. 나는 그를 소개해 주었어.

〈이쪽은 막심 데르비놀 씨입니다.〉

당느리 남작도 인사를 했어. 하지만 그는 데르비놀이라는 이름을 전혀 들어보지 못한 듯 조금도 멈칫하지 않았어. 잠시 후 자신의 추론이 너무 지나치게 확대되는 것을 원치 않았는지 내게 물었지.

〈부인, 집 안에서 뭔가 없어진 물건이 있다고 들었습니다만?〉

막심은 자제하느라 애를 쓰는 모습이었고 난 건성으로 대답했지.

〈네, 그래요. 하지만 별로 대수로운 물건은 아니에요.〉

그러자 당느리 남작이 웃으며 말했어.

〈대수로운 게 아니라고요. 하지만 어쨌든 사소한 문제라도 해결은 해야죠. 선생과 부인은 포기했을지 모르지만 말입니다. 그 물건을 조금 전에 잃어버리셨다고 하셨습니까?〉

〈예.〉

〈잘됐군요! 그럼 문제가 훨씬 쉬울 테니까요. 그건 그렇고, 잃어버린 물건이 뭐였습니까?〉

〈반지요, 에메랄드 반지예요. 저 협탁 위에 다른 반지들과 손가방 하나와 함께 올려놓았죠.〉

〈왜 반지를 빼놓으셨습니까?〉

〈피아노를 치려고 했거든요.〉

〈그럼, 부인께서 피아노를 치는 동안 선생은 부인 곁에 계셨습니까?〉

〈예, 제 뒤에 서 있었어요.〉

〈그럼, 부인과 협탁 사이가 되겠군요?〉

〈예.〉

〈부인, 에메랄드 반지가 사라진 것을 알자마자 그걸 찾아보셨습니까?〉

〈아뇨.〉

〈데르비뇰 씨도 마찬가진가요?〉

〈예.〉

〈거실 안으로 들어온 사람은 없었습니까?〉

〈전혀 없었죠.〉

〈데르비뇰 씨가 찾아보는 것을 반대하셨습니까?〉

그러자 막심은 짜증 섞인 목소리로 말했어.

〈그랬습니다.〉

막심이 대답하자 당느리 남작은 거실을 이리저리 걷기 시작했어. 작은 걸음으로 경쾌하게 걸어 다니는 모습이 한층 민첩해 보이더군. 그는 내 앞에 멈춰 서더니 물었어.

〈부인, 다른 반지들을 제게 보여 주시겠습니까?〉

난 두 손을 그에게 내밀었지. 그는 찬찬히 살펴보더니 이내 슬며시 미소를 짓더군. 수사를 한다기보다는 무슨 재미있는 놀이를 즐기는 사람 같았어.

〈잃어버린 반지의 값이 꽤 나가지 않습니까?〉

〈예.〉

〈정확히 얼마 정도 됩니까?〉

〈제 보석상이 감정하기를 8000프랑 정도 된다고 했어요.〉

〈8000프랑이라. 대단하군요!〉

그러면서 그는 매우 흡족해했어. 그는 내 왼손을 반대로 뒤집은 뒤 한동안 손바닥을 주시했어. 마치 손금을 보려는 것처럼 말이야.

막심은 눈살을 찌푸렸지. 그 남자가 신경에 거슬린다는 표정이 역력했어. 나도 손을 빼내 불쾌감을 주는 그의 행동을 막으려 했지. 하지만 그가 내 손을 부드럽고 힘 있게 잡고 있어서 저항하지 못했어. 사실 내 손을 꽉 쥐고 있는 그의 손을 뿌리쳐야 할지 말아야 할지 난 잘 몰랐거든. 그 정도로 난 그 사람의 단호한 태도와 행동 방식에 깊이 매료되었으니까.

사실, 나는 그가 이미 사건의 실마리를 풀었다고 확신했어. 적어도 사실 확인의 차원에서는 말이야. 그는 더 이상 내게 직접적인 질문은 하지 않더군. 하지만 그는 내 경우와 유사했던 두세 건의 사건을 예로 삼아 들려주는데, 그 일화를 우리 사건에 적용하는 것 같았어. 그는 이야기를 하면서 가끔씩 우리를 번갈아 쳐다보았지. 마치 우리가 어떤 반응을 보이는지 엿보는 듯했어.

난 속으로 분개했지만 소용없는 일이었어. 그는 그런 식으로 우리를 전혀 신문도 하지 않은 채 우리의 관계에 대해, 그러니까 막심의 사랑과 내 자신의 감정이 어떤지를 알아보려는 것 같았어. 내가 얼굴을 잔뜩 찌푸렸지만 소용없었지. 막심도 마찬가지였을 거야. 그 사람은 우리가 마음속에 쌓아 두고 있던 모든 비밀을, 마치 구겨진 편지지를 차곡차곡 펴듯 그렇게 펼쳐 놓더군. 참으로 불쾌하고 화가 났지!

결국 막심이 분을 참지 못해 화를 냈어.

〈사실 이 모든 게 무슨 상관이 있는지 모르겠군요.〉

그러자 당느리 남작이 되물었어.

〈그게 여러분의 사건과 무슨 상관이 있느냐고요? 많은 관련이 있지요. 사건의 실마리 자체는 뭐 대단한 건 아닙니다. 하지만 제가 여러분에게 제시하고자 하는 해결책은 그 사소한 사건이 일어난 바로 그 순간 여러분이 어떤 심적 상황에 처해 있었는지를 염두에 둘 때 비로소 설득력을 가질 수 있습니다.〉

이에 막심은 더 이상 참을 수 없다는 듯 외쳤어.

〈하지만 선생, 당신은 조사를 전혀 하지 않았습니다! 가구에 손도 대지 않았을 뿐더러, 뭘 살펴보거나 유심히 들여다본 것이라도 있었습니까? 쓸데없는 이야기나 들려주는 것으로 우리에게 잃어버린 보석을 돌려줄 수 있다고 생각하는 겁니까?〉

그러자 당느리 남작은 입가에 미소를 지으며 말했어.

〈선생, 당신도 조사와 같은 통상적인 격식에 얽매여서 구체적인 사실을 통해 진실이 입증되기를 바라는 양반이시군요. 허나 선생, 진실은 항상 전혀 다른 의외의 장소에 숨어 있게 마련입니다. 오늘 일어난 사건도 마찬가지입니다. 지금 이 사건은 기술적이거나 수사적인 차원의 것이 아니라 순전히 심리적인 차원의 문제입니다. 제가 모은 증거들은 지루한 조사를 통해 얻은 것이 아니라 전적으로 특수한 심리적 현상을 통해 확인한 반박하기 어려운 사실들입니다. 그 심리적 현상은 무엇보다 쉽게 동요되고 충동적인 본성과 관계된 것으로, 의식의 통제를 벗어나 무의식적 행동을 하도록 부추기지요.〉

〈그렇다면, 제가 그러한 무의식적인 행동을 저지르기라도 했다

는 말씀이십니까?〉

막심이 격한 목소리로 묻자 그가 대답했어.

〈아닙니다. 선생, 이번 사건은 선생과는 무관합니다!〉

〈그렇다면, 누구란 말씀이십니까?〉

〈부인이지요!〉

〈저요?〉

너무도 뜻밖의 대답에 나는 놀라 소리치며 되물었지.

〈그렇습니다, 부인. 정확하게 부인도 다른 여자들처럼 방금 제가 언급한 것처럼 쉽게 동요되고 충동적인 본성을 지니고 있습니다. 그리고 말이 나왔으니 말씀드리는 거지만 우리는 항상 인격이라는 총체를 완전히 통제하지 못한다는 사실을 환기시켜 드리고 싶군요. 우리의 인격은 운명의 장난으로 고통을 받는 비극적인 순간에 이중으로 분열되기도 하지만, 일상처럼 매우 단조롭고 평범한 순간에도 그렇습니다. 우리가 한담을 나누고, 이런저런 생각을 하면서 살아가는 동안, 무의식이 우리의 본능을 통솔하여 자신도 모르는 사이 망각 속에서 행동하도록 부추기지요. 그리하여 우리는 종종 비정상적이고, 상식에 벗어난 어리석은 행동을 하는 겁니다.〉

남작은 잘난 태를 부리며 말하는 것도 아니었고 그저 즐거운 마음에서 자신의 생각을 내게 전했을 뿐인데 난 점점 화가 나서 급기야 그를 재촉했어.

〈선생님, 부탁이니 결론을 내리시지요.〉

〈좋습니다! 부인, 우선 부인이 보시기에 제가 조심성이 없어 보이더라도 용서해 주셨으면 합니다. 또한 예의범절이나 사교계의 신중함 같은 유치한 잣대로 제 말을 막지 않으셨으면 합니다.

자, 그럼 진상을 밝혀 드리죠. 한 시간 전 부인은 이 거실에 데르비뇰 씨와 함께 들어오셨습니다. 저는 데르비뇰 씨가 부인을 사랑한다는 확신이 들지 않더군요. 제가 그런 확신이 들었다면 부인께 상처가 되는 말은 결코 하지 않았겠지요. 또한 부인께서 그에게 사랑 고백을 받지 못하리라 짐작하고 계셨기에 저에게 진실되지 못한 말을 하셨던 겁니다. 그 점에 있어 여자들의 직감은 틀리는 법이 없죠. 그리고 항상 그것이 여자들에겐 큰 고민거리가 되기도 하죠. 따라서 다시 말씀드리자면, 부인이 피아노를 치려고 할 때, 그러니까 부인께서 손가락에서 반지들을 빼낼 때 말입니다. 제가 지금 하는 말의 중요성을 이해하고 계셨으면 합니다만, 반지 하나하나를 빼내면서 부인은 데르비뇰 씨보다 더 심하게 제가 좀 전에 말씀드린 심리 상태에 빠져 계셨죠. 그래서 부인은 당시 자신이 무슨 행동을 했는지 정확한 의식이 없었던 겁니다.〉

〈아니에요! 전혀! 전 그때 의식이 또렷했어요.〉

난 강하게 반박했지.

〈겉으로 보면 그렇죠. 부인이 보기엔 그럴 겁니다. 하지만 사실, 아무리 경미한 것일지라도 감정적 위기를 겪는 순간 또렷한 의식을 갖는 사람은 아무도 없습니다. 하나, 부인께서는 그런 심적 상태에 있었습니다. 그러니까 실수를 범할 잘못된 판단과 무의식적인 동작을 행할 만반의 준비가 된 상태였죠.〉

〈그 말씀은?〉

〈다시 말해 부인께서는 본의 아니게 부인의 기질과 전적으로 상반되는, 당시 정황을 미루어 보아도 더욱 앞뒤가 맞지 않는 말과 행동을 실제로 했던 겁니다. 사실 데르비뇰 씨가 어떤 사람이

든 간에 그가 부인의 에메랄드를 훔칠 만한 사람이라 미리 선험적으로 보기는 힘든 일입니다.〉

난 화가 나 격분해서 소리쳤지.

〈그럼 저란 말씀인가요? 저더러 그걸 믿으라고요? 제가 그처럼 비열한 짓을 했단 말씀이세요?〉

〈물론 아닙니다, 부인. 하지만 부인의 무의식이 그렇게 하도록 조종했던 겁니다. 은밀히 부인의 눈과 의식을 피해 부인의 무의식은 값싼 반지들 중 하나를 골랐던 거지요. 부인의 반지에 박힌 보석들은 가짜였습니다. 흔히 끼고 다니는 많은 반지들이 그런 것처럼 말입니다. 하지만 부인의 에메랄드는 가짜가 아니었어요. 8000프랑이나 되니까 말입니다. 그런데 부인도 의식하지 못한 채 협탁 위에 잘 보이게 놓아 둔 반지들 중 유독 가장 값비싼 에메랄드 반지를 단번에 골랐던 겁니다.〉

나에게 혐의를 두는 그의 말에 난 화가 끝까지 치밀어 올랐어. 난 단호하게 외쳤지.

〈그 말씀은 받아들일 수 없어요! 만일 그랬다면 제가 알고 있었겠죠!〉

〈그것이 바로 증거랍니다. 부인께서 전혀 의식하지 못하셨다는 것 말입니다!〉

〈그렇다면 그 에메랄드 반지가 제 수중에 있다는 말인가요.〉

〈아니요. 에메랄드 반지는 부인께서 놓아둔 곳에 있습니다.〉

〈그러니까 어디라는 말씀이죠?〉

〈협탁 위요.〉

〈그 위엔 없었어요. 남작님께서도 이미 확인하셨잖아요!〉

〈아뇨. 거기에 있습니다.〉

〈어떻게요? 협탁 위에는 제 가방밖에 없잖아요.〉

〈바로 그렇습니다! 에메랄드 반지는 바로 부인의 가방 안에 있습니다.〉

난 말도 안 된다는 듯 어깨를 으쓱해 보이며 말했어.

〈제 가방 안이라니! 지금 무슨 말씀을 하고 계시는 거죠?〉

남작도 주장을 굽히지 않았어.

〈부인, 제 행동이 마술사나 싸구려 약장수처럼 보였다면 유감스럽습니다. 하지만 부인께서는 잃어버린 반지를 되찾고자 저를 부르신 것이 아닌가요. 따라서 전 그 반지가 어디 있는지를 말씀드리는 것뿐입니다.〉

〈반지는 그 안에 없어요!〉

〈다른 곳에 있을 리가 없습니다!〉

난 이상한 기분이 들었어. 분명 반지가 그 가방 안에 들어 있기를 원해야 하는데 오히려 그 안에 없기를, 그래서 남작이 잘못 짚었다는 사실에 창피해하기를 바라고 있었지.

가방을 열어 보라는 남작의 눈짓에 난 하는 수 없이 그렇게 했어. 가방을 열어 그 안을 샅샅이 뒤졌지. 근데 정말 에메랄드 반지가 그 안에 들어 있지 뭐야.

순간 놀라서 멍하니 있었지. 내 눈을 의심하며 그 반지가 내가 끼고 있던 에메랄드 반지인지 한동안 쳐다봤어. 하지만 정말 그 에메랄드 반지가 맞더군. 틀림없었지. 그렇다면, 그렇다면 말이야…… 내가 정말 엉뚱하게도, 막심에게 그 일을 덮어씌우려 했던 것일까?

어쩔 줄 몰라 하는 날 보면서 당느리 남작은 기쁨을 감추지 못했어. 그래서 난 그에게 좀더 신중하게 기쁨을 드러내는 편이 자신에게 이로울 거라는 말조차 했단다. 그러자 그는 그때부터 태도를 바꿔 깍듯하게 예의 바른 사교계의 신사에서 한 건 성공했다는 것을 즐기는 사설탐정다운 면모를 드러내더군.

그가 말했어.

〈아, 그건 말이죠. 우리가 방심한 사이 우리의 본능이 저지른 사소한 장난이지요. 우리 안에서 가장 형편없는 소극(笑劇)을 벌이는 아주 못된 작은 악마랍니다. 악마 녀석은 우리 내부의 가장 은밀한 곳에서 일을 벌여 부인께서도 그 가방은 살펴볼 생각조차 못했던 거죠. 부인께서는 사방을 샅샅이 살펴보고 데르비놀 씨를 포함해 집 안에 있던 모든 사람을 다 혐의 선상에 두셨죠. 하지만 정작 부인께서 귀중한 보물을 넣어 둔, 가방은 열어 볼 생각을 못했던 것이죠. 그러니 부인, 당황스럽고 조금은 우습지 않습니까? 눈에도 잘 보이지 않는 우리의 본성이 과연 언제쯤 그 깊은 바닥'을 드러낼까요! 우리는 자신의 감정과 자존심을 자랑 삼아 내세우면서도 우리가 지닌 열등한 힘에 굴복하기도 합니다. 우리에게는 그와 같은 친구가 있는 셈입니다. 그 친구에게 우리는 존경을 한 몸에 받으면서도 조금도 개의치 않고 그를 모욕하고 있지요. 사실 저도 뭐가 뭔지 잘 모르겠습니다!〉

그는 비꼬듯 쾌활하게 짧은 장광설을 늘어놓더군! 순간 내 눈앞에서 당느리 남작의 모습이 사라지고 바르네트 사설 탐정소의 동업자 얼굴이 들어왔지. 지금까지 보여 주던 신사다운 모습은 벗어 던지고 탐정다운 면모를 드러냈어.

막심은 양손을 꽉 쥔 채 내 앞으로 다가왔고 남작은 어깨를 쭉 펴며 곧게 세웠지. 그래서 원래 키보다 더 커 보였어.

그리고 갑자기 다가와 내 손에 입맞춤을 하더군. 사교계 신사인 당느리 남작으로서 그렇게 하는 것이 아니었어. 그는 내 눈을 똑바로 올려다보았지. 그리고 쓰고 있던 모자를 벗어 들고는 과장된 몸짓으로 인사를 했지. 마치 가벼운 깃털을 잡고 인사를 하듯이 말이야. 그리고 매우 흡족한 표정을 짓고 물러나며 이 말을 되풀이하더군.

〈작지만 참 재미있는 사건이었습니다. 전 이런 부류의 자잘한 사건을 좋아합니다. 제 전공이지요. 언제든 필요하시면 절 찾아주십시오, 부인.〉」

올가 공주는 이야기를 모두 마쳤다. 그녀는 느긋하게 담배 하나를 물고 친구들에게 미소를 지었다. 그러자 친구들은 외치듯 물었다.

「그러고 나서?」

「그러고 나서라니?」

「그러니까 반지 사건은 끝났지만, 네 사랑 이야기는 어떻게 됐냐고?」

「그것도 함께 끝이 났지」

「애, 우리 애간장을 다 태울 셈이야! 올가, 끝까지 얘기해 줘. 입 꼭 다물고 비밀 지킬게」

「맙소사! 너희들 참 궁금한 것도 많구나! 알았어! 뭘 알고 싶은 건데?」

「어머! 무슨 말을……. 알았어! 우선 막심 데르비놀과는 어떻게 됐어? 너를 향한 그의 열정은?」

「맹세코 말하지만, 그리 대단한 게 아니었어. 솔직히 그렇지 않겠어? 의도적이든 아니든 내가 에메랄드 반지를 감춰 두고 그를 의심했잖아. 이미 기분이 상했고 근심도 많았던 터에 그 일로 더욱 고통을 겪었으니 나를 용서하지 못했지. 그리고 나 또한 그의 경솔한 행동이 마음에 들지 않았어. 그는 당느리 남작에게 화가 나 수고비를 직접 그에게 주지 않고 100만 프랑짜리 수표를 바르네트 사설 탐정 사무소 주소로 보냈지 뭐야. 그런데 그 수표는 다시 다른 봉투에 담겨 내게로 왔단다. 근사한 꽃바구니 속에 핀으로 꽂혀서 말이야. 봉투 안에는 나에게 존경을 표하는 내용의 쪽지가 함께 들어 있었는데 서명도 돼 있었어」

「당느리 남작의 서명?」

「아니」

「그럼, 짐 바르네트?」

「아니」

「그럼 누구?」

「아르센 뤼팽!」

그렇게 말한 후, 올가 공주는 다시 입을 다물었다. 한 친구가 그녀를 찬찬히 살피며 말했다.

「누구든 서명은 그렇게 할 수 있었을 거야.」

「물론 그렇겠지!」

「누군지 알아보지 그랬어?」

올가 공주가 아무 말도 하지 않자 친구가 다시 말했다.

「올가, 난 네가 더 이상 막심 데르비놀을 연모하지 않는다는 것을 충분히 이해하겠어. 네게 일어난 사건을 볼 때 그처럼 능숙하게 네 주의를 집중시키고 너의 호기심을 자극한 그 수수께끼 같은 인물이 정말로 강한 인상을 주었으니까. 어디, 좀 솔직해져 봐. 올가, 그를 다시 만나고 싶은 거 아니야」

올가 공주는 더 더욱 아무 대답이 없었다. 그녀와 속마음을 터놓고 지내며 가끔은 짓궂게 굴던 친구는 다시 말을 이었다.

「어쨌든, 올가. 넌 반지를 찾았고 데르비놀은 돈을 굳혔으니 말이야. 잃은 게 아무것도 없는 셈이네. 바르네트 탐정소도 네가 말했듯이 수고비를 챙겼을 테니까 말이야. 결국 그 사람이 직접 가방을 뒤지면서 에메랄드 반지를 능숙하게 슬쩍할 수 있었을 거 아니니. 그리고 만일 그가 그렇게 하지 않았다면 그건 아마도 반지보다 더 좋은 뭔가를 원했기 때문 아니겠어. 참, 사람들로부터 들은 얘기가 생각나는구나. 언젠가 한 남자가 아무런 수확도 거두지 못하자, 채무자의 아내를 납치해 함께 유람 여행을 떠났다고 하더라. 꽤나 흥미로운 수고비를 받는 방식 아니니, 올가? 그리고 그 사람은 네가 묘사했던 그 남자의 외모와 너무 꼭 들어맞아! 어떻게 생각하니, 올가?」

올가는 여전히 아무 말이 없었다. 그녀가 안락의자에 몸을 기대고 눕자 어깨 속살이 드러나 보였고 길게 뻗은 몸매는 참으로 아름다웠다. 그녀는 내뿜은 담배 연기가 천장으로 올라가는 것을 물끄러미 바라보았다. 그녀의 손가락에는 멋진 에메랄드 반지가 반짝거리며 빛나고 있었다.

옮긴이 | 정은주

건국대학교 불어불문학과와 동대학원을 졸업했다. EBS 과학 다큐멘터리 「숨겨진 과학 이야기」와 EBS 특선 다큐멘터리 「모험과 완벽을 선택한 사람들」, 제5회 부천 판타스틱 영화제 폐막작 「아멜리에」와 「포스트모던적 조건」, 「지식인의 무덤」, 「바르네트 탐정 사무소」 등을 우리말로 옮겼다.

옮긴이 | 연숙진

한국외국어대학교 대학원 불어불문학과를 졸업했다. 옮긴 책으로는 『너에게 소나기를 가져다 줄게』, 『고독한 산책자의 몽상』, 『스완의 사랑』, 『포탄 파편』, 『암염소 가죽을 쓴 사나이』 등 다수가 있다.

아르센 뤼팽 전집 18

바리바

1판 1쇄 펴냄 2003년 7월 28일
1판 4쇄 펴냄 2014년 7월 31일

지은이 | 모리스 르블랑
옮긴이 | 정은주 · 연숙진
발행인 | 김세희
펴낸곳 | 황금가지

출판등록 | 2009. 10. 8 (제2009-000273호)
주소 | 135-887 서울 강남구 신사동 506 강남출판문화센터 5층
전화 | 영업부 515-2000 **편집부** 3446-8774 **팩시밀리** 515-2007
홈페이지 | www.goldenbough.co.kr

ⓒ 황금가지, 2003. Printed in Seoul, Korea

ISBN 978-89-8273-435-9 04860 (18권)
ISBN 978-89-8273-417-5 (set)

㈜민음인은 민음사 출판 그룹의 자회사입니다.
황금가지는 ㈜민음인의 픽션 전문 출간 브랜드입니다.